ISBN 978-2-491309-00-8

LBS NOIR est un label LBS FRANCE S.A.S.
www.lbs-editions.fr

MARC DE SUZZONI

LA BEAUTÉ DU VICE

LBS NOIR

« L'art de plaire est l'art de tromper. »
— Luc de Clapiers, dit Vauvenargues

« Las Vegas transforme les femmes en hommes
et les hommes en idiots. »
— Bugsy Siegel

« Las Vegas est le seul endroit que je connais où
l'argent parle. Il nous dit au revoir. »
— Frank Sinatra

À P.A., toujours là.
À ma fille, enfin là.

1

It is a night for passion.
But the morning means goodbye.
(All that she wants)

— Tu me dégoûtes…

Je ne l'ai pas dite, cette phrase. Je l'ai pensée. Violemment. En espérant lâchement que la seule force de mon esprit pourrait le faire disparaître. De toute façon, je serais bien incapable de prononcer le moindre mot ce matin, tellement il me donne la nausée. Je le fixe avec un mépris chirurgical.

Échoué sur mes draps immaculés, il me révulse. M'horripile. Avec sa position idiote, roulé en boule, il rêve que je l'oublie. Je crois qu'en fait il me nargue.

Pourtant, ce n'est qu'un poil pubien, entortillé sur lui-même entre les plis de ma couette blanche. Un de ces poils qui, solidement implanté autour de son sexe, m'avait paru follement excitant il y a encore quelques heures, quand j'avais la tête tout entière plantée entre ses cuisses. Pourquoi, une fois détaché de son corps, ce petit bout d'elle me répugne-t-il autant ?

Cette question m'obsède pendant que je la regarde, assise sur le bord de mon lit *king size*, endossant sa chemise Stella McCartney avec autant de précautions que si elle maniait de la nitroglycérine.

Le long de la couture, elle a discrètement conservé l'étiquette avec le prix. Elle a sûrement l'intention de rendre sa tenue pour se faire rembourser. Un classique à Las Vegas quand on désire s'habiller pas cher le temps d'une soirée.

Cette fille, c'était l'histoire d'une nuit. Un *one-night stand* en position horizontale. Probablement aussi la promesse d'un réveil cafardeux et un peu coupable. Mais j'ai lamentablement raté ma « David Copperfield » : au petit matin, elle ne s'est pas volatilisée…

Mon rituel consiste à disparaître sans prévenir, en ne donnant pas de nouvelles. Les magazines féminins lui ont trouvé un nom : le *ghosting*, de l'anglais *ghost*, fantôme. Dans cette ville des apparences, j'aime assez cette image d'esprit invisible arnaquant les cœurs, poursuivant inlassablement sa route. À Vegas, on ne regarde pas en arrière. Jamais.

Neuf heures quatre : plantée devant le miroir de ma salle de bains, elle applique son rouge à lèvres avec un souci du détail intenable. Ma conquête du jour a, de toute évidence, décidé de prendre son temps. Je la scrute une dernière fois. Même dans cette lumière crue qui rase son corps, elle parvient à rester désirable. Sa beauté brute, pas encore altérée, me rassure, moi le gamin qui se trouvait moche. Je ferme les yeux pour tirer mentalement un rideau sur cette matinée qui s'étire sans jamais rompre. Je devrais facturer les minutes que les femmes me font perdre…

Au moment, enfin, de se quitter, elle insiste pour qu'on échange nos numéros. D'habitude, j'en donne un bidon. Mais son visage innocent me paraît tellement sincère que, sans réfléchir, je griffonne sur un Post-it mon véritable téléphone. Je lui jure :

— Ne l'oublie pas. Car moi, je ne t'oublie pas...

La réplique sonne bien, comme dans une série Netflix. En attendant, ce qui va sonner moins bien, c'est mon portable.

Le soir même, installé au fond d'un café Starbucks avec un Peppermint Mocha Frappuccino (une sorte d'After Eight liquide), je fixe l'écran noir de mon iPhone. Jamais je n'ai eu l'intention de rappeler cette fille. Dans la vie, un homme doit apprendre à briser deux choses : les promesses et les cœurs. Enfin, c'est ce que racontait mon père...

Mais pourquoi je ne lui ai pas lâché un faux numéro ? À cause de mon honnêteté, me voici obligé d'éteindre mon téléphone, toute la journée, réduit au silence d'un glissement de doigt. Je n'aurais pas eu le courage d'affronter le déluge de carillons de ses SMS m'implorant de répondre, suppliant des miettes de mon intérêt. « Et tu fais quoi ? » « On se revoit quand ? » « Je te manque ? » Fatigue. Et tant pis si Dick n'arrive pas à me joindre ! Mon patron au Nevada Casino Control Board peut bien attendre...

Le Board : l'évocation de ce nom suffit à faire courir la sueur du désespoir dans le dos de n'importe quel tricheur de casino. Quatre cent cinquante agents (mi-flics mi-génies de l'informatique) qui, comme moi, traquent sans relâche les joueurs louches, les employés véreux et surtout testent toutes les machines à sous en activité du Nevada.

Même si on estime que, pour chaque fraudeur arrêté, dix nous échappent, notre insigne « NCCB » inspire encore le respect à Vegas. C'est sûr, dans le temps, la Mafia avait des méthodes plus dissuasives : doigts brisés à la batte de baseball, gueule défoncée au coup-de-poing américain, avant d'abandonner, pieds nus, le type qui se croyait malin au milieu du désert. La belle époque…

Je repense à mes débuts, lorsque j'ai débarqué dans cette ville, il y a quatre ans. Comment oublier mon entrée fracassante au Board ? Le souvenir de ma première enquête me procurait encore des frissons, comme sous l'effet d'un orgasme indélébile de vanité. Moi, le Français, j'avais rapidement déjoué l'arnaque de Russes qui dérobaient des millions de dollars dans différents casinos. Grâce à des téléphones trafiqués, ils pouvaient anticiper les combinaisons gagnantes des machines à sous et ainsi ne jamais perdre. Le rêve de tous ceux qui foulent le sable de Vegas.

Pour être honnête, j'avais repéré ces escrocs un peu par hasard, grâce aux caméras de surveillance. Mais Dick n'y avait vu que du feu et il m'avait aussitôt récompensé en me nommant agent principal, incluant toute la panoplie qui va avec. Quel chemin parcouru depuis mes études à Dreux ! Malheureusement, ma réputation au sein du NCCB avait depuis largement chuté, à l'image de la courbe descendante de mes résultats. En même temps, depuis quatre ans, on ne peut pas dire que j'avais beaucoup bossé…

Je grelotte. Dehors, à la fraîche, il doit faire quarante degrés. Mais à l'intérieur du Starbucks, les adorateurs du choc thermique ont réglé la climatisation sur dix-huit. La main tremblotante, je rallume fébrilement mon iPhone. Vingt heures douze. Toujours aucun message de cette fille. Entre soulagement et étonnement, mon amour-propre balance.

Tout bien considéré, si on veut juste prendre son pied, la drague n'apporte que des ennuis. Mieux vaut se rendre dans un club de strip-tease, au Sapphire par exemple. Les créatures qu'on y rencontre fournissent tout ce qu'un homme peut désirer : boisson, affection, fellation. Engager une call-girl, c'est l'assurance d'un bon moment pendant, mais surtout ensuite, avec l'apaisante garantie qu'elle ne cherchera pas à vous rappeler après avoir couché avec vous. Ces femmes portent décidément mal leur nom. Call-girls ? No-call-girls, plutôt !

Le lendemain, toujours sans signe de cette greluche, je contacte l'opérateur téléphonique T-Mobile chez qui je suis abonné. Malgré mon scepticisme, le garçon de l'assistance technique confirme, agacé, que ma ligne fonctionne correctement. Je me demande si je ne suis pas tombé sur l'une de ces féministes trop fières pour effectuer le premier pas. N'avait-elle pas insisté pour payer nos verres au bar du Wynn où nous nous étions croisés ? Pauvre fille qui doit attendre docilement que je la contacte en premier ! Je connais ce profil : elles craquent en règle générale au troisième jour.

Cinquième jour : ce silence a fini par ébranler ma sérénité. Un picotement au cœur a remplacé l'amusement et la curiosité des débuts. À court d'explications, mon orgueil exige une réponse. Toujours en train de siroter mon café à huit heures trente du matin alors que l'horloge de mon salon me conjure de partir travailler, je saisis mon téléphone, prêt à commettre l'impensable : rappeler cette nana. Une notification à l'écran m'annonce un message. J'écoute immédiatement mon répondeur : « Dick à l'appareil. C'est à nouveau ta boîte vocale, *fuck* ! J'espère que t'es en route pour l'Aria. Ces connards me harcèlent, j'ai l'impression d'être Monica Lewinsky dans le Bureau ovale. Ça fait plus d'une demi-heure que la sécurité du casino t'attend pour l'inspection. Ils ont l'air d'avoir un problème. Grouille-toi et décroche un peu ton *fucking phone* ! » Clic.

Combien de temps s'écoule-t-il dans cette ville entre deux arnaques ? Sûrement moins qu'entre deux mariages.

Je me propulse hors de ma chaise. Sur le palier, avant de partir, je réussis à rassembler mon reste de dignité et je me décide à composer les dix chiffres gribouillés sur un bout de papier par cette fille, cette *nobody* rencontrée en début de semaine. Comme ça. Pour en avoir le cœur net. Qu'est-ce que je vais bien pouvoir lui dire ? Je presse avec conviction l'icône en forme de téléphone vert et passe la conversation sur haut-parleur.

Une voix électronique m'apprend que le numéro que j'ai demandé n'est pas attribué.

L'arnaqueur arnaqué, c'est aussi un classique de Vegas.

2

I can act like a star,
I can beg on my knees.
(Barbie Girl)

À l'arrière de mon Uber, je scrute d'un œil blasé les casinos monstrueux du Strip, cette avenue qui sert de façade respectable à Las Vegas : riche, propre, honnête. Et ultra-sécurisée. Il y a quarante ans, l'endroit battait tous les records de criminalité. Un enfer en zone de guerre. Aujourd'hui, c'est le paradis, celui que Dieu aurait façonné s'il avait eu l'argent. Nulle part ailleurs, aux États-Unis, on ne se sent autant en sûreté. Mais personne n'est dupe : tout le monde sait qu'il suffit de gratter un peu la surface en stuc de ces bâtiments d'opérette pour que le vice s'en échappe…

Je penche la tête pour apercevoir l'heure sur le tableau de bord de la voiture : neuf heures trois. On devrait bannir les jobs qui commencent avant onze heures du matin. Le conducteur, un hindou arborant un turban multicolore, a opté pour la route touristique. Je pousse un soupir de profonde lassitude en passant devant le Colisée du Caesars Palace, puis les fontaines du Bellagio, avant de tourner en direction de l'Aria, juste sous le nez de la statue de la Liberté du New York-New York.

— C'est quelque chose, hein ! me lance le chauffeur, impressionné.

Je marmonne un : « Il m'a pris pour un touriste ? » en claquant la porte de sa Toyota Prius couleur vomi.

La luminosité extérieure agresse brutalement mes rétines, et mes yeux se plissent mécaniquement, malgré des Ray-Ban Aviator toutes neuves. Je colle une main à l'horizontale sur mon front, dans l'espoir illusoire que l'ombre ainsi créée me permette d'affronter les rayons tranchants du soleil. Lutter ne sert à rien. J'avance en me plaquant contre le mur d'eau rafraîchissant qui longe le trottoir, et lève instinctivement la tête pour admirer les lignes new-yorkaises de la tour de l'Aria : oui, c'est quelque chose. Pour une fois surtout qu'un hôtel-casino dans cette ville ne commet pas un crime contre l'architecture…

À Vegas, pas besoin de se bourrer de drogues hallucinogènes pour cauchemarder sur des châteaux Playmobil géants, des volcans cracheurs de feu ou des éléphants roses : il faut juste ouvrir grand les mirettes. Le monde réel est suffisamment psychédélique comme ça.

Une rafale me surprend. Ou plutôt un sèche-cheveux puissance maximum qui ébouillante mes joues. La météo ici est à l'image des délires architecturaux environnants : extravagante. Impossible de rester dehors plus de deux minutes. Au mois de juin à Vegas, même un dromadaire s'épuiserait sous la chaleur.

Je me réfugie à l'intérieur du casino afin de profiter de l'air climatisé. Je pousse difficilement les portes vitrées de l'entrée, et le parfum ambiant qui flotte me saisit les narines. Chaque établissement du Strip diffuse une odeur différente. C'est censé appâter les clients en déclenchant chez eux toutes sortes d'émotions et de souvenirs agréables.

Je ne sais pas si c'est le jasmin, la vanille ou la subtile touche d'ambre, mais chez moi, les senteurs de l'Aria provoquent instantanément une érection. Et ce matin, aucun risque que cela redescende : j'ai rendez-vous avec l'éblouissante Molly, ma nouvelle partenaire au Nevada Casino Control Board. La trentaine, une tignasse brune époque Cindy Crawford « je fais ce que je veux avec mes cheveux », des seins « prière de me regarder dans les yeux », un corps « j'ai arrêté de manger à l'adolescence » : cette Américaine est un concept. Décrire son physique finit toujours en euphémismes.

Je la vois arriver dans une robe longue *tie and dye* (à moins qu'elle ne soit juste dégueulasse en bas). Des plumes émaillent le tissu (de loin, on dirait des poils de fesses). Son maquillage a coulé. Aucun doute, elle revient de boîte. Je puise intérieurement suffisamment de motivation pour sortir l'accueillir dans le four à chaleur tournante qui nous sert d'écosystème.

Sans un bonjour, Molly attaque.

— J'ai commencé un nouveau régime, je suis d'une humeur de chien !

En réalité, elle a dit : « I'm like a bear with a sore head! », ce qui signifie : « Je suis comme un ours avec un sacré mal de tronche ! », une image qui illustre mieux son état d'esprit. Je tente un « Salut ? », qui reste lettre morte.

— Coke et alcool pendant trois jours… continue-t-elle. J'ai vu sur Internet qu'on pouvait perdre jusqu'à cinq kilos.

— C'est végan, ça ?

— C'est Las Végan ! Tu fais partie de la police des régimes ?

Elle allume une clope. Le bout incandescent ondule. Il illumine la tache de naissance sur son visage, qu'elle s'efforce probablement de dissimuler sous cette apparence burlesque. Les gens autour de nous la regardent, effarés, comme si elle venait d'arracher, avec les dents, la tête d'un serpent afin de s'asperger le corps de son sang ruisselant. À croire que seuls les touristes fument encore dans ce pays… Pour ma part, j'ai arrêté la cigarette le jour où j'ai lu qu'elle pouvait réduire la taille de votre pénis d'un bon centimètre.

Tout en tirant sur sa Marlboro mal allumée, Molly embraye sur sa soirée.

— Hier, des potes m'ont traînée dans une boîte à cul sur Western Avenue… enfin, un « club de striptease ». Pourquoi ça ne pose aucun problème aux mecs de payer pour du sexe ?

Sans attendre ma réponse, elle retrace son aventure nocturne. Comme des flashes, elle fait défiler les scènes. J'ai l'impression d'y être : les billets qui glissent sous les ficelles des strings. Les rires gras à l'approche de créatures seulement vêtues de filets de pêche rose corail. Les mains qui s'énervent en tentant de dégrafer les soutiens-gorges dans les salles VIP. Les regards hallucinés devant les poitrines artificielles offertes. Et finalement son intervention.

— Franchement les gars, c'est pitoyable de devoir casquer pour toucher une meuf ! me raconte-t-elle avoir crié (pour couvrir la musique) à deux costumes gris mal taillés. Comment pouvez-vous participer à cette marchandisation du corps des femmes ? Vous devriez plutôt donner votre argent à ces jeunes filles pour qu'elles retournent à l'université. Parce que vu leurs déhanchements, leurs chances de reconversion dans la danse exotique me paraissent bien minces…

Elle se souvient alors vaguement que deux énormes armoires à glace, étanches à son raisonnement, l'ont attrapée par les épaules pour la conduire vers la sortie. Des clients s'étaient plaints, en la qualifiant au passage d'« empêcheuse de bander en rond ». Elle avait marché jusqu'ici…

— Les mecs sont-ils tous des salauds ? m'interroge-t-elle très sérieusement.

Molly se trompe de question. C'est Las Vegas, la salope. Cette ville ressemble à une *escort* des beaux quartiers qui ferait le trottoir. Le type de fille qui présente bien, avec ses habits de marque qui scintillent, mais qui reste, au fond, une traînée qu'on doit toujours payer à la fin. Le genre de poule de luxe qu'on ne peut pas s'empêcher de reluquer, même une seconde, que ce soit par simple curiosité, pour s'exciter légèrement, ou carrément pour se sentir viril. Ça ne sert à rien de blâmer les mecs : personne ne peut résister à cet appel constant, viscéral, du sexe et de l'argent, qui clignotent sous vos yeux jusqu'à vous rendre épileptique du cul.

Je brûle d'expliquer cela à Molly. Mais on a cette foutue inspection à l'Aria, et je n'ai pas l'intention d'y passer la journée non plus.

— On fait quoi aujourd'hui ? me questionne ma collègue entre deux bouffées.

— La routine habituelle. Contrôle de machines à sous dans le casino. Dick s'est excité aux aurores sur ma boîte vocale, mais il s'emballe, comme toujours. Je te le dis, ça sent la vérification inintéressante au possible…

Le responsable de la sécurité de l'Aria se manifeste sans prévenir. Ken. Pas son prénom, mais la poupée à laquelle il me fait songer. Cheveux peignés à la perfection, sourire ultra-bright, carrure de nageur olympique et bronzage tape-à-l'œil… J'ai l'impression qu'il s'est maquillé avec du fond de teint. Il me broie la main en la serrant, comme s'il avait lu dans mes pensées.

— Enfin vous voilà ! Vous n'êtes pas sur le même fuseau horaire que nous au NCCB, ou quoi ? On a un problème. L'une des machines à sous que vous aviez prévu d'examiner ce matin se prend pour le Père Noël. Elle a sorti deux jackpots de 20 000 dollars dans la nuit. Vous imaginez la probabilité ? Notre service technique n'y comprend rien. Pour lui, tout est normal, la bécane est clean. Voici la clé pour l'ouvrir.

À Vegas, malgré les apparences, les casinos ont des principes. Notamment celui de ne jamais laisser repartir un touriste avec son argent. 40 000 dollars évaporés en une nuit… Cette matinée s'annonce peut-être plus palpitante que prévu. Le téléphone de « Ken » vibre.

— J'ai autre chose de plus important à faire que de vous parler. Je vous ai envoyé par e-mail les vidéos des caméras de surveillance. Prévenez-moi quand vous avez terminé. Et ne traînez pas : chaque minute qui passe avec cette machine HS, c'est de l'argent en moins pour le casino !

Mesdames, messieurs, l'amabilité pour vous servir !

Une inspection comme aujourd'hui ne comporte pas une once de glamour. Une machine à sous encore moins. Elle se résume à un gros ordinateur dont le logiciel renferme des millions de combinaisons de symboles possibles. Dès qu'une personne appuie sur « Play » (« Jouer »), l'engin en choisit une aléatoirement et l'affiche sur l'écran. C'est tout. À la microseconde où le joueur presse un bouton, la machine décide instantanément s'il a gagné, combien elle va lui donner, et tous les effets de sons et lumières qui suivent ne servent qu'à faire joli.

Mon métier, au NCCB, s'avère donc assez souvent soporifique : il consiste à contrôler que chaque appareil de la ville fonctionne normalement et tire bien ses combinaisons au hasard, pour éviter qu'un casino ou un escroc ne s'enrichisse illégalement. Et depuis le coup des Russes, nos inspections ont redoublé de fréquence. Et elles se font toujours à deux. Et ça, on le doit à Ronald Harris.

Ce type, c'est notre Voldemort. Personne n'a le droit de prononcer son nom au bureau mais, en cachette, on l'admire tous un peu et on aimerait bien lui piquer ses pouvoirs. Dans les années 90, Ronald travaillait, comme nous, au Nevada Casino Control

Board. Un jour, il a trouvé le moyen de secrètement reprogrammer les machines à sous dont il avait la charge. Le mec était un putain de génie : petit à petit, il avait ainsi piraté des dizaines d'appareils dans différents casinos pour qu'ils lui obéissent. Dès que son complice glissait de l'argent selon un ordre spécifique, bingo, les dollars ruisselaient.

Pendant deux ans, Ronald s'est enrichi de cette façon sans éveiller le moindre soupçon. L'escroquerie parfaite, au cœur même de l'organisme chargé de lutter contre. Malheureusement, son associé, trop gourmand, a un jour tenté d'encaisser 100 000 dollars gagnés sur une machine trafiquée. Méfiants, les patrons du casino ont demandé une enquête et ils n'ont eu aucun mal à remonter jusqu'à Ronald. Bilan : sept ans de prison, libéré au bout de deux et inscrit au livre noir de la ville avec interdiction d'approcher le Strip. Voilà pourquoi, depuis, tout le monde espionne tout le monde au NCCB. Un agent surveille en permanence un autre agent, et vice-versa. Ambiance Stasi assurée.

Nous nous engouffrons dans l'Aria, ma collègue Molly en première ligne. Droit devant, dans un cadre au luxe décomplexé, des milliers de machines à sous s'offrent à nous, telles des sirènes légèrement agressives qui feraient de la retape : « Allez viens, on est bien ! »

Le lieu a des allures de pèlerinage pour zombies sous acide. J'évite de justesse une obèse bonne femme juchée sur sa voiturette électrique, avant de percuter un joueur en fauteuil roulant… Bienvenue à Lourdes. À Fatima. Ou à l'asile. Une clope dans une main et un verre d'alcool dans l'autre, les fidèles espèrent le miracle : ne pas finir lessivés, rincés, essorés par la grande machine Vegas. Ils ont raison d'y croire. Il a neigé deux fois l'hiver dernier. Autant de chances que ça se produise que de gagner le jackpot.

Enfin, au bout d'un quart d'heure de marche forcée dans ce dédale, nous arrivons devant l'engin qui nous préoccupe : une machine à sous modèle Western de la marque Archiduk, avec un thème bien cliché pour la région, le Far West. Je me laisse gentiment hypnotiser par les symboles en forme de bisons, qui défilent en continu sur le gigantesque écran tactile, lorsque tout à coup, les buffles se mettent à beugler de toutes leurs forces, accompagnés par un bruitage assourdissant : « Westernnnnn ! » J'ai envie de tout casser.

Je prends ça comme le signal pour commencer mon inspection. J'ouvre le bandit manchot avec la clé de « Ken », afin d'accéder aux composants électroniques. Autour de nous, les morts-vivants ne remarquent rien. On pourrait vider l'argent de la caisse, tout le monde s'en moquerait. À l'aide d'un câble spécial, je relie mon ordinateur portable et lance le programme de vérification du Nevada Casino Control Board. « Calcul en cours. Analyse des résultats. Aucun problème détecté. » Aucun problème ? Je me tourne vers Molly, intrigué. Je dis :

— Objectivement, deux jackpots dans la nuit, c'est statistiquement louche…

Ma collègue m'arrache le PC des mains. Elle tape comme une possédée sur le clavier, sans quitter du regard l'écran de l'ordinateur. Elle ne cligne plus des yeux, tel Hannibal Lecter dans *Le silence des agneaux* qui ne bouge pas une paupière de tout le film (enfin, c'est ce que j'ai lu sur Internet…). Autour de nous, le temps semble suspendu. Je tente de dire un mot. Toujours sans lever la tête, Molly place un doigt sur ma bouche pour m'intimer de me taire. « Chut… » J'aurais aimé qu'elle garde éternellement cette position. Mais les plaisirs de la vie s'arrêtent souvent une minute trop tôt. Elle finit par parler.

— C'est le bordel là-dedans ! grogne-t-elle. On dirait qu'un pigeon s'est pavané dans la machine et a chié partout… Comment l'Aria a-t-il pu passer à côté de ça ?

— Il faut bien qu'on justifie nos salaires…

Molly s'est figée, comme pour mieux réfléchir. Son sourcil gauche, bizarrement relevé, lui confère un air un peu ridicule. Alors qu'elle semble perdue dans ses pensées, je retire doucement l'ordinateur portable de ses genoux.

Je poursuis religieusement mon enquête. Au bout de quelques minutes, tout s'éclaire. Je comprends enfin : le système de gains de cette machine à sous est complètement déréglé. C'est comme si quelque chose, ou quelqu'un, avait trafiqué cette Western pour qu'elle se montre très généreuse. Et pas qu'un peu : avec elle, on a la certitude de remporter le jackpot… plusieurs fois même ! Une bouffée d'excitation embrase mes joues. Je crois que je viens de découvrir le cauchemar des casinos, le Graal dont rêvent tous les joueurs : l'appareil détraqué sur lequel on gagne à tous les coups. Je me sens fiévreux. Malheureusement, je n'ai pas le temps de disséquer ma trouvaille plus longuement : l'écran de mon PC s'éteint d'un coup.

— Qu'est-ce que tu fous, Molly ?

Je surprends ma partenaire avec l'une des puces électroniques de la Western dans la main. À l'aide d'une pince, elle a retiré ce composant pas plus grand qu'une pièce de monnaie. Elle s'explique.

— C'est peut-être ce truc qui déconne…

Je lui arrache brusquement le circuit intégré, sans pouvoir dissimuler mon agacement.

— Ah bon, tu crois ? C'est le cerveau de la machine qui contrôle les gains ! Tu penses vraiment qu'il peut y avoir un lien ?

— Pas besoin de te montrer méprisant…

— Laisse-moi gérer, j'ai l'habitude de ce genre de choses…

En réalité, Molly l'ignore, mais cette puce vient de m'infecter. Je veux la comprendre, la sentir, la prendre dans toutes les positions. J'en ai la quasi-certitude : c'est elle qui a déclenché les deux jackpots suspects de 20 000 dollars. Mais comment ? Et surtout pourquoi le logiciel de vérification du Board ne détecte-t-il pas l'anomalie ? Ces mystères m'attirent irrésistiblement, comme un homme marié attire les femmes. Même si cela a été aussi fugace que ma première fois, j'en suis convaincu : une découverte majeure me tend les bras.

Un carambolage d'émotions contraires me ramène sur terre. Le protocole du Nevada Casino Control Board voudrait que j'emporte cette puce au bureau (à l'abri dans une enveloppe scellée), que je rédige dessus un rapport préliminaire, avant de la confier à mes collègues du laboratoire d'analyses. À eux le plaisir de la décortiquer ; à eux les honneurs et les reportages dans les journaux spécialisés…

Vais-je revivre ce que j'ai dû endurer lors de la découverte du piratage des Russes il y a quatre ans ? Mon exploit m'avait certes rapporté un poste d'agent au NCCB. Mais pas une fois mon nom n'avait été cité dans les médias tandis que mon chef, Dick, avait eu droit à son interview dans l'émission *60 Minutes*. « Le virtuose qui a empêché la Russie de piller Las Vegas » : sa mère a dû être fière… Son banquier aussi, avec la prime qu'il a touchée.

Alors que ma vie avait toujours ressemblé à un long voyage monotone et ennuyeux, menant d'un point A à un point B, je me surprends à pouvoir visiter tout l'alphabet. Si je la joue fine, ma carrière pourrait bien exploser…

Je m'agite. J'annonce :

— OK Molly ! J'ai achevé mon examen. Pour moi, la puce des gains n'est pas en cause. La machine a planté en surchauffant. Pas de quoi se prendre la tête. L'Aria devra juste annuler les deux jackpots. Affaire réglée. Allons-y maintenant, je t'invite à déjeuner !

Pourvu qu'elle gobe mon mensonge… Mais il est hors de question qu'elle sache ce que je pense avoir découvert. Pas tout de suite. Discrètement, je glisse le composant électronique dans une poche au lieu de le mettre sous scellés. La gloire est à portée de main.

— On ne devait pas retourner voir le responsable de la sécurité de l'Aria ? m'interroge Molly.

Je bafouille une excuse, en tâchant de garder mon sang-froid.

— On est vendredi, j'ai faim, je l'appellerai plus tard pour lui expliquer. Et puis, je ne vais pas t'imposer ça après la nuit que tu viens de passer. Ça te dit qu'on bouffe ensemble ? Je t'invite ! Tu veux manger quoi ?

— Un verre de vin suffira et j'ai le reste dans mon sac.

Au moins, son nouveau régime végan ne me coûtera pas cher. Elle poursuit :

— Est-ce qu'on peut déjeuner sur le Strip ? J'ai rendez-vous au spa de l'hôtel Paris chez l'esthéticienne. Tu peux m'accompagner si ça te dit. Ça sera rapide et après, on peut aller au restaurant Gabi.

— S'il n'y a que ça pour te faire plaisir…

Sur le chemin de la sortie, j'envoie discrètement un SMS à « Ken » : « Machine Western hors service à renvoyer au fabricant. Jackpots à annuler. Rapport complet à venir. J'ai laissé la clé à l'accueil. »

La bulle de sa réponse siffle instantanément : une suite d'émoticônes avec, dans l'ordre, un visage qui rit, une aubergine, des gouttelettes de sueur et une pêche. Ma perplexité laisse place à l'abattement lorsque l'écran de mon téléphone affiche le nom de Dick. Je décroche. Il fulmine.

— T'es où F. ?

Ce diminutif F. m'insupporte, surtout quand on l'accole à « le petit Frenchy », comme si on cherchait à m'affubler d'un titre déshonorant. Mais tous mes collègues l'ont adopté, alors je laisse au bruit des machines à sous le soin de couvrir cette vexation insignifiante.

— Désolé boss, je sors de…

Il m'interrompt.

— En fait, je m'en fous. On parlera de l'Aria plus tard. Tu comptes passer au bureau aujourd'hui ?

— Non, je dois encore…

— Il faut qu'on discute de ton compte-rendu de la semaine dernière. Première chose : c'est truffé de fautes d'orthographe, ça m'a pris un temps fou pour te déchiffrer. Tu dois te relire. Je sais que tu es français, et que tu n'as pas l'habitude, mais donne-toi un peu de mal ! Surtout que tu racontes n'importe quoi dedans ! Rassure-moi : tu as vraiment fait des études ou la DRH a omis de vérifier tes diplômes ?

Dick tonne tellement fort que même Molly doit l'entendre. Sous le coup de ses gifles à distance, je déglutis et manque de m'étouffer avec ma salive en écoutant la suite.

— Puisqu'il faut que je fasse tout ici, je vais te dire ce qui va se passer. Je vais oublier ton rapport. Tu vas le retravailler ce week-end et me le renvoyer lundi avec beaucoup plus d'intelligence dedans ! Je t'ai à l'œil : l'échec n'est pas une option !

La communication a coupé, mais je fais semblant de continuer à discuter. La honte déforme mon visage en y étalant différentes teintes de rouge. Sans la présence de mes jambes et de mes bras, je pense qu'on douterait de mon apparence humaine. Peu importe ! Dick peut bien humilier le présent : il devra bientôt glorifier mon futur si, comme je le pressens, cette puce cache un trésor secret…

3

The future's in the air.
I can feel it everywhere.
(Wind of change)

Vivre à Las Vegas, c'est avoir le monde à portée de main. En un éclair, grâce à ses casinos thématisés, vous pouvez vous rendre de New York à Rome, en passant par Venise, Le Caire ou Margaritaville (ne cherchez pas sur Google Maps, c'est un bar, pas une ville). Nous prenons avec Molly la direction de Paris, cet hôtel-casino consacré à la France.

Malgré notre allure rapide le long des reproductions géantes du Louvre et de l'Opéra Garnier, la chaleur saharienne qui irradie des bâtiments fait bouillir ma peau. J'ai le souffle court et bruyant, comme pendant une apnée nocturne. La sueur n'a pas le temps de toucher ma chemise qu'elle s'évapore déjà. Au moins, j'évite les auréoles sous les aisselles… On dit qu'à Vegas, celui qui survit à l'été peut affronter la mort sans crainte. La lumière au bout du tunnel me semble subitement très proche.

Nous profitons d'une zone d'ombre pour nous arrêter un instant reprendre haleine. Je jette un œil à la tour Eiffel qui nous surplombe : d'en bas, avec la perspective, elle me paraît aussi grande que la vraie (alors qu'elle mesure presque moitié moins). Dire que tout cela part d'une histoire de fesses, quand une artiste française très connue a soufflé l'idée à son amant de construire ce casino sur le thème de la Ville Lumière…

À l'intérieur, je reprends vie et une respiration normale. Nous mettons dix bonnes minutes à parcourir les couloirs de cette reproduction du Paris de la Belle Époque avant, enfin, de nous présenter au spa de l'hôtel.

La réceptionniste :

— Merci de patienter dans le petit salon, Saada arrive immédiatement.

Molly profite de l'attente pour observer attentivement sa figure dans l'un des miroirs de l'entrée. Il y a quelques jours, une séance de Botox a figé son sourcil gauche en position haute et elle paraît depuis constamment étonnée, un peu comme un méchant dans *James Bond* qui apprendrait une mauvaise nouvelle. Elle compte sur cette épilation au-dessus de l'œil afin de créer l'illusion d'un visage à peu près droit.

Saada, l'esthéticienne, fait son apparition. Une brunette aux cheveux raides et au regard dur, dont le charme oriental semble tout droit échappé d'un tableau du dix-neuvième siècle. Elle est française comme moi et je l'ai souvent croisée lors de soirées d'expatriés qui sentent bon la raclette et le cornichon. Elle emmène ma collègue dans une cabine privée.

Les hommes n'imaginent pas les drames qui se nouent derrière les portes feutrées des salons de beauté. Ma compatriote m'avait un jour raconté l'histoire improbable d'une épilation du sillon interfessier. En arrivant, elle avait trouvé sa très BCBG cliente déjà installée, à quatre pattes, prête à l'action. Délicatement, elle lui avait écarté les fesses afin d'accéder à la zone… et y découvrir des restes suspects ! Avec beaucoup de tact, elle avait alors tendu une lingette et avait proposé de sortir le temps que la dame s'essuie.

— Aucun problème ! avait répliqué la bourgeoise. Vous pouvez nettoyer vous-même, ça ne me dérange pas !

Cette expérience (et beaucoup d'autres) l'avait convaincue de se spécialiser dans le sourcil. Aujourd'hui, on la surnommait la magicienne du regard et elle refusait de toucher à tout ce qui poussait en dessous des yeux, laissant à ses collègues le soin d'épiler les parties moins nobles.

Molly ressort quelques minutes plus tard de la cabine, visiblement ravie. Saada a opéré des miracles sur son visage et ma partenaire a retrouvé une expression normale. Des gargouillis en provenance de mon ventre signalent que nous avons dépassé depuis longtemps l'heure du déjeuner.

Nous arrivons à l'accueil du restaurant Gabi, situé à l'entrée de l'hôtel-casino. Je réclame :

— Une table pour deux !

— En terrasse ? me rétorque sans même me regarder l'hôtesse, à qui je ne donne pas plus de dix-huit ans.

— Oui, bien sûr, on doit dépasser les quarante-trois degrés sous abri aujourd'hui, j'avais justement envie d'une plancha. Vous pensez qu'il vaut mieux faire cuire mon saumon sur le sol directement, ou dans une assiette exposée plein sud, ça marche aussi ?

Vous vous en doutez, je n'ai pas osé rétorquer ça…

— Non, à l'intérieur, s'il vous plaît, ai-je dit, d'une voix onctueuse.

Dans le dictionnaire de ma vie, vous trouverez couilles juste avant les verbes couiner et couper.

On nous installe dans un coin d'où on peut admirer le ballet des voitures sur le Las Vegas Boulevard, avec en toile de fond les fontaines du Bellagio. Les camions publicitaires pour des numéros coquins défilent sans discontinuer, tapissés de photos de filles à moitié à poil, se foutant (pour l'une) un combiné de téléphone entre les seins, faisant (pour l'autre) une fellation à une branche de lunettes. Bénie soit cette ville, le dernier lieu sur terre où ce genre d'annonces circule sans que personne s'en formalise. Las Vegas, c'est un peu une soirée Canal Plus des années 80 ; un Éden à l'atmosphère viciée où tout serait permis ; un Mai 68 frelaté pour mâles hétéros qui ne veulent plus rien s'interdire. Mon arrivée ici avait constitué un véritable dépucelage moral : pour la première fois, je me sentais chez moi, à ma place, dans ce temple de la masculinité où avoir tout le temps envie de faire l'amour n'est pas une maladie honteuse.

Un cabriolet de sport passe en faisant rugir son moteur. Molly :

— Oh, jolie cette Porsche ! Qui fabrique ce modèle, Ferrari ?

Je feins de ne pas remarquer l'absurdité de la question. Ma partenaire est américaine mais d'origine anglaise. Elle a été élevée à Tallahassee, capitale sans intérêt de l'État de Floride. De cette enfance, elle a conservé un accent improbable qui la classe malheureusement dans la catégorie *redneck*. On l'imagine facilement régnant au centre de son marécage, un fusil dans une main, une pipe dans la bouche, vous apostrophant depuis son rocking-chair : « Et vous reprendrez bien un peu d'alligator avec votre boudin ? » Molly, elle est mieux en film muet.

Un serveur arrive pour nous apporter deux grands verres d'eau. Enfin, plutôt deux verres de glaçons avec un peu d'eau dedans. Armé d'un sourire de mannequin Instagram, il nous demande :

— Comment allez-vous ? (« How are you doing? » en VO)

Il m'a fallu du temps avant de comprendre qu'à ce moment précis, il n'en a absolument rien à faire de notre bien-être. Cette expression « How are you doing? », ça veut juste dire « Bonjour ». Ça n'attend pas de réponse. Une fois, j'ai tenté un : « C'est gentil de demander parce que ça ne va pas super. Il y a le chauffe-eau qui fait des siennes, et puis mon chat qui tousse… » Le garçon s'était alors enfui dans un tel état de confusion que j'avais cru, un instant, qu'on allait assister à la fin de l'Univers.

Je commande un thé glacé sans sucre. Molly prend son verre de vin rouge. Je n'avais jamais remarqué à quel point il faisait sombre chez Gabi. Cette pénombre avantage le physique de notre serveur, bien trop beau pour ce décor. Un latino aux cheveux d'un noir 75-68-67-90 dans la palette de Photoshop, et dont le corps entretenu quotidiennement à la salle explose la chemise. Ça ne m'étonnerait pas que le soir, il se produise torse nu sur Fremont Street, en proposant aux touristes ivres morts des danses lascives contre quelques billets. Je jette un coup d'œil à mes pectoraux cotonneux, et enfonce un doigt dans mon biceps mollasson. Je devrais peut-être retourner à la gym…

Ma collègue ne parvient pas à dissimuler son appétit pour cette masse bovine devant nous, piquée aux hormones.

— Et tu t'appelles comment ? semble-t-elle miauler.

— Antonio.

Elle lui tend son portable.

— Rentre dedans ton numéro, mon mignon.

Le serveur tapote un instant puis lui rend son iPhone. Molly s'immobilise, elle a buggé. Elle essaye en vain de froncer ses sourcils paralytiques en regardant la liste de ses contacts puis s'exclame :

— C'est fou, tu t'appelles Antonio Gabi. Comme ce restaurant ! Quelle coïncidence de porter le même nom !

Le garçon lui répond délicatement, sans arrêter de sourire (c'est sûr, il doit aussi muscler sa mâchoire à la salle) :

— Non, moi, c'est juste Antonio. J'ai écrit « Gabi » après mon prénom parce que je travaille chez Gabi, le resto. C'est plus simple pour toi de me retrouver ensuite dans ton téléphone, c'est tout…

Alors là, vous vous dites : ce n'est pas possible. Elle le fait exprès, Molly ? Ou sinon le soleil lui a grillé les neurones ? Détrompez-vous : d'après ses anciens collègues, Molly, c'est la Kim Kardashian de l'informatique ; un génie des algorithmes à l'intérieur d'une lampe d'apparence superficielle. Derrière ses répliques de candidate de télé-réalité, on sent qu'elle doit cacher son jeu.

Le vent a forci, crachant son brasier directement dans mes yeux. Je choisis une salade pour mon déjeuner, dans l'espoir vain qu'elle me rafraîchira. J'ai stoppé la viande à la suite d'un voyage en Côte d'Ivoire, au cours duquel mes hôtes m'avaient obligé à goûter toutes les spécialités locales : phacochère, singe, faisan, biche, varan, dindon et agouti, une sorte de petit rongeur au museau angélique. J'avais cru dévorer les héros Disney de mon enfance.

Molly part aux toilettes se repoudrer. J'engloutis seul mon thé froid d'une traite, glaçons compris. Malgré sa taille XXL, il n'étanche pas ma soif. J'en réclame un autre. Au rythme du spectacle aquatique des fontaines du Bellagio sur *Viva Las Vegas*, je laisse mon esprit vagabonder. Je m'imagine passé à tabac dans une salle d'interrogatoire du FBI, une lumière aveuglante braquée sur mon visage.

— Pourquoi avez-vous dérobé cette puce ? Pourquoi ne pas avoir averti immédiatement vos supérieurs au Nevada Casino Control Board, ou les fabricants de machines à sous ? C'est le seul moyen que vous avez trouvé pour mettre un peu de piment dans votre vie insipide ?

Les rires d'une femme me libèrent. Jupe courte et talons hauts. Une pute. Maquillée et fagotée comme une pute, afin que les hommes n'aient aucun doute sur son occupation. Son accoutrement provocant n'arrive pourtant pas à dissimuler la jeunesse de son visage. Seule au bar, téléphone posé sur le comptoir, elle attend qu'on l'appelle pour une passe. Elle se moque bien qu'on s'en aperçoive. À Vegas, tout le monde se fout de ce qu'elle fait de son corps. Ou de son âge…

— Elle est un peu jeune pour toi, non ?

La question de Molly me fait bondir plus que ce qu'elle devrait, tel un gamin pris la main dans le pot de confiture. Elle s'installe à côté de moi, du même côté de la table, comme font les couples américains.

— Je crois qu'elle tapine…

— Ici ? Pourquoi tu dis ça, F. ?

— Regarde ses chaussures. Dans cette ville, toutes les gonzesses portent des talons vertigineux. Sauf qu'à un moment, les vraies touristes finissent toujours par enlever leurs pompes pour marcher pieds nus. Une prostituée ne fait jamais ça. Même les panards en sang, elle garde son uniforme de travail… comme cette fille. Et puis, ses escarpins sont usés. C'est un signe qui ne trompe pas.

Molly jette un regard attendri à la lolita du bar, avant de retirer la paille de mon thé glacé pour touiller son verre de vin avec.

— L'audace de cette nana me plaît. Elle est comme moi : elle assume. Tout. Je hais les gens qui s'excusent sans cesse, qui se flagellent constamment, de crainte de souiller leur âme d'une tache indélébile s'ils ne demandent pas miséricorde…

Elle aspire bruyamment son alcool.

— T'as des regrets, toi, dans la vie ?

Sa question me désarçonne. Une multitude de situations embarrassantes défilent dans ma tête : la fois où j'ai été surpris en train de me masturber au fond de l'église pendant la messe ; la fois où j'ai pissé sur le lit de mes parents pour me venger d'avoir été puni, laissant le chien porter le chapeau ; la fois où j'ai espionné ma sœur sous la douche… Mais avant que je puisse formuler une réponse, elle poursuit.

— J'ai trente-trois ans, un job, une maison, des rapports sexuels réguliers… Et les gens pensent que je ne le mérite pas parce qu'avec mes seins, ma grosse crinière brune et ma vue basse, je ressemble à une…

Elle me désigne du menton l'*escort* du bar en guise de fin de phrase.

Je fais une moue censée la contredire. Elle continue.

— Rien ne m'a été offert. Rien. Et si je n'oublie jamais tout ce que j'ai dû traverser pour survivre, en revanche, la honte n'a jamais fait partie du voyage…

Au fil de la discussion, Molly me raconte comment elle est parvenue à décrocher sa *green card*, la fameuse carte verte qui permet d'immigrer aux États-Unis. Née en Grande-Bretagne, elle avait cinq ans quand elle a posé ses valises dans le sud de l'Amérique pour suivre sa mère venue enseigner à l'université de Floride de Tallahassee.

Mais lorsque le contrat n'a pas été renouvelé, la famille a dû retourner en Angleterre, une main devant, une main derrière. Elle avait quinze ans. Elle n'a pas supporté. Elle balbutie un truc sur le fait de devoir vivre avec son père, demeuré à Londres.

Alors, comme beaucoup d'étrangers prêts à tout pour rester chez l'Oncle Sam, ma partenaire s'est résignée : elle a épousé un Américain.

Le mariage arrangé pour les papiers : c'est la voie royale. On trouve un Yankee, on lui donne 25 000 dollars pour qu'il vous passe la bague au doigt et, au bout de deux ans (si tout va bien), on divorce, une carte verte en poche.

Comme c'est illégal, forcément, parfois ça dérape. Un de mes amis l'a expérimenté : après son union (ordonnée par un nain déguisé en Elvis), la fille a fait traîner la demande de *green card* pendant quatre ans. Chaque mois, elle réclamait plus d'argent, sous peine de le dénoncer. Mon pote a fini par lui payer la maison, les études, les vacances, et il a dû s'endetter sur dix ans. C'est sûr que pour lui, le rêve américain a un arrière-goût de sodomie…

Mais Molly ne voulait pas d'une transaction de l'amour. Elle voulait croire au conte de fées. Elle s'est donc inscrite sur un site de rencontres en ligne, et elle est tombée sur Jacob, quarante-quatre ans. Après plusieurs semaines de relation virtuelle, elle s'est invitée dans sa maison, pour l'été, à Oklahoma City. Elle rigole.

— Le légume officiel de l'Oklahoma, c'est la pastèque. Le légume. Officiel. Ça aurait dû me mettre la puce à l'oreille…

Vous vous doutez bien qu'un quadra qui fait venir chez lui une ado de quinze ans qu'il n'a jamais vue, c'est soit Michael Jackson, soit un mec un peu louche. Bon, c'était un mec un peu louche.

Elle ne savait pas trop ce qu'elle recherchait auprès de lui. Une figure paternelle protectrice ? Une émancipation ? L'amour ? L'admiration d'un adulte ? Des papiers faciles ? Tout cela à la fois, au bout de deux mois, a mis Molly enceinte en fin de puberté.

Les crucifix disposés dans la maison ne servaient pas uniquement pour la décoration : Jacob a convaincu sa jeune fiancée de l'épouser sur-le-champ, à l'image de ces dix mille enfants que l'on conduit à l'autel chaque année aux États-Unis.

L'Amérique, ce pays qui a inventé l'ordinateur, le téléphone portable, le Post-it, les bagages à roulettes, la navette spatiale, mais qui ne fixe pas d'âge minimum pour se marier dans le tiers de ses États. C'est ainsi qu'au Massachusetts, par exemple, des gamines de douze ans peuvent jurer fidélité à des messieurs bedonnants. Une fille de douze ans… Comment ça se drague en fait ? Un dîner aux chandelles avec un Happy Meal ? Une soirée ciné devant *Mon petit poney* ? Puis la nuit de noces à Disneyland, les draps Mickey fripés au petit matin… Les mariages de gosses, ce n'est pas seulement dégueulasse. C'est aussi très ringard.

— Tu te doutes que je ne rentre plus dans ma robe de mariée ! dédramatise-t-elle.

Quelques jours après leur union, Molly perdait le bébé. Et alors qu'elle fêtait ses dix-huit ans, un mois, cinq heures et vingt-trois minutes d'existence, USPS (la Poste américaine) lui délivrait un courrier recommandé contenant sa *green card* définitive.

Trente-sept minutes et treize secondes plus tard, elle avait bouclé sa valise, sa demande de divorce et sa voiture, direction Las Vegas, « parce que c'était la ville la plus éloignée que je pouvais atteindre avec mon argent de poche… »

Ma collègue raconte cette histoire comme s'il s'agissait d'un souvenir d'enfance pittoresque. Elle refuse que quiconque la range dans le catalogue des victimes de cet homme de vingt-neuf ans son ainé. Elle l'avait dragué, elle l'avait convoité : elle était consentante. Une chose lui importe : son désir à elle, qu'elle assume pleinement. Son désir à lui, pour une ado d'à peine quinze ans, lui semble presque anecdotique. Pourtant, je sens que ce monde noir ou blanc qu'elle s'est construit menace à chaque instant de s'écrouler, prêt à laisser le gris des remords se déverser. Tous les mecs ne sont pas des salauds…

— La vie est une garce quand même… finit-elle par lâcher comme conclusion à sa longue confession. Pas facile de grandir. Et toi, avec tes parents, tout va bien ?

Je voudrais tellement lui répondre quelque chose de brillant. Mais j'ai l'impression de passer après une conférence de Stephen Hawking : ce qu'on raconte ensuite paraît au mieux insipide, au pire complètement stupide.

Je prends toutes les précautions à l'usage des sourds et des malentendants avant de me lancer. Je dis :

— Oh, rien de vraiment intéressant. Mon père est mort. Et j'ai placé ma mère en maison de retraite à côté, à Boulder City. C'est comme si j'étais orphelin…

Et je bloque ces paroles. Une longue goutte de sueur ruisselle le long de ma colonne vertébrale. Je panique.

— En plus, je soupçonne le responsable de l'hospice d'être un salopard un peu vicieux…

J'étouffe. Molly m'offre une bouffée d'air frais.

— Écoute, tu as dû le remarquer : je ne suis pas blonde. Et je ne te parle pas de mes reflets caramel John Frieda qui foirent une fois sur deux. Je sais ce que tu fabriques avec cette histoire de l'Aria. Je n'ai pas les détails, mais la machine avait un gros problème, ne me prends pas pour une idiote. Seulement, tu souhaites creuser tout ça dans ton coin, discrètement, plutôt que partager ta découverte avec les autres agents du bureau. Pas de souci, moi, je m'en fous des honneurs. Je te couvre. Mais à l'occasion, je voudrais bien ausculter cette puce que tu as emportée avec toi. Simple curiosité scientifique. Tu connais mon amour pour les lignes… de code informatique.

Clin d'œil entendu. Molly pourrait mourir pour un bon mot. J'acquiesce de la tête, tel un petit chien en plastique à l'arrière d'une voiture. Elle m'a vu subtiliser le composant de la machine à sous Western. Je me demande : un secret partagé finit-il toujours par être trahi ?

4

Make it last forever.
Friendship never ends.
(Wannabe)

Six heures douze du matin, un samedi. J'ouvre les persiennes de la chambre de mon appartement. La puissante clarté de l'aube déclenche immédiatement un mal de tête chez moi. Je referme les stores d'un coup sec et replonge la pièce dans la pénombre, là où elle restera la majeure partie de l'été. Pour la première fois depuis… aussi loin que je me souvienne, je n'ai eu aucune difficulté à me lever. Je me considère comme quelqu'un de matinal sauf qu'avec moi, le matin commence vers onze heures.

J'allume la télévision et sélectionne la chaîne d'information en continu Fox News. Ils parlent d'un fabricant de jouets qui vient de sortir un kit hommage *Build the wall*, pour que les enfants puissent s'amuser à construire un mur anti-immigration entre les États-Unis et le Mexique. C'est bien fait. Mais le journaliste en plateau se plaint qu'ils n'aient pas prévu un personnage moustachu, avec un sombrero et des maracas, qui pourrait tenter d'escalader la barrière. Bien vu. Un appel provenant de mon concessionnaire Mercedes m'empêche d'entendre la suite. On me prévient que ma voiture a enfin été réparée. Deux jours sans elle m'ont semblé une éternité.

Je croise mon reflet dans le miroir du salon. Je souris. Dans deux ans, j'aurai quarante ans, mais j'ai réussi à me convaincre que j'en parais dix de moins.

Je m'ausculte et passe en revue chaque détail. J'ai une peau aussi blanche que l'intérieur d'une amande et, au soleil, elle rougit à la vitesse de la lumière. Mon visage ? Forme inconnue : pas vraiment rond, sûrement pas en triangle, mais ni carré, ni allongé, ni ovale. Il a une forme humaine, c'est l'essentiel. Mes cheveux noirs (que je ne perds pas) s'accordent harmonieusement avec mes yeux marron et mon nez d'une taille respectable, ni trop effrayant, ni trop petit. La seule chose que j'aime vraiment chez moi, c'est ma bouche : massive, dessinée, avec des dents blanches alignées et des lèvres naturellement gorgées de rouge qu'on a envie de croquer. Un publicitaire aurait décrété qu'il s'agissait là de mon « plus produit ». Je misais effectivement tout dessus.

La cafetière chuinte. Tout en soufflant sur la tasse brûlante, je saisis la puce subtilisée la veille dans la machine à sous Western de l'Aria. Je la contemple. Deux jackpots de 20 000 dollars à la suite : l'analyse des vidéos de surveillance envoyées par la sécurité du casino n'ayant rien montré de suspect, l'explication se trouve forcément dans ce minuscule circuit électronique. Je frémis à la pensée de pouvoir prouver à tout le monde ce que je vaux vraiment, moi, « le petit Français ».

Mais pour élucider cette énigme, j'ai besoin d'un accessoire indispensable : une machine à sous flambant neuve. Aussi incroyable que cela puisse paraître, s'en procurer une à Las Vegas n'est pas évident. Comptez 25 000 dollars à l'achat, plus une tonne de paperasse à signer pour s'assurer que vous ne montiez pas un tripot clandestin chez vous.

J'appelle donc Jason, mon contact chez Archiduk, l'un des principaux fabricants de bandits manchots. Avec Kyle, il forme un duo de fêtards australiens que rien ne peut séparer.

La première chose qui saute aux yeux avec Jason, c'est sa taille : à deux centimètres près, il était nain. Avec sa grosse tête, ses grands pieds mais son buste et ses mains miniatures, il me donne surtout l'impression d'un ado en pleine croissance. Je me méfie de lui en soirée : après avoir annoncé à tout le monde qu'il part, il a l'habitude de rester un peu caché, afin de vérifier qu'on ne dit pas de mal de lui.

Kyle, lui, c'est tout l'inverse : il tutoie les deux mètres dix, sans forcer. Atteint de surdité, il aura, pour cela, ma sympathie éternelle, car je me dis que les gens sourds ne comprendront probablement jamais pourquoi les pets font rire. Son long métrage préféré, c'est *La maison de cire*, parce qu'il adore Paris Hilton qui joue dedans. Sans les dialogues, j'avoue que le film se regarde avec plaisir…

Je les surnomme Minus et Cortex, en hommage aux deux souris du dessin animé, car j'ai toujours le sentiment qu'ils préparent un mauvais coup. Je quémande :

— Jason Cortex, tu peux me rendre un service ? Il faudrait que tu me prêtes une machine à sous. C'est pour une fête avec des potes.

— Tu en as besoin pour quand F. ? me répond-il du tac au tac.

— Aujourd'hui, mais je ne pourrai pas te la rapporter avant une bonne semaine…

— Tu sais ce qui me ferait plaisir ? Des tickets VIP pour le Crazy Horse 3. Le club a installé de nouvelles cabines de strip-tease intégral. Il paraît que tu peux même demander aux filles de t'étrangler pour mieux…

— C'est dans mes cordes. Autre chose ?

— Oui, il faudrait aussi que tu passes me remplir un formulaire d'emprunt. Officiellement, on dira que tu as emporté la machine pour ton boulot…

— Bien sûr, tout ce que tu veux ! J'arrive.

À bord de ma Mercedes classe E cabriolet rutilante, je quitte mon complexe d'appartements semi-miteux, situé à vingt minutes du Strip en voiture (est-il besoin de préciser en voiture ? Parce que la dernière personne que j'ai vraiment vue marcher dans cette ville, c'était un artiste de rue et c'était sur des braises…).

Je m'engouffre sur la I15, l'autoroute qui longe tout ce que Las Vegas a de plus brillant à offrir : ses casinos, son stade de football, son cannabis, Lady Gaga. J'ai pris cette voiture dès sa commercialisation. Le miracle américain dans toute sa splendeur : j'avais juste dû fournir mon identité et un RIB pour repartir en moins d'une heure à bord de l'engin allemand. Ici, la bagnole de luxe en leasing, c'est la poudre d'illusion que vous lancez aux yeux des femmes pour les séduire. Le carrosse de Cendrillon mais avec l'option banquette arrière, pour allonger la princesse. Malheureusement, passé minuit comme dans le conte, le réveil est souvent rude pour tout le monde…

Je pousse le volume de la radio afin de couvrir la clim qui postillonne avec difficulté son air gelé sur mon visage. Je profite au maximum des basses de la chanson *Freed from desire* de Gala. Je suis un pur produit des années 90, cette décennie trop longtemps mal-aimée, que certains ont tenté d'enterrer, telle une expérience ratée. Une époque où Michael Jackson était cool, Sonic en deux dimensions, où le bomber Schott intérieur orange et la coupe mulet étaient branchés, les GIF ringards, où les filles sentaient bon le déo Impulse, où les jeunes disaient Raiders au lieu de Twix et où Teri Hatcher était connue en tant que Loïs de la série *Loïs et Clark*. Aujourd'hui, les gens semblent redécouvrir cette décennie. Mais moi, ça fait vingt ans que j'accomplis mon devoir de mémoire et préserve ce pan majeur de l'histoire de l'humanité, en faisant vivre la musique de mon adolescence au rythme d'Ace of Base, Whigfield, Haddaway, ATC, Mr Big, Culture Beat et *Don't Stop* de ATB…

La voix (un peu de salope) de Waze m'indique de prendre la prochaine sortie. J'obtempère sans réfléchir, comme si c'était Dieu qui me l'ordonnait.

Je débarque dans un quartier pas très rieur, avec des entrepôts blancs et beiges à perte de vue coincés entre des terrains vagues. Au loin, j'aperçois la petite silhouette de Jason, qui m'attend à l'entrée des bureaux d'Archiduk, un taco dans la gueule. Il ressemble à un Gremlin qu'on aurait nourri après minuit. Je serre (pas trop fort) sa main grasse et baisse la tête pour mieux entendre le son nasillard qu'émet sa bouche.

— Dude, j'ai une copine ! Je suis amoureux ! Enfin, je crois. Il faudrait peut-être que je vérifie sur Google ce que ça signifie d'être amoureux. Mon problème, c'est qu'elle est hermétique à la sodomie…

— Et toi, ça te ferait plaisir que je t'encule ?

Il éclate de rire. Je prie pour qu'il ne s'étouffe pas avec sa tortilla.

Il poursuit, inquiet.

— Moque-toi, F., mais elle veut qu'on en discute tout à l'heure. Ça sent la soirée de *break-up sex*…

Le *break-up sex* : cette nuit où l'on fait l'amour à sa petite copine pour la dernière fois sachant qu'ensuite, ce sera fini et qu'on ne se reverra plus. Le meilleur sexe qui soit. Le seul sexe qui me convienne réellement.

J'ai des fourmis dans les jambes. Je secoue ma cuisse droite, mais mon ami lilliputien confond cela avec des signes d'impatience. Il m'amène prestement retrouver son binôme Kyle dans un hangar, où trônent des centaines de machines à sous méticuleusement alignées.

Je prends tout mon temps, telle une fille en train de faire son shopping. Je traîne entre les allées, je caresse la marchandise, parfois même je m'exclame : « C'est joli ça, non ? ». Enfin, je désigne du doigt un modèle : une machine Western, en tout point identique à celle de l'Aria. Jason approuve.

— Très bon choix, tes invités vont adorer !

Immédiatement, des employés chargent, à bord d'un camion de la société, l'engin qui me sera livré dans l'après-midi. Mon futur cobaye est en route…

Sur le chemin du retour, je décapote la voiture et, le vent brûlant dans les cheveux, je mets à fond *Girls and Boys* de Blur. Mince : j'ai complètement oublié de signer le formulaire d'emprunt de Kyle. Je chasse le sentiment de culpabilité qui m'envahit : ce n'est pas comme si j'allais les truander en leur piquant cette Western…

En attendant la livraison, et en soutien à mon corps flétri, je décide de faire une halte à la salle de sport. Même si j'y traîne rarement les pieds, j'aime ce confort mental de voir, chaque mois, un prélèvement de 200 dollars contenant le mot gym sur mon relevé de compte. L'annuler, ce serait renoncer.

J'ai arrêté toute activité physique officieusement en cinquième, quand mon professeur d'EPS (Gilbert Poirier, visage émacié et ventre bombé) s'est mis en tête de me transformer en champion des barres asymétriques. Chaque semaine au collège, je participais donc à l'appel avant de m'éclipser discrètement et passer mon après-midi à manger des glaces sans que personne remarque ma disparition.

Toutefois, la visite à Las Vegas d'une salle de gym m'avait immédiatement réconcilié avec mon vieil ennemi. Il faut dire que cela ressemble plus à un Club Med qu'à un club de torture. Pour vous servir : dix espaces de sport, quatre piscines intérieures chauffées, trois bassins extérieurs avec toboggans, des jacuzzis, un bar offrant des cocktails en continu, quinze terrains de tennis, un sauna, un hammam, un restaurant *healthy*, une garderie pour les enfants, un coiffeur, une esthéticienne, un chirurgien plastique… L'idée d'entrer avec le physique de Guy Carlier dans *On ne peut pas plaire à tout le monde* et de ressortir avec celui de Zac Efron dans *High School Musical* m'était apparue tout de suite très séduisante.

Je passe au vestiaire me changer. L'endroit grouille de clones d'Antonio. À croire que tous les serveurs de Gabi se sont donné rendez-vous ici. Je ne comprends pas ce que les femmes peuvent leur trouver. D'un regard, je les méprise, mais je suis sûr qu'ils doivent penser que je les jalouse. Un client, la cinquantaine, m'aborde.

— Vous êtes français ?

Il a dû m'entendre parler à l'accueil. Je déteste quand on remarque mon accent.

— Oui ! je réplique dans la langue de Molière, pour le déstabiliser.

Une parenthèse, mais d'importance : l'homme qui se tient debout, devant moi, se trouve à ce moment-là entièrement nu. Le torse et le dos totalement recouverts de minuscules poils blancs, il scintille dans la lumière. On dirait l'apparition divine d'une brebis.

Son pénis, quant à lui, est tellement microscopique que son gland semble directement rattaché au ventre, sans passer par la case corps caverneux. Et après, on s'étonne que les Américains collectionnent les flingues et les grosses bagnoles…

J'ai du mal à garder ma concentration. Il parle fort. Je sais d'expérience que ceux qui haussent le ton haussent rarement le niveau.

— Ah Paris, c'est si beau... J'aimerais tellement y aller !

Pourquoi les Américains croient-ils que tous les Français vivent à Paris ? Je tente de me débarrasser de lui avec une banalité.

— Oui, Paris, c'est magnifique, il faut s'y rendre. La nourriture, l'architecture, la culture...

— Non ! me coupe-t-il sèchement. Les femmes. Je dois rencontrer des Françaises. Elles sont différentes des Américaines : elles font la cuisine et elles ne font pas chier ! Et puis, je vais leur montrer comment un vrai Américain fait l'amour...

Je jette un œil condescendant à sa protubérance. Il change alors de sujet aussi rapidement qu'une queue de poisson.

— Je souhaite, en plus, profiter du voyage pour aller en Angleterre. Je voudrais qu'ils me parlent de leur vision de la guerre d'indépendance. On leur a fait la misère aux British, vous savez ?

À l'école, les jeunes Américains apprennent deux choses. Un : l'Amérique est le pays le plus incroyable de l'Univers. Deux : la guerre d'indépendance américaine de 1775 a constitué un événement planétaire majeur, une lutte héroïque pour la liberté, contre la tyrannie de l'Empire britannique, qui taxait de manière injuste les pauvres colons sans leur offrir de représentation politique.

J'ai envie de lui cracher à la figure que partout ailleurs sur terre, son petit conflit, tout le monde s'en fout. La plupart des gens découvrent son existence en jouant à *Assasin's Creed 3* sur PlayStation. Et si d'aventure, on leur en parle à l'école, c'est en note de fin de page à la Révolution française qui, elle, a véritablement changé le cours de la civilisation occidentale. J'ai vraiment envie de lui révéler que sa révolution américaine, c'est une poussière de l'histoire qui ne mérite même pas une majuscule. Mais ça se trouve où, déjà, « couilles », dans le dictionnaire ? À la place, je remballe mes affaires. Cet homme m'a coupé toute motivation. Définitivement, je préfère mes machines à sous aux machines de sport.

De retour chez moi, en passant le portail de mon complexe d'appartements, je remarque le camion du fabricant Archiduk. Son avance sur l'horaire me fait trépigner tel un enfant le matin de Pâques. Une fois déchargée, la Western fournie par Jason et Kyle occupe une bonne partie de mon salon, et je dois pousser quelques meubles pour lui faire de la place.

Immédiatement, j'insère dedans la puce « empruntée » à l'Aria. La démarche demande dextérité. Je tire la langue, comme si cela me permettait de mieux viser et, en quelques secondes, l'affaire est dans le sac.

Je glisse un billet de 1 dollar dans la fente de l'appareil. J'appuie sur le bouton de la mise minimale. Les symboles défilent et s'arrêtent sur une combinaison payante : 40 dollars ! Je rejoue. « Western ! » mugit le haut-parleur pour accompagner les 78 dollars remportés ! Je rejoue. 123 dollars ! Je rejoue.

98 dollars ! Quelle est la probabilité d'une telle succession de victoires ? Une chance sur trois millions ?

Grisé, j'augmente la mise au maximum : 6 dollars. Au bout de quelques minutes, durant lesquelles j'enchaîne les succès, je n'arrive pas à contenir un hurlement de joie. Jackpot ! Sur l'écran s'affiche mon gain : 120 733 dollars et 40 cents. La machine m'imprime alors automatiquement un ticket. Dans un casino, il me permettrait de retirer ce pactole à la caisse. Si seulement c'était vrai…

La puce de l'Aria vient de me confirmer son visage : elle a transformé cet innocent appareil en cash machine, l'obligeant à cracher ses dollars comme un geyser du Yellowstone. Je ne maîtrise plus mon corps. Mon cœur bat avec la force d'un ouragan. Je touche du doigt ce qu'ont pu ressentir Louis Pasteur, Christophe Colomb ou le Schtroumpf à lunettes dans *Le Schtroumpfissime* : je me prépare à avoir un destin. Si avec ça, mon patron Dick n'affiche pas ma photo parmi les employés de l'année du Nevada Casino Control Board !

Les questions se bousculent dans mon esprit : qui a modifié cette puce ? Pourquoi personne, au NCCB, n'a jamais rien repéré auparavant ?

En y réfléchissant, cela ne m'étonne guère. Les agents du Board n'ont pas franchement bonne réputation. En 2009, John Kane, un pianiste de Las Vegas, avait trouvé un bug dans les jeux de poker électroniques. En appuyant sur les touches de l'écran tactile selon un ordre précis, il déclenchait instantanément le paiement d'un jackpot. Il avait, de cette manière, empoché des centaines de milliers de dollars avant d'être arrêté par la sécurité d'un casino. Ce qui me frappait dans cette histoire, c'est que pendant plus de sept ans, personne, ni chez le fabricant des machines ni au Board, n'avait été capable de repérer ses manœuvres ou même d'identifier la faille. Comme un cafard increvable, le bug avait traversé les époques, les mises à jour de logiciel, les contrôles et les vérifications, sans que quiconque ne le détecte.

L'élégance de ma découverte m'émeut soudainement. Si belle et si inquiétante à la fois… Certains seraient effrayés par sa dangerosité, repousseraient sa monstruosité. Pas moi. Je reste intimement persuadé que toute avancée scientifique est neutre, et qu'elle peut être employée ou pour créer, ou pour détruire. C'est trop facile d'accuser les chercheurs quand ça tourne mal. Je méprise ainsi rigoureusement Alfred Nobel qui culpabilisait d'avoir conçu la dynamite, ou Einstein pour s'être exclamé : « Malheur à moi » (« Woe is on me ») en découvrant que ses travaux avaient engendré la bombe d'Hiroshima. Cette puce n'est pas bonne ou mauvaise en soi. C'est son utilisation qui pourrait l'être. Moi, je la vois comme une invitation au bal de l'exploration. Le défi qu'elle m'a lancé pour pleinement comprendre son fonctionnement m'excite déjà.

Vingt-deux heures : bien décidé à étudier ma trouvaille sous toutes ses coutures avant de prévenir le Board, je poursuis mes investigations à toute vitesse. Je n'ai pas décollé de l'écran de mon ordinateur, pas même pour me nourrir. Toutefois, malgré mes efforts, je n'ai toujours pas la moindre idée de ce qui, dans cette puce, déstabilise le système de gains et oblige la machine à sous à déclencher le jackpot. C'est tout moi ça, échouer si près du but… Pourtant, si je veux vraiment impressionner mes supérieurs, j'ai intérêt à trouver comment ça marche ! Mes paupières fatiguent. Je m'apprête à fermer boutique lorsque, sans prévenir, un message apparaît au centre de l'écran de la Western.

On peut lire :

« AGENT F. APPELEZ-MOI. 917-555-0157. L'AVENIR DE VEGAS EN DÉPEND. »

F., mon pseudo au bureau… J'ai à peine le temps de mémoriser le numéro de téléphone qu'il disparaît. Une odeur de cramé en provenance de l'intérieur de la machine met tous mes sens en alerte. Je me précipite pour regarder ce qui se passe. Trop tard. La puce recueillie à l'Aria est en train de se calciner, sous mes yeux impuissants. La fumée grise qui s'en échappe ne laisse place à aucun doute : elle est complètement cuite. Toute preuve de ce que j'ai découvert s'est volatilisée, emportée en un battement de cil.

5

That's me in the corner.
That's me in the spotlight. Losing my religion.
(Losing my religion)

Je conduis en direction de la maison de Molly. Je n'ai pas eu le courage de rester seul, face à face avec ma culpabilité. Une machine à sous prodigue. Une puce qui s'autodétruit. Un message secret. Mais dans quoi me suis-je embarqué ?

La voix de mon téléphone m'indique de tourner à gauche. Heureusement qu'il y a Waze dans ce monde. Parce que toutes les demeures de ce quartier résidentiel se ressemblent. À croire que le promoteur immobilier n'a construit qu'un modèle, en changeant uniquement la couleur des portes d'entrée… Je tente de me concentrer sur les instructions du GPS, mais les cigales font un tel tapage nocturne que je rate un mot sur deux. Je les insulte :

— La ferme ! J'en peux plus de vous !

Le calme se rétablit miraculeusement alors que je tourne enfin dans la rue de Molly. Elle salue au loin un enfant d'une dizaine d'années.

— Merci encore Caillou, et embrasse ta mère de ma part !

— Caillou ? je l'interroge en verrouillant ma voiture.

— Comment ça ? Tu n'aimes pas Caillou ? C'est joli, je trouve. C'est français en plus !

— Oui, mais ce n'est pas un prénom pour autant…

— Arrête, sa mère m'a assuré que c'était hyper populaire en France.

Je comprends la méprise.

— Ah, mais pas du tout ! On n'appelle pas les gens Caillou en France, mais Pierre. Pauvre gamin !

— Ah merde… Je me souviens maintenant que son père avait utilisé Google Traduction pour les aider à trouver un prénom européen. Ils ont dû mélanger un truc. Tu crois qu'il faut leur dire ?

— Ça va, ils auraient pu tomber sur pire. Gravier par exemple…

Cette histoire me rappelle ces enfants en Afrique qui se nomment Fetnat, parce que leurs parents ont choisi le saint de leur jour de naissance dans le calendrier français. Venir au monde le Quatorze Juillet là-bas, pour la fête nationale, c'est une malédiction.

J'entre chez Molly. Le confort semble guider ses décisions en matière de décoration. Tout invite à se vautrer dedans, comme ce canapé « dans le plus pur style crotte de mammouth », ce fauteuil massant lumineux ou cette moquette moelleuse posée jusque sur le siège des toilettes. Un énorme téléviseur diffuse un reportage sur les squales, dans le cadre de la Shark Week sur Discovery Channel. Elle peste.

— Ils consacrent une semaine entière à ces conneries de requins. Tu te rends compte ? Alors que, nous, les femmes, on doit se contenter d'une seule journée dans l'année...

Je dodeline de la tête.

— Tu veux devenir une espèce en voie de disparition ?

Je zappe sur Fox News où un débat à propos de *Bob L'Eponge* fait rage. Selon les journalistes en plateau, les créateurs du dessin animé se serviraient secrètement du sympathique personnage jaune afin d'empoisonner les esprits des gamins, en leur bourrant le crâne de fausses idées sur le réchauffement climatique. Ma partenaire tranche sans gêne leur conversation en éteignant brutalement le téléviseur.

— Tu tombes mal F., j'allais partir. Et je suis super en retard à cause de ma mère qui s'est cassé le frémur.

— Le fémur, tu veux dire ?

— Non, le frémur. C'est comme le fémur, mais en plus dur...

Je la laisse dire. Elle remarque ma cicatrice le long de mon bras gauche, souvenir d'enfance d'une dispute familiale.

— Toi aussi, tu t'es brisé quelque chose plus jeune ? Tu te battais souvent ?

J'esquive.

— Oui, tout le temps.

— Ah bon ?

— Contre les moustiques dans ma chambre. J'en ai pas mal massacré contre le mur...

Ça la fait rire.

— Alors, agent F., qu'est-ce qui justifie que tu t'incrustes chez moi, un samedi, à onze heures du soir ? Qu'as-tu de si grave à me confier, qui ne peut pas attendre lundi au bureau et dont tu ne peux pas parler au téléphone ?

Dite comme ça, la chose paraît effectivement importante. Nerveusement, je manipule un concombre qui trône au milieu de la corbeille à fruits, sur le plan de travail.

— Attention ! crie-t-elle. Je m'en suis servie hier soir !

Clin d'œil lubrique. Je repousse le légume avec effroi.

— Mais pour qui tu me prends ? Je l'ai lavé après, quand même… s'esclaffe-t-elle.

Je n'arrive pas à savoir si elle se moque de moi. Molly aime les farces. Elle me rappelle cette femme qui, sur son lit de mort, avait demandé à son époux de s'occuper de la plante de leur salle de bains. Après son décès, afin d'honorer sa mémoire, le mari s'y était consacré religieusement, l'arrosant quotidiennement. Jusqu'au jour où, bien des années plus tard, on lui avait fait remarquer que ladite plante était en fait en plastique. La blague, depuis l'outre-tombe.

Dans cette cuisine, entre ce concombre et les restes d'un cocktail préparé à la va-vite, je trouve finalement le moment complètement incongru pour lui parler de mes découvertes, notamment cet étrange message contenant mon initiale. Je tente une diversion. J'interroge :

— Tu as des nouvelles d'Antonio ?

— Je dois le rejoindre ce soir justement. Tu veux venir ? On va à l'ouverture du nouveau club du Palms. On discutera là-bas.

J'éprouve une certaine fierté à rouler avec Molly à mes côtés. Suivant la cadence du *one-hit wonder* de Babylon Zoo, *Spaceman*, le vent s'enroule autour de sa chevelure sombre méchée de caramel, alors que les lumières de la ville se reflètent dans le gloss de ses lèvres.

Elle allume une cigarette. La flamme de son briquet donne une couleur jaune presque surnaturelle à l'iris de ses yeux. Je frémis. La sonnerie d'un appel rompt le moment. C'est Dick. Molly retourne les paumes de ses mains pour marquer sa surprise.

— Ça lui arrive souvent au patron de te téléphoner le week-end, aussi tard ?

J'indique non de la tête. La communication bascule directement sur les haut-parleurs de la voiture.

— C'est moi. J'ai appris pour la Western de l'Aria…

Je ne réponds rien, comme fusillé par la phrase. J'évite de justesse un ado faisant tournoyer un panneau publicitaire au-dessus de lui. Mon boss poursuit, l'air embêté. Son ton me paraît anormalement prévenant.

— Je comprends ta décision, mon petit F., dans le doute, on déclare la machine à sous hors service, et tant pis si le casino gueule que ça leur coûte de l'argent. Je sais, c'est moi qui impose cette putain de doctrine !

Mince, je n'avais pas prévu que l'Aria irait se plaindre au Board de la perte de sa Western. J'écoute la suite en serrant le volant de plus en plus fort.

— Mais là, on aurait pu faire autrement, tu ne penses pas ? C'était quoi le problème exactement ?

— Une surchauffe qui a tout fait planter…

Je balbutie. J'ai l'impression qu'il sait que je mens. Est-il au courant pour la puce ? Le message secret avec ma foutue initiale dedans ?

— Bien, bien, bien… Et ce n'était pas réparable, naturellement ?

— Non. Bonne pour la casse.

— Ça me rassure. Pendant un instant, j'ai cru à un nouveau piratage. C'est parfait. J'aime les gens qui ne m'apportent pas leurs problèmes. Moins on fait de vagues sur Strip, mieux on se porte. À lundi ?

Il raccroche alors que je m'apprête à répondre. Molly fixe ses ongles, muette, sans même me demander de justifier cette conversation. Je jurerais discerner dans les volutes de sa cigarette un signal de fumée indien qui dirait : « Homme blanc étrange, malheur à l'horizon ? »

À la demande de ma collègue, nous nous arrêtons devant l'un des dispensaires de la ville qui poussent un peu partout depuis que le Nevada a légalisé le cannabis.

La drogue s'est immiscée depuis longtemps dans ma vie. Non pas que ce soit mon truc, mais parce que tout le monde autour de moi à Vegas en prend. Une journée dans cette ville débute ou finit presque toujours par l'absorption de stupéfiants.

J'ai tout côtoyé : les méthamphétamines, le GHB, le Vicodin, la kétamine, l'ecstasy, les stéroïdes, le LSD, le fentanyl, les champignons, la weed et surtout les montagnes de cocaïne aussi raides que les pistes d'Aspen. J'ai tout observé, sous toutes les formes : en coupe-faim, en désinhibiteur ou en régulateur d'humeur ; en cachet, en poudre ou en liquide ; en cachette, en famille ou en place publique ; en vente libre, en prescription médicale ou en deal sous le manteau. Vegas marche ainsi : au jeu, avec les filles ou sous substance, cette ville sert à oublier qui on est et pourquoi on est venu.

Un vigile en costume noir nous ouvre la porte du dispensaire, temple de la marie-jeanne. Le lieu a des allures d'Apple Store, avec son personnel décontracté et ses larges vitrines de verre exposant la marijuana dans toutes les saveurs imaginables. Au-dessus de nous virevoltent des drones en forme de ballons, portant l'effigie de la marque.

Chaque produit ici a un goût d'herbe. Je parcours du regard les joints roulés (à l'unité ou en pack de dix), les eaux aromatisées, les bières, les bonbons, les gâteaux, les cigarettes électroniques, les parfums, les friandises pour chiens, les masques de beauté, les bougies, les préservatifs et autres vaporisateurs haleine fraîche... Même l'air ambiant semble fourré au haschich. J'inspire profondément. Je suis déjà *high*.

J'ai l'impression de voir double quand des jumelles métisses surgissent derrière un présentoir. Elles portent une tenue parfaitement identique : jupe microscopique, tee-shirt noir près du corps gras, chaussures à talons en bois et chaussettes longues, le tout surmonté d'une casquette au logo de l'équipe de hockey Golden Knights.

Elles escortent, de chaque côté, un Afro-Américain bodybuildé des bras dont la chemise peine à cacher le ventre rebondi. Lui seul parle. Il commande tout ce qu'il voit. À chacun de ses choix, les deux filles gloussent d'approbation. Au moment de payer l'astronomique facture de 7 432 dollars, la vendeuse lui propose la carte de fidélité du magasin et vingt-cinq pour cent de réduction.

— C'est pour emporter ou pour une livraison à domicile ? s'enquiert-elle.

— Dans la Bentley, maintenant ! aboie-t-il.

Il me toise en partant, puis scrute Molly, avant de me glisser un petit sourire entendu, du style : j'ai compris. Je lui rends hypocritement son rictus.

Ma collègue opte modestement pour une cigarette électronique nommée Party, « un mélange d'huiles naturelles de cannabis exaltant et stimulant, qui procure énergie et sensation de bien-être pendant plusieurs heures. » La soirée peut commencer.

Je n'avais pas remis les pieds au Palms depuis que Mariah Carey y avait chanté pour une série de concerts. Inconsciemment, je devais leur en vouloir d'avoir ainsi donné l'envie saugrenue à cette pop star de s'installer, à l'année, pour une résidence.

À l'intérieur, le casino dégueule d'œuvres d'art. Andy Warhol, Bansky, Basquiat, Scott Hove ; sur les murs, au sol, au plafond, dans les toilettes ; partout, n'importe où, *urbi et orbi*. Je tombe nez à nez avec un requin-tigre de quatre mètres de long, coupé en trois, suspendu dans des aquariums remplis de formol.

— Ça s'appelle *The Unknown (Explored, Explained, Exploded)*, me glisse Molly en lisant le panneau explicatif juste en dessous. C'est de Damien Hirst. Je confirme ce que je t'ai dit : il n'y en a que pour ces foutus squales !

Je comprends mieux comment le Palms a pu dépenser 690 millions de dollars en rénovations. Vegas, mécène de l'art moderne, on aura tout vu. Je compte inconsciemment le nombre exceptionnel de belles filles qui nous entourent. Probablement des mannequins d'atmosphère, recrutées par le casino, afin de donner l'impression que les *beautiful people* ont envahi le lieu ce soir. Il faut bien ça pour épater les touristes. Les parfums légèrement épicés qui émanent de ce harem me filent le tournis. Le sang me monte à la tête et aux oreilles, que je devine écarlates, vives et chaudes. Je déteste rougir, surtout face aux femmes.

Nous arrivons finalement dans le club. L'uppercut visuel et sonore que je reçois me coupe le souffle. Sur sept mille mètres carrés règnent l'extravagance et la déchéance, avec des salles dehors, des salles dedans, des piscines dehors, des piscines dedans, des nanas tous seins dehors… des nanas tous seins dehors.

Les écrans géants crachent leur lumière stroboscopique sous les fumigènes, au rythme de Marshmello, Skrillex et G-Eazy qui mettent l'ambiance sur scène. Surtout, il y a ce sexe immense ; celui de la statue monumentale de Damien Hirst, dix-huit mètres de haut, qui trône au centre du club. Question proportions, ce pénis n'a rien à voir avec ses homologues grecs et leur kit de voyage. La chose en impose. Mais je diverge.

On s'incruste à une table où plusieurs fêtards s'amusent déjà. Personne ne sait qui nous sommes, mais les bonjours fusent. Ces gens semblent extatiques à l'idée de faire notre connaissance, alors j'enlace et je hugge comme je respire.

Je jette un œil à la carte des boissons. Le pack contenant une bouteille de tequila et une de vodka s'affiche à 5 000 dollars. Le pack de deux cents bouteilles, lui, grimpe à 1 million de dollars. Sans l'option canons à eau pour asperger les filles : pour cela, il faut débourser 100 000 dollars de plus. Je me demande comment on peut payer ce type de tarifs. Avec de l'argent volé, c'est sûr. Personne ne dépense aussi inutilement l'argent qu'il a vraiment gagné.

À côté de nous, je reconnais une starlette de téléréalité dont le scandale « elle maltraite les enfants de son petit ami » fait la une d'un journal people cette semaine. Je comprends que l'équipe de production de l'émission dans laquelle elle joue l'accompagne pour lui tenir compagnie et la soutenir. Le problème avec la télé-poubelle, c'est qu'il faut sortir les ordures.

Un attroupement se crée autour d'elle… avant de s'envoler aussi sec, tels des vautours à la vue d'une nourriture moins avariée. Miss USA (fraîchement élue) vient d'arriver avec sa couronne et son écharpe. Cruel monde de la célébrité soudaine : il y a toujours un truc nouveau qui dévie l'attention, et vous replonge dans l'oubli.

La Miss s'installe à notre table. Molly l'aborde sans complexe.

— Alors, tu as fini combien à Miss USA ?

— J'ai gagné, tu sais… caquette la reine de beauté.

Un ange passe. Une gamine habillée en ange, plutôt. Elle ouvre son sac à main pour vomir dedans, avant de reprendre sa route comme si de rien n'était.

Les deux nouvelles meilleures copines, Molly et la Miss, n'ont rien remarqué. Elles n'arrêtent pas de discuter. Molly lui raconte son enfance : les amis imaginaires qui vivaient dans sa tête (et dont le nombre dépasse celui de ses amis Facebook actuels) ; son insistance à dire « adieu » le soir à son père à la place de « bonne nuit », « parce qu'on ne sait jamais ce qui peut arriver… » ; ses peluches qu'elle avait baptisées des bruits qu'elle entendait, dans la pénombre, en provenance de la chambre de sa mère…

— Quelle imagination ! s'exclame Miss USA. À côté de toi, mon enfance me paraît vide. J'ai dû rester trop longtemps posée sur l'étagère. J'ai autant de souvenirs qu'une poupée…

Je laisse les filles entre elles et pars observer les piscines privées réservées aux clients VIP du club. Tassé au fond d'un fauteuil nacré, un homme, la peau craquelée par le soleil du désert de Mojave et le cheveu blanc phosphorescent, commande trois bouteilles d'alcool : 7 000 dollars à régler. Il sort sa carte de crédit : Veni, Vidi, Visa (black). Une serveuse à peine couverte, body noir dans la raie des fesses, me rattrape par le bras.

— Molly ?

— Sans façon, je ne veux pas de drogue, merci…

J'appuie mon refus d'un geste de la main. Elle sourit.

— Non, votre copine. Elle vous cherche…

Mal à l'aise d'avoir confondu un molly, cette drogue proche de l'ecstasy, avec le prénom de ma collègue de bureau, je quitte la serveuse comme un prince et retrouve Molly (la vraie) en train de s'énerver sur son téléphone.

— Salaud d'Antonio ! Je ne sais pas où il est, il fait le mort. Encore un qui va rejoindre ma longue liste de recthommes. Numéro un des trous du cul faits hommes !

Je voudrais sourire pour saluer son sens de la formule, mais je crains de ne pas trouver les bons mots dans ce mauvais moment.

— Il m'a textée toute la journée, la nuit s'annonçait *muy caliente* et là, plus rien !

— Peut-être que le Palms filtre les latinos un peu trop basanés… je tente de dédramatiser sans conviction.

Pas de réaction. Je rassemble alors tout le courage que je peux mesurer en moi et lâche ma phrase d'un trait.

— La puce de l'Aria contient un message secret.

— Pardon ? De quoi tu parles ?

— La puce que j'ai piquée dans la Western qu'on a contrôlée hier : je l'ai étudiée. Accroche-toi. Il y avait un mot à mon attention. « AGENT F. APPELEZ-MOI. 917-555-0157. L'AVENIR DE VEGAS EN DÉPEND. » C'est pour ça que je n'ai rien osé dire à Dick tout à l'heure.

Ses pupilles doublent de volume. Mais ce n'est pas parce que je l'excite.

— Et tu avais raison : cette puce permet bien de gagner à tous les coups aux machines à sous. Le problème, c'est qu'elle a cramé juste après avoir affiché le message. Elle devait contenir un système d'autodestruction... Je n'ai jamais rencontré un truc comme ça.

Les yeux de Molly semblent prêts à se catapulter hors de ses orbites. Elle m'assomme sous le flot de ses interrogations : tu es sûr de toi ? Tu n'as vraiment pas réussi à comprendre comment cela fonctionne ? Qui a pu laisser ce message ? Tu es bien sûr de toi ? Et si c'était un piège ? Un système d'autodestruction ? T'es Austin Powers ou quoi ? Mais tu es absolument sûr de toi ?

— Que faisons-nous ?

D'une voix calme, j'avais bien insisté sur le « nous ».

— Si tu avertis le Board maintenant, t'es mal...

D'une voix agaçante, elle avait bien insisté sur le « tu ».

— Au mieux, ils te virent discrètement. Au pire, ils font de toi un exemple et tu finis en taule pour dissimilation et intrusion illégale. Dans tous les cas, ils te cuisineront pour savoir pourquoi une machine à sous faisant systématiquement gagner contient un message qui t'est destiné. Même moi, je la trouve louche, ton histoire...

— Je te jure, je n'y suis pour rien ! Mais merde quoi ! Je voulais seulement étudier cette puce ! Il faut me croire, Molly ! Pour une fois que j'avais l'opportunité de bosser sur un truc excitant sans avoir à le partager avec tout le bureau… Je n'ai rien fait de mal !

— Mais ça, tu n'en as plus la preuve ! Désolée, j'ai bien peur que tu sois coincé, F. Tu vas faire quoi ?

Elle a posé sur ma joue sa main, qui sent bon la crème parfumée à l'eau de rose. Je regrette d'avoir agi de la sorte à l'Aria. Mais où avais-je la tête pour piquer un composant d'une machine à sous détraquée ? Tout ça pour qu'on reconnaisse enfin mon talent… Me voilà à présent condamné à avancer. Et peut-être un peu trop curieux pour tout abandonner. Je sors maladroitement le téléphone portable de la poche de mon jean trop serré. Elle me prend le bras.

— Amateur ! On va acheter un jetable au supermarché avant d'appeler !

C'est ainsi qu'un dimanche, à quatre heures du matin, je me retrouve sur le parking déserté d'un Walmart ouvert vingt-quatre heures sur vingt-quatre, à fixer dans le vide un Samsung bas de gamme. Molly pianote sur son téléphone. Je demande :

— Tu discutes avec qui ?

— Personne. Je calme mes nerfs. Tu appelles ?

Je me décide enfin à composer le numéro : 917-555-0157. Je confirme à de multiples reprises, intérieurement, qu'il s'agit du bon, avant d'oser appuyer sur l'icône verte. Je mets la conversation sur haut-parleur. Ça sonne. Une fois. Deux fois. Sept fois. Au huitième bip, une voix trafiquée retentit dans l'habitacle de la voiture. Elle ressemble à celle d'Alexa, l'assistant virtuel de l'enceinte connectée d'Amazon.

— Bonjour agent F. Pardonnez-moi pour cette approche singulière, mais je ne pouvais pas vous contacter autrement. Dans cette ville, même les machines à sous ont des oreilles. La suite dépend entièrement de vous. Puis-je compter sur votre honnêteté ? J'ai besoin de votre aide pour démasquer le plus grand complot que Las Vegas ait jamais connu. Le Strip est en danger. Si vous voulez en apprendre plus, rendez-vous mercredi, quatorze heures, au Clown Motel de Tonopah, chambre 2B. Je vous contacterai. N'en parlez à personne, surtout pas au Nevada Casino Control Board. Vous ne pouvez pas leur faire confiance. Ils savent.

Ça a raccroché. J'essaye de rappeler immédiatement : « Le numéro que vous avez demandé n'est plus en service actuellement… » La voiture est devenue aussi silencieuse que le monastère de ma seconde communion.

— On réserve deux chambres ou une chambre avec deux lits ? m'interroge Molly.

D'une voix suave, elle avait bien insisté sur le « on ».

6

I have come to save the day.
And I won't leave until I'm done.
(Are you gonna go my way?)

Cela fait pratiquement une semaine que je n'ai pas échangé de fluides avec une personne du sexe opposé. J'ai le manque chevillé au corps. Machinalement, ma main caresse mon entrejambe. Le drap glisse le long de ma cuisse. Je frissonne. Mais je crois que c'est plus dû à la climatisation, dont la brise frise ma peau.

Adolescent, je n'ai jamais ressenti ce sentiment de culpabilité que certains garçons éprouvent à se masturber. J'avais provoqué l'effroi de mes camarades de troisième lorsque je leur avais demandé si, dans *Toy Story*, les jouets regardaient Andy quand il s'adonnait aux plaisirs solitaires. Après cela, nous n'avions plus jamais parlé de nos vies intimes.

Porté par l'enthousiasme de Molly, je m'apprête à rejoindre Tonopah, ce trou paumé situé à l'autre bout de l'État du Nevada. Dans la précipitation, j'ai prétexté auprès de Dick une affaire urgente à régler non loin de là, à Carson City, où le Nevada Casino Control Board possède une antenne locale. C'est Molly qui m'a soufflé l'idée. Malheureusement, ma collègue ne sera pas du voyage… Le boss a refusé net qu'elle m'accompagne. C'est donc seul que j'ai réservé le vol de six heures cinq du matin.

Huit heures dix : arrivée prévue dans les bureaux du NCCB à Carson City.

Neuf heures : fin du rendez-vous et départ de Carson City pour le Clown Motel de Tonopah (neuf heures quinze si je prends un café avec la petite Jennifer de l'accueil dont tout le monde parle).

Midi quarante : je débarque au Clown Motel et ensuite, à quatorze heures…

On sous-estime le pouvoir des rétroplannings. Chez moi, ils produisent un effet apaisant aussi satisfaisant qu'un massage allemand.

Cinq heures trente du matin : à moitié endormi, je passe les portes automatiques de l'aéroport international McCarran de Las Vegas. Le bruit des machines à sous, qui peuplent la majeure partie du terminal, me cueille par surprise. Je jette un regard noir aux joueurs surexcités et si matinaux, croise une mère de famille débordée tenant son enfant en laisse (pour ne pas le perdre), avant d'atteindre, épuisé, le comptoir de la compagnie aérienne. Dans un dernier souffle, je tends au steward mon téléphone contenant ma réservation.

— Désolé, ce vol est surbooké, m'informe-t-il d'un ton presque désagréable. Fallait venir plus tôt. Votre place n'est plus disponible.

— C'est impossible. J'ai une réunion très importante à Carson City.

— Tout le monde a un rendez-vous crucial aujourd'hui, monsieur, lâche-t-il, sans arrêter de taper sur son clavier. Enfin, ce n'est pas pour rien qu'on demande aux gens d'arriver au moins deux heures avant à l'aéroport !

La peine de mort s'applique-t-elle lorsqu'on saigne un steward à mains nues, en plantant l'épingle de son pin's en forme d'avion dans sa jugulaire ? Fatigué d'exiger une explication sur les raisons qui voudraient que je doive venir, aussi longtemps en avance, défendre ma place chèrement acquise, je me pare de mon plus beau sourire. Je dis :

— Que peut-on imaginer pour moi, jeune homme ?

J'ai posé un bras sur le comptoir afin de me pencher le plus possible vers lui. À cette distance non règlementaire, je peux calculer le nombre de comédons incrustés sur son nez ou de pellicules accrochées à son crâne presque rasé.

— Le vol suivant décolle à sept heures vingt. Mais il affiche complet lui aussi. De toute façon, son enregistrement n'est même pas encore ouvert. Le seul moyen que je vous mette dessus serait de vous faire passer avant cette dame et de vous donner sa place…

Il me désigne une femme âgée, assise avec une pointe de raideur sur son fauteuil, sac à main sur les genoux, qui s'est vraisemblablement levée à deux heures du matin pour se pointer la première.

— Proposez-moi quelque chose d'encore plus dégueulasse tant que vous y êtes ! j'ironise.

— Il faut savoir ce qu'on veut dans la vie…

J'humidifie mes lèvres. Je m'approche à un cheveu de lui ; plus près serait indécent.

— Et en payant plus cher ?

— Ah, là je peux vous trouver quelque chose ! s'enthousiasme-t-il.

Son haleine matinale fait tressauter ma paupière droite. Je règle la différence du billet. J'aurais dû sourire davantage, il m'aurait sûrement accordé une réduction… Ma carte d'embarquement First Class en poche, je répète mentalement le rétroplanning de la journée. Je retire, contrarié, le café avec Jennifer de l'accueil…

À la sécurité, les haut-parleurs crachent leurs consignes :

— N'oubliez pas d'enlever tous les appareils électroniques de vos sacs, ainsi que la nourriture, vos chaussures…

Ils devraient ajouter : « et ce qu'il vous reste de dignité », étant donné la manière dont ils fouillent les passagers depuis le 11-Septembre.

Un homme d'affaires me précède, costume noir et téléphone vissé sur l'oreille. Je note ses chaussettes trouées, et je tente de me rappeler si j'ai bien pensé à en mettre des neuves. Un agent de sécurité de la Transportation Security Administration lui demande de raccrocher, mais il fait semblant de ne pas le voir. J'entends murmurer dans un talkie-walkie :

— CSS !

Je ferme les poings de désespoir. CSS sert, en effet, de code secret pour signifier qu'un voyageur vient d'énerver un officier, et qu'il est bon pour une exploration archéologique de tous ses bagages et orifices. L'attente s'annonce interminable. Je m'avance vers un autre agent. Elle semble désœuvrée. Je réclame :

— Je peux passer dans la file d'à côté ?

Elle brise mon élan.

— Le monsieur, il va patienter comme tout le monde, dans la queue…

Je déteste les gens qui parlent en « le monsieur ». Je m'apprête à protester quand elle enchaîne avec un :

— Et s'il n'est pas content, le monsieur, je le palpe intégralement.

Je bats en retraite. Décidément, tous les signaux ont viré au rouge pour ce voyage. Ce n'est que lorsque je sens le Boeing bleu azur de la compagnie quitter le sol que je m'autorise un soupir de soulagement.

J'incline mon siège vers l'arrière et commence la lecture de la brochure de sécurité de l'appareil. Tous les hommes expérimentent, sans exception, deux phénomènes en vol : ils pètent et ils bandent. Moi, en plus, j'ai peur.

Si les deux premières manifestations s'expliquent physiologiquement, je n'arrive toujours pas à comprendre la troisième. J'ai conscience que mon angoisse du ciel peut paraître absurde. Je connais le discours : l'avion, moyen de transport le plus sûr ; un accident mortel tous les deux millions cinq cent quarante mille vols ; les trous d'air, simples variations d'altitude de quelques centimètres…

Mais la peur a quelque chose d'irrationnel, inutile d'essayer d'y appliquer une pommade de logique. Et puis, je suis bien placé pour savoir que les ingénieurs commettent continuellement des erreurs : le bug de l'an deux mille, le Titanic, la centrale de Fukushima, le Boeing 737 MAX, le pont de Minneapolis.

Quand on y réfléchit bien, un avion, cela reste un gros rouleau de papier chiotte en acier, propulsé à la vitesse d'une balle de revolver au-dessus du vide. J'aurais plus confiance dans une tortue tentant de décoller avec des feuilles de salade en guise d'ailes…

Au bout de quelques minutes, le commandant de bord annonce que nous suivrons une route le long de la Vallée de la mort. Le couple derrière moi s'excite. La femme n'arrête pas de taper son compagnon avec son coude.

— On devrait envoyer un SMS à Mike, pour le prévenir qu'on va passer près de chez lui.

— Super idée ! lui rétorque-t-il. J'écris quoi ?

— Attends deux secondes… Pour que les messages fonctionnent en vol, il faut d'abord mettre le téléphone en mode Avion, sinon ça ne marchera pas. Une fois que c'est fait, tu lui dis : « Sors dans ton jardin, Mike, on se trouve dans le Boeing bleu que tu entends arriver au-dessus de ta maison ! »

L'homme tape sur son iPhone avant d'avouer à son épouse, dépité :

— Ça ne passe pas… Je vais demander à l'hôtesse s'il y a un souci…

Je lève les yeux au ciel qui défile dans mon hublot. J'avale un demi-Xanax, mets mes écouteurs et lance

Torn de Natalie Imbruglia. Je m'endors en sentant mon sexe gonfler.

À bord d'une Jeep Grand Cherokee louée à l'aéroport, je rejoins les locaux du Nevada Casino Control Board de Carson City. Une visite bien inutile, mais qui me servira à justifier mon voyage dans la région. En revanche, pas question de traîner : il faudra que je parvienne à sortir de leurs bureaux le plus vite possible. Je vais devoir offrir une performance digne d'Hollywood si je désire recevoir l'Oscar qui ouvre la voie rapide du Clown Motel de Tonopah.

C'est ma première fois à Carson City. Pourquoi les Américains s'acharnent-ils à choisir comme capitales de leurs États les villes les moins intéressantes ? Carson City, capitale du Nevada. Principal mérite : se trouver loin de toute peuplade civilisée. Sauf à aimer vivre reclus en haut de la montagne et se laver dans l'eau gelée du lac Tahoe, je ne vois pas ce qui pousse les gens à habiter ici.

Ayant un peu d'avance sur l'horaire, je m'autorise une halte dans un fast-food Sonic Drive-in. Le lieu ressemble à une station-service, avec ses rangées idéalement alignées de pompes à bouffe rouge et jaune. Je me gare sur un emplacement vide, ouvre la fenêtre de la voiture et commande sur le menu un milkshake fraise et deux Ice Cream Cookie Sandwiches. L'ingéniosité de l'Amérique résumée en une recette : le double cookie fourré à la glace ; mes deux desserts préférés, que je peux engloutir en une fois. Gain de temps, gain de poids. De l'autre côté de la route, un panneau à moitié caché par la végétation me nargue. Il indique en lettres vertes sur fond beige : « State of Nevada, Casino Control Board ». Je laisse échapper une longue et bruyante expiration.

L'intraveineuse de sucre m'a redonné courage. D'un pas résolu, je pousse les portes vitrées de l'entrée du NCCB. À l'accueil, Jennifer a été remplacée, à mon grand désespoir, par Sam, une rousse qui doit approcher le quintal et dont la respiration difficile me semble demander une attention médicale immédiate. Je baragouine, énervé :

— J'ai rendez-vous avec Jim Western…

Un nom prédestiné, ce Jim ! Il supervisait mon service à Las Vegas, avant d'être, aussi mystérieusement que brutalement, muté à Carson City. Je soupçonne que ses avances un peu lourdes n'ont pas rencontré le succès escompté. *No zob in job* (pas de sexe dans le boulot), pas sûr qu'il connaisse.

— Il vous attend. Bureau deux cent trente-quatre, au fond à gauche… souffle Dark Sam Vador.

Je tente un : « Ça va ? » poli et empreint d'une inquiétude sincère.

— Je suis là depuis sept heures du matin, comment ça pourrait aller ? mâchonne-t-elle.

Elle plante d'un coup sec sa paille mordillée dans la brique d'un jus de pomme. Je sens qu'elle ne m'aime pas.

Le bureau de Jim jouxte la pièce la plus sécurisée de tout le bâtiment : la Réserve. Cent mètres carrés qui abritent l'intégralité des logiciels de toutes les machines à sous du Nevada depuis les années soixante-dix. Plus de trente-mille programmes et puces sont ainsi conservés, derrière une imposante porte blindée dotée d'un Digicode.

Jim me fait signe d'entrer. L'homme, mélange d'un père japonais et d'une mère texane, semble avoir pris le pire de ses deux parents. Petit (un mètre soixante à vue d'œil), il cumule un teint laiteux, un corps sec mais trapu du bassin et une démarche raide, entravée par le couteau qu'il porte continuellement à la ceinture (il chasse l'ours à ses heures perdues).

Pendant son enfance, ses camarades le traitaient de « bridé allié aux nazis », en souvenir des camps de concentration américains dans lesquels le gouvernement des États-Unis enfermait les familles japonaises pendant la Seconde Guerre mondiale. Pour Jim, le melting pot était resté aussi théorique que le Big Bang… Son travail lui avait servi d'échappatoire et, depuis son divorce, il lui consacrait toute sa vie. Plus qu'à un patron, il me faisait penser à un gros bébé, qui hurlait chaque demi-heure sans raison valable.

Il m'accueille dans son bureau bordélique où flotte un parfum de champignon.

— Je n'ai pas encore lu ton e-mail. C'est à propos de quoi déjà ? commence-t-il, en reniflant les restes d'une pizza sans âge.

— Une nouvelle idée pour repérer les tricheurs aux tables de roulette…

— Ah oui, c'est ça. J'ai demandé à l'un de mes agents d'y jeter un œil. Il va nous rejoindre. Il n'y a pas d'ego à avoir, on est là pour s'entraider ici…

Il se tortille sur son siège.

— Je t'ai déjà parlé de mon fils ?

J'ai le vague souvenir d'un trentenaire en conflit avec son père. Il continue.

— Je m'inquiète pour lui depuis qu'il est parti vivre au Japon ! Il a trente-deux ans ! Et il est encore puceau !

Il avait prononcé chaque phrase en tapant du poing sur la table, comme pour marquer les points d'exclamation.

Jim me fait le récit de l'épidémie qui frappe le Japon : un archipel où un habitant sur quatre, entre dix-huit et trente-neuf ans, est vierge ; où les hommes et les femmes n'osent plus dire les mots « bite » ou « vagin » ; où tout le monde imagine le sexe sale et corrupteur. J'ai envie de me rendre là-bas sur-le-champ afin de faire, à nouveau, du Japon le pays du pénis levant.

— Tout ça, c'est de la faute du virtuel ! assène Jim, en croquant le bout de pizza. Mon fils me dit qu'il s'éclate avec son robot coquin et, qu'au pire, il y a les films porno. Il m'a même cité une étude qui prédisait qu'en 2030, on ne ferait plus l'amour. Tu y comprends quelque chose, toi ?

L'agent en retard me sauve de devoir répondre à cette question complexe. Il me salue en se touchant le front, comme s'il était réellement coiffé d'un chapeau de cow-boy, tout en mâchant bruyamment du tabac.

Je leur présente mon projet permettant de détecter les gains suspects à la roulette. Je m'y étais attelé lorsque j'avais appris qu'un gang de parieurs était parvenu à repartir avec 2 millions de dollars. Grâce à un téléphone portable modifié, ils pouvaient prédire là où la bille allait tomber, en calculant instantanément sa vitesse. Théoriquement, mon système à base de probabilités mathématiques était censé repérer ce type de tricheurs… sauf qu'il ne marchait pas du tout.

— Si je suis venu jusqu'ici, c'est parce que je sais qu'à Carson City, vous êtes les spécialistes de la roulette…

Ma langue saigne de les flatter.

— Alors, avant de présenter mon idée au grand patron, je voulais votre avis…

Je leur distribue des clés USB contenant plusieurs fichiers et documents. J'ai des remords à leur faire perdre leur temps ainsi. Tous deux commencent leur lecture consciencieusement, avant que la voix du cow-boy ne résonne.

— Mais t'es con ou t'es con ? Ça ne peut pas marcher ton machin. Regarde, tu t'es trompé là, et là aussi, c'est n'importe quoi… Tu comptais vraiment présenter ça ?

J'ai l'impression de revoir monsieur Martel, mon prof de philo au lycée, qui improvisait à chaque fois un numéro mélodramatique pour me rendre ma copie.

— C'est de la merde ton truc ! Honteux ! Et puis, il faut que vous arrêtiez votre « parano » à Vegas…

Il a mimé des guillemets avec ses doigts tout en crachant son tabac dans la poubelle.

— Les casinos ne sont pas remplis que de tricheurs. Cessez d'être tout le temps sur le dos des joueurs. C'est mauvais pour le business. Et sans business, nous, on va perdre notre boulot…

Je nage dans ma sueur. Et dans ma honte. J'ai envie de prendre une douche. Je les remercie chaleureusement de leur aide, tout en baissant instinctivement la tête. Leurs visages peinent à masquer leur mépris.

Je demeurerai à jamais, à leurs yeux, un pauvre type incapable de comprendre comment ce monde du jeu fonctionne vraiment. Jim me raccompagne à la porte alors que mon esprit se trouve déjà à Tonopah, au Clown Motel.

— Il faut que tu sois plus consciencieux. Je ne suis pas censé te le dire, mais Dick veut ta tête. S'il apprend que tu fais ce genre d'erreur… Tu as bien fait de venir me voir. Et ne t'inquiète pas, cet incident reste entre nous. Ici, à Carson City, on est une famille. Et dans les familles, on ne moufte pas…

Je ne pensais pas pouvoir un jour rencontrer une famille pire que la mienne…

7

But I'm a creep, I'm a weirdo.
What the hell am I doing here?
(Creep)

L'autoroute qui mène de Carson City à Tonopah est aussi triste qu'un tableau Excel. Rien en face. Rien derrière. Désert à droite. Désert à gauche. Les courbes sont définitivement plus attirantes que les lignes droites. Le ciel s'avère à peine moins chiant : bleu, plat, sans un nuage pour apporter une quelconque fantaisie. J'ai l'impression de revivre continuellement la même minute, en repassant à l'infini devant les mêmes décors.

Je roule en méprisant allègrement les limitations de vitesse. Parfois, des panneaux de signalisation me demandent de couper la climatisation, afin que le moteur de mon véhicule ne surchauffe pas. L'habitacle de la Jeep se transforme alors en cuiseur vapeur multifonction, imbibant de transpiration ma chemise jusqu'à saturation. Je sens le cochon grillé sur mon siège, tellement trempé qu'on pourrait penser que je me suis uriné dessus.

Ce chemin longiligne, métaphore de ma vie il y a encore quelques jours, me laisse le temps de réfléchir. Je songe à Molly, restée à Las Vegas. J'aimerais qu'elle se trouve avec moi, pour enlever mes doutes. Que voulait dire la voix mystérieuse (que je surnomme Alexa, tellement elle sonne comme celle de l'enceinte intelligente d'Amazon) lorsqu'elle évoquait le plus grand complot qu'on ait jamais connu ? Qui pouvait être impliqué ? Des joueurs un peu trop malins ? Un employé de casino indélicat ? Cela ne m'étonnerait pas.

Depuis la nuit des temps, les escrocs prennent pour cible les jeux de hasard. En 1522, un habitant de Venise fut ainsi condamné à mort après avoir trafiqué les résultats d'une loterie, alors qu'il s'apprêtait à mettre la main sur 1 500 ducats en or, une étole en soie et un chat sauvage vivant. En 1621, en Angleterre, le loto qui servit à financer les premières colonies américaines dut être fermé, s'effondrant sous le poids de la fraude et des abus. Plus récemment, quatre joueurs de poker pillèrent le casino Les Princes à Cannes, en France, en marquant les cartes avec de l'encre invisible puis en utilisant des lentilles de vue modifiées pour les repérer.

Je m'imagine déjà en sauveur : l'homme qui a démasqué une nouvelle escroquerie. Ce n'est plus une promotion qui m'attend, mais carrément le poste de mon patron Dick ! J'ai faim de connaître la suite ; et trop soif de gloire pour ne pas aller au bout de ce voyage.

J'entrevois enfin, dans la poussière, le Clown Motel. À ma place (comme toute personne normalement constituée), vous auriez fait demi-tour. Deux raisons à cela : les clowns, thème de l'hôtel ; et le cimetière, unique voisin de la propriété. Je passe devant l'immense enseigne au néon avec son personnage au nez rouge massif, sourire de sadique et bras grands ouverts, puis me gare sur le parking fatigué, à côté d'une carcasse de voiture.

Mais que ce lieu fait peur ! On pourrait croire le bâtiment échappé d'un film d'horreur, avec ses petites fenêtres menaçantes et sa rambarde blanche bancale. Je jette un coup d'œil à mon iPhone : midi et pas de réseau T-Mobile. Le vent qui soulève le sable rend la chaleur aussi insoutenable qu'à Vegas.

Je me dirige vers ce qui me paraît être la réception, guidé par le grésillement d'un néon « Open » (« Ouvert »). Je pousse la porte. Le cauchemar. Disposés sur les six rangées d'une étagère, des centaines d'horribles clowns me cueillent sans prévenir. Où que je regarde, impossible d'échapper aux visages terrifiants de ces ignobles poupées et figurines. Leurs yeux vides, menaçants, semblent me suivre. Je trébuche sur un Ronald McDonald en plastique grandeur nature, avachi sur un canapé, et me rattrape d'extrême justesse à une cage près du comptoir, qui retient prisonnier un vieux Bozo.

Ma respiration se bloque : je n'arrive plus à apporter suffisamment d'oxygène à mes poumons. Il paraît que nos anxiétés nous servent de réflexes de survie. Celui que j'ai, personnellement, est de frapper d'un coup de poing l'homme qui surgit derrière moi. Il évite de justesse mon mouvement d'attaque.

— Tout doux, bijou ! Vous avez peur des clowns ou quoi ? ricane-t-il, visiblement habitué à ce type de comportement. Vous êtes ici pour vous désensibiliser, c'est ça ?

Bob me fait penser à un ours brun juste avant l'hiver : large, imposant, lourd, plein de poils. Il n'est pas gros, il est simplement… massif. Sa tête paraît, du coup, disproportionnellement petite, juchée sur ce corps immense de King Kong.

L'homme possède les lieux. Tout en me montrant fièrement sa collection de six cents clowns du monde entier, il m'explique que de nombreux clients viennent ici se guérir de leur coulrophobie, cette peur qui touche autant les enfants que les adultes. Je me hasarde à demander s'il pousse le vice à envoyer des employés, un ballon rouge à la main, dans les couloirs au milieu de la nuit.

— Ça ? Risque pas ! rigole Bob en secouant la tête comme un chien mouillé (de la bave s'échappe de la commissure de ses lèvres). Bon, vous voulez une piaule ?

— La 2B est-elle libre ?

— Oui, elle et sa vue sur le cimetière.

Alexa, cette intrigante voix qui m'a conduit jusqu'ici, a de l'esprit.

La décoration des chambres me paraît moins chargée que celle des parties communes. Elle doit dater de l'ouverture, il y a presque quarante ans. Certes, des clowns décrépits traînent de chaque côté de ma porte d'entrée, entre des portraits de bouffons célèbres, mais rien de suffisamment effrayant pour m'empêcher de dormir.

Je souffle de désespoir à la vue du motif vert et rouge de la couette de lit. On dirait un sapin de Noël qui aurait vomi ses boules. En fond, une télé à tube cathodique crache les dernières informations locales. L'image saute et crépite, mais j'arrive à comprendre qu'ils parlent d'une tempête de sable en approche. Tout un programme.

Je m'empare du fascicule consacré à la ville de Tonopah, posé sur la table de chevet en bois foncé. J'apprends que le cimetière, juste à côté, est le plus ancien de la ville. Un avertissement indique aussi que le motel est hanté et qu'il faut s'attendre à des portes qui claquent, des clés de chambre qui disparaissent ou des bruits inquiétants. Pour l'instant, mon expérience se limite à un signal GSM sporadique et à un climatiseur grésillant dont le son ressemble à celui d'un portail rouillé.

La perspective de patienter dans cette chambre une heure et demie avant que la voix mystérieuse me contacte ne m'enchante guère. Sans connexion fiable à Internet, je m'ennuie vite. Je décide de sortir. Le vent a redoublé de force et le sable qu'il soulève cisaille mon visage. Je ferme les yeux pour ne pas finir aveugle, et protège mon cou en remontant le col de ma chemise. Tout en marchant, je pointe mon iPhone dans les airs en espérant qu'il capte mieux, sans me rendre compte que je me dirige droit vers les tombes. Une barrière arrête ma course. Je lève la tête : un écriteau en métal blanc annonce l'entrée du cimetière de Tonopah.

Le lieu semble figé dans le temps, à l'époque des cow-boys et de l'Ouest sauvage. Les rafales soufflent tellement fort que je n'entends pas quelqu'un arriver derrière moi.

— Je m'appelle Joe Riper ! crie la voix à cause du vent. Tu trouves ça comment ?

Le vieil homme qui m'approche doit avoisiner les soixante-dix ans. Il porte ses cheveux blancs, longs et clairsemés, et sa moustache grise, courte et fournie. Sa chemise rouge à carreaux laisse entrapercevoir un corps supérieurement musclé et bronzé pour son âge. Je réponds avec une paisible virulence :

— Je déteste.

— C'est pourtant important de bien traiter ses disparus.

Je ne crois pas à la vie après la mort, malgré (ou à cause) de mon enseignement religieux. J'espère juste que les gens se souviendront de moi et viendront en masse à mon enterrement. Je n'aimerais pas finir abandonné et oublié.

Joe permet à une bourrasque de passer avant de me demander :

— Ça te dirait de visiter ?

— Je ne suis pas sûr…

— Avec ma fille, on est les gardiens du cimetière. Tu ne m'as pas l'air du coin, autant t'instruire un peu…

— C'est que je suis très occupé…

— Le vent se calme, c'est un signe. En plus, ça me fait plaisir.

— Cinq minutes…

— Pas une de plus !

Au milieu de ce désert de rochers et de poussière, me voici donc déambulant entre les croix en bois desséché, qui paraissent s'étendre jusqu'à l'horizon. Joe m'informe qu'il y a là trois cents sépultures, parmi lesquelles celles des victimes d'une mystérieuse peste, celles des quatorze mineurs décédés lors d'un feu en 1911, ainsi que celles des premiers habitants, à qui l'on doit cette charmante bourgade. Ce n'est pas que ça ne m'intéresse pas. Mais j'ai la tête ailleurs.

— Viens ! s'écrie Joe avec gaieté. Je vais te présenter ma fille Olivia.

Voilà donc la véritable raison de cette visite : le vieux veut me refiler sa fille… J'aurais eu plus de temps devant moi, je me serais exécuté immédiatement. Cette petite rousse aux cheveux bouclés, habillée entièrement en jeans, a tout pour me plaire…

Avec son râteau, elle retire méticuleusement des graminées qui poussent près d'une tombe. Elle s'interrompt un moment pour me saluer avec bienveillance, comme si je venais de perdre un proche. Déformation professionnelle sans doute.

— Elle est un peu sauvage… me confie Joe. Elle a plus l'habitude des morts.

Je la regarde manier son outil, tout en douceur et précision. L'herbe qu'elle arrache me paraît toutefois bien blanche. Et longue. Et filandreuse. Putain, c'est des cheveux ! La nana est en train de ratisser des cheveux qui sortent du sol ! Joe perçoit mon effroi.

— Ah, ça, ce n'est rien ! Ça arrive souvent ici. Dans le temps, on creusait plus ou moins profond, suivant la richesse des gens. Un trou d'un mètre pour les pauvres. Deux mètres si tu étais enterré avec ta montre en or et tous tes bijoux. Ne t'inquiète pas, une tempête de sable dessus et on n'y verra que du feu.

L'idée d'un cadavre, aussi proche de la surface, me glace jusqu'aux os. Joe m'a baratiné, pour que j'oublie. Mais je sais ce que j'ai vu, et l'image de sa fille avec ce râteau chevelu me hantera à jamais. Je pars en sautillant, afin d'éviter que mes chaussures touchent ce sol maudit. J'ai perdu assez de temps avec eux…

Je rejoins, un peu paniqué, la chambre du motel à treize heures cinquante ; juste le temps de la fouiller, sans rien y trouver d'anormal à part quelques moutons de poussière sous le lit. Je décroche le téléphone sur la table de nuit afin de vérifier qu'il fonctionne toujours. Je ne sais pas ce que j'attends, mais je l'attends de pied ferme.

À quatorze heures pile, la sonnerie retentit. Je réponds en me servant d'une serviette de bain comme gant protecteur. Un message préenregistré. La voix d'Alexa :

— Dans ce lieu loin de toute technologie, personne ne pourra espionner notre conversation. Je prends beaucoup de risques en vous confiant ce que je vais vous révéler. Il y a plusieurs années, vos collègues du Nevada Casino Control Board, aidés par des complices dans les casinos, ont monté une arnaque sans précédent, afin de détourner des millions de dollars. Ils se font appeler… la Ligue.

J'accuse le choc. Mes confrères du Board ? L'annonce continue sans me laisser le temps de traiter l'information.

— Ces agents véreux du NCCB ont créé un dispositif électronique permettant de gagner, à tous les coups, sur n'importe quelle machine à sous. Une sorte de télécommande avec laquelle ils dérèglent, à distance, le système de gains des bandits manchots. Leur procédé est indétectable, même avec les outils les plus performants comme ceux du Nevada Casino Control Board. Vos confrères et leurs amis du Strip n'ont donc aucun scrupule pour s'en servir régulièrement et s'enrichir ainsi illégalement.

Le message bascule sur un enregistrement audio, dans lequel je reconnais clairement la voix de Jim Western, du NCCB de Carson City, discutant du dispositif. Dire que j'étais assis dans son bureau il y a seulement quelques heures… Alexa reprend.

— J'ai besoin de vous afin de démasquer les coupables. Trouvez ce boîtier, et vous prouverez au FBI la conspiration. Je n'ai malheureusement aucun moyen de m'en emparer moi-même. Mais vous… Je vous crois honnête. J'espère ne pas avoir commis d'erreur en vous parlant. Voulez-vous en savoir plus ?

Sous l'émotion de ce que je viens d'apprendre, je m'assois sur le bord du lit, tout en veillant à ce que mes fesses touchent le moins possible la couette bigarrée. La conversation enregistrée, que j'ai entendue à l'instant avec Jim Western, ne laisse aucune place au doute : un mystérieux groupe au sein du NCCB a trouvé le moyen de s'en mettre plein les poches en trafiquant les machines à sous. Cette abjecte nouvelle me paraît à peine croyable.

J'ai conscience que la réponse que je m'apprête à donner va changer ma vie. Je pourrais décider de fermer les yeux et de tout arrêter maintenant. Mais si plusieurs collègues sont effectivement impliqués, comment pourrais-je continuer à travailler avec eux ? Comment faire semblant alors que je sais ?

D'un autre côté, si je choisis de prévenir dès à présent le FBI, je n'ai aucune preuve contre le Board. Vu ma situation, avec un peu de malchance, l'affaire pourrait se retourner contre moi.

Comment reculer maintenant ? Qui refuse un costume de héros, même offert dans d'étranges conditions ? Dans une longue inspiration, les yeux fermés, je lâche un petit : « Oui. »

Pas de réaction. J'ai l'impression de téléphoner au robot de mon assurance maladie qui ne comprend jamais rien quand je réponds à ses questions à choix multiples (« Dites « Conseiller » si vous voulez parler à un conseiller santé ! »).

— Oui ! Oui ! Oui ! je hurle, de plus en plus fort.

— Vous trouverez le dispositif dans le coffre de la Réserve du Nevada Casino Control Board à Carson City. Il ressemble à un petit boîtier noir aussi grand qu'un iPhone, avec un unique bouton pressoir sur le dessus. Bonne chance.

J'appelle immédiatement Molly pour lui raconter. La communication n'arrête pas de couper. Je perçois tout de même qu'elle exulte, à la limite de l'hyperventilation, telle une fan des Backstreet Boys.

— Je savais que Jim était un pourri ! Grâce à ce dispositif, ils peuvent donc, selon toi, déclencher quand ils veulent la distribution de dollars ?

— C'est ce que raconte le message. Mais tu y crois vraiment à tout ça ? C'est quand même une drôle de coïncidence que cette « télécommande » se trouve justement à Carson City…

— Si Jim et une partie du Board sont dans le coup, ça tombe sous le sens : il n'existe pas d'endroit plus sécurisé et en même temps aussi peu contrôlé. Il n'y a qu'une manière d'en avoir le cœur net : on récupère le dispositif. Ensuite, on pourra les balancer au FBI ! arbitre-t-elle d'une voix assurée. Tu veux que je te rejoigne, F. ?

Ma réponse fuse.

— Je n'osais pas te le demander…

Je marque une pause avant de poursuivre.

— Tu pourrais emporter ta robe Vegas avec toi ?

— Celle où on voit tout ?

— Celle-là…

Je jette un dernier regard amusé au motel avant de monter dans la Jeep, direction Carson City. Posé sur le tableau de bord, un clown sur ressort piqué à l'accueil me détend, alors que je pèse les risques que je m'apprête à prendre…

8

No, no limits, we'll reach for the sky.
No valley too deep, no mountain too high.
(No limit)

À quel moment bascule-t-on ? Comment expliquer qu'un simple agent du Nevada Casino Control Board se transforme en justicier masqué, pourfendant les méfaits d'une ligue occulte ? Batman pouvait au moins se réfugier derrière l'excuse du meurtre de ses parents. Qu'avais-je connu comme drame ou comme passion pour justifier mon coup de folie ? L'appel de mon destin avait été trop fort.

J'essaye de me rassurer. En acceptant d'aider Alexa, cette voix énigmatique, j'ai tranché un dilemme moral : pour que les choses aillent (beaucoup) mieux, je vais devoir être capable (d'un peu) du pire. Et puis, trahir des collègues corrompus, est-ce vraiment trahir ? Cette situation m'évoque un dossier de *Science et vie Junior*, que j'avais dévoré plus jeune : « Est-il légitime de sacrifier une vie pour en sauver plusieurs ? » Pendant des semaines, j'avais obligé ma famille à jouer en imaginant différentes hypothèses. Vous êtes médecin et en condamnant l'un de vos patients, vous pouvez en guérir dix autres : que faites-vous ? Vous vous trouvez sur un radeau de fortune et il va couler car vous êtes trop nombreux dessus : acceptez-vous d'abandonner à une mort certaine l'un des naufragés si cela évite à l'embarcation de sombrer ? Enceinte de cinq mois, vous recevez la visite d'un ange qui vous informe que votre enfant deviendra inéluctablement le futur Hitler : avortez-vous ? Ma mère avait coupé court à mon jeu en proposant des dilemmes dans lesquels mon décès constituait chaque fois l'une des deux options. Aujourd'hui, j'ai donc choisi : la fin devra justifier les moyens.

À l'aéroport de Carson City, je serre longuement Molly dans mes bras dès sa descente d'avion. Elle m'ébouriffe les cheveux, chassant d'un geste mes pensées noires.

— Quel bonheur d'avoir pu m'échapper du bureau ! s'écrie-t-elle. T'en as jamais marre, toi, de ce boulot ?

— Ça dépend. Je remplis encore la règle des trois…

— La règle des quoi ?

— J'ai inventé un système imparable pour savoir si je dois quitter mon job. Je prends en compte trois critères : ce que je fais ; avec qui je le fais ; et pour quel salaire je le fais. Je dois en cocher au moins deux pour ne pas démissionner. Par exemple, si j'ai un boulot passionnant, entouré de gens incroyables, mais mal payé, je reste. Dans ton cas, c'est quoi ?

Ma partenaire ne réfléchit même pas, comme si elle avait déjà maintes fois résolu inconsciemment cette question.

— Je fais un travail qui m'emmerde, pour un salaire ridicule, avec des collègues insupportables… Sauf toi, bien entendu ! se rattrape-t-elle.

Son visage s'éclaire à cette pensée.

— Mais peu importe ! J'ai hâte qu'on mette la main sur ce dispositif, qu'on puisse coincer Jim et toute sa clique !

— Jim et toute sa Ligue. C'est comme ça que leur organisation se nomme.

Elle perçoit un doute dans mon regard. Elle me rassure.

— Tu as pris la bonne décision, ne t'inquiète pas.

Afin de demeurer à Carson City quelques jours de plus, j'ai prétexté une grippe d'une souche inconnue extrêmement dangereuse. Molly a prétendu le décès d'un vieil oncle. Au jeu de la meilleure excuse pour sécher les cours au collège, nous aurions perdu tous les deux lamentablement.

— Alors, quel est ton plan pour récupérer le dispositif ? me demande-t-elle.

Je n'ai jamais été doué avec les plans : celui de la bibliothèque Billy d'Ikea reste encore un mystère pour moi. Mais les événements de ces derniers jours ont réveillé en moi un talent de maître d'œuvre insoupçonné. Je réponds à ma partenaire sans sourciller :

— Trois fois rien ! Nous allons avoir besoin d'une petite caméra espion, d'un laxatif, d'un bon jus de fruits… et de tes seins.

J'ai suffisamment observé ce traître de Jim lorsqu'il bossait à Vegas pour connaître ses motivations dans la vie. Seules deux choses peuvent le détourner de son travail : les grosses poitrines et la chasse. À mes yeux, Molly constitue un appât d'un calibre tout à fait convenable.

— J'ai eu le temps de bien étudier leurs locaux à Carson City. Je pense savoir comment nous introduire dans la Réserve. Il faudra juste que j'arrive à me lever tôt…

Elle place ses deux pouces en signe d'approbation. Elle ne doute pas, elle a foi en mes capacités. Malheureusement, avec moi, la confiance conduit souvent sur la voie du regret.

Sam, l'hôtesse d'accueil du Board, prend son service à sept heures du matin, suivie de Jim, vers sept heures trente, premier sur le pont. Aucun autre employé n'arrive avant huit heures trente. Cela nous laisse donc une heure pendant laquelle Jim est vulnérable. Encore faut-il réussir à éloigner Sam…

L'une de mes connaissances de San Francisco m'avait un jour raconté comment elle s'était vengée de son mari infidèle. L'imprudent avait oublié d'effacer sa conversation WhatsApp avec une certaine Destiny, de vingt ans sa cadette. Mon amie avait répliqué en sortant l'artillerie lourde. Tous les matins, elle mélangeait un laxatif puissant au jus d'orange bio de son petit déjeuner.

— Bois, mon chéri, c'est plein de vitamines… qu'elle lui disait, en déposant un baiser mielleux sur son front.

Et l'époux volage de passer sa vie aux toilettes. Il ne pouvait même plus conduire, tellement cela coulait. Le médecin ne comprenait pas ce qui lui arrivait.

— Et voilà, tu as attrapé une saloperie ! l'engueulait-elle, enchaînant les sous-entendus. Où as-tu encore fourré tes doigts ?

Au bout de deux mois reclus chez lui, le mari avait perdu vingt kilos et pris dix ans. Destiny avait cessé de répondre à ses messages. Mon amie pouvait savourer sa vengeance.

Sur le parking du Nevada Casino Control Board de Carson City, caché derrière un building attenant, je repense à cette histoire, tout en tenant fermement un pack de bouteilles d'un excellent jus de fruits de la marque BluePrint coupé aux laxatifs. Le soleil cogne déjà fort, comme un boxeur au premier round. Aucune ombre en vue pour me protéger : je pourrais jurer voir ma peau cuire.

J'aperçois enfin Sam s'extirper péniblement de sa Honda Civic grise et se traîner vers les locaux du NCCB. Elle grommelle en cherchant les clés pour ouvrir la porte vitrée de l'entrée principale. Je sors alors de ma cachette et fais mine de la croiser. Mon « Salut, Sam ! » la fait sursauter. Je sens que mon enthousiasme sonne un peu faux.

— Tu es bien matinale, dis-moi ! je me reprends, plus naturel, mais toujours guilleret.

— Et toi, tu es quoi ?

« Je suis ton pire cauchemar » aurait constitué une réponse valable. Au lieu de cela, je continue sur un ton aussi enjoué qu'un personnage de *Mary Poppins*.

— Je repars aujourd'hui. Quelle belle région vous avez là ! En revanche, ça tape presque comme à

Vegas ici. Il faut bien penser à s'hydrater. J'ai trouvé ça. Tu connais ?

Elle jette un regard à mon pack de boissons Blue-Print.

— Tout le monde connaît… roule-t-elle les yeux. Super bon, mais super hors de prix ! À 12 dollars la bouteille riquiqui, ça doit être le jus de fruits le plus cher de la galaxie. Ils doivent le couper à l'or fin, ce n'est pas possible.

Je propose :

— Tu en veux ?

Sa lèvre supérieure se met à trembler, laissant entrapercevoir de minuscules dents pointues. Elle souhaite me mordre ou quoi ? Je comprends qu'elle essaye en fait de sourire.

— Oh, oui ! C'est gentil ! Tu es moins con que ce que je croyais…

Je bredouille un « merci » en lui tendant une bouteille. Je ris sous cape.

Dans la Jeep, à travers les portes transparentes de l'entrée du NCCB, Molly et moi observons à distance Sam, derrière son pupitre, engloutir son breuvage. Je ne peux pas m'empêcher de me sentir coupable de ce qu'il va lui arriver.

Moins de vingt minutes suffisent pour la voir tanguer vers les toilettes. Je consulte ma montre : sept heures vingt. Jim ne devrait plus tarder. À Molly de jouer !

— Je suis comment ? me demande ma collègue en sortant de la voiture.

— Incroyable ! je lui avoue, en toute franchise.

Dans sa robe noire semi-transparente, qui ne cache rien de son corps fusiforme, elle traverse le parking au pas de course. Elle passe sans un bruit l'accueil, profitant de l'absence de Sam (aux W-C.). Dans un coin du couloir, elle place la caméra espion, en direction du clavier de la porte blindée menant à la Réserve. Elle a juste le temps d'ajuster l'angle avant d'entendre des pas résonner dans le bâtiment vide.

— Molly ? Mais qu'est-ce que tu fous ici ? s'étrangle Jim en la voyant.

— Il n'y avait personne à l'accueil... répond-elle d'une voix suave. Alors, je me suis dit que c'était plus sympa de t'attendre là...

Ma partenaire vient de passer en *slow motion.* Elle a adopté une position lascive, et commence à enrouler une mèche de ses cheveux autour de son majeur. Confortablement lové dans le siège en cuir de la Jeep, j'observe sur un moniteur la scène captée par la caméra discrète.

— J'étais dans le coin et j'avais envie de te saluer, continue-t-elle. En souvenir du bon vieux temps, Jimmy...

Elle découpe chaque phrase avec une précision chirurgicale, ce qui a pour conséquence d'augmenter considérablement leur effet érotique.

— Quelle bonne surprise ! Quelle belle et jolie surprise ! Tu sais que tu es toujours la bienvenue ? Tu le sais ?

Jim aime poser des questions de manière théorique pour, en réalité, affirmer les choses. Il déverrouille la porte de son bureau et demande à Molly de s'y installer.

— Tu m'attends dans mon fauteuil ? Je reviens tout de suite ! s'exclame-t-il.

Le protocole du Nevada Casino Control Board impose à ses directeurs de placer dans un lieu sécurisé, chaque matin, les documents confidentiels du jour. À son arrivée, religieusement, Jim s'exécute et les dépose donc dans l'endroit le plus sûr : la Réserve. Pour lui, le protocole, c'est aussi sacré que la tablette des Dix Commandements.

Ma partenaire obtempère et pénètre dans son bureau, toujours au ralenti.

— Ça ne prendra que quelques secondes, ma beauté... lui assure-t-il.

Jim se fige quelques secondes afin de contempler les fesses de Molly, puis se retourne et compose le code de la porte blindée. J'écris au crayon sur un bloc-notes : cinq, sept, huit, quatre... Mince, je n'ai pas réussi à voir le dernier chiffre. Il dépose ses papiers, puis referme la Réserve à l'aide de la même combinaison. Neuf ! L'ultime chiffre est un neuf ! Je l'inscris en très gros, en gribouillant la page rageusement.

— Attention, je reviens ! crie-t-il, marchant d'un pas décidé.

J'envoie à Molly par SMS le code de la serrure. La suite de notre plan dépend à présent entièrement de ses charmes...

— Je repensais. Lorsque tu bossais avec nous à Vegas... minaude-t-elle, lui tournant autour tel le serpent du *Livre de la jungle*. C'est dommage qu'on n'ait pas eu le temps de mieux se connaître…

La caméra pointée sur le Digicode dans le couloir m'empêche de visualiser ce qui se passe à l'intérieur du bureau. Je dois me contenter du son, tel un voyeur écoutant aux portes. La dangerosité de la situation m'excite. Je me trouve au cœur d'un film d'action, sans la moindre idée de la suite du scénario…

— Magnifique ! j'entends ma collègue s'extasier, un brin ironique. Tu aimes l'art, ça me plaît. Tu devrais accrocher ce tableau au mur plutôt que de le laisser traîner au sol. Allez, je l'installe immédiatement !

— Attention, tu vas te casser un ongle, se moque Jim d'une grosse voix. Il faut un mec pour ça…

Elle le rabroue aussi sec.

— Ah bon, ça se pose avec une bite, un tableau ?

Jim a dépassé son seuil de tolérance à la frustration. Le mot « bite » dans la bouche d'une femme a fait griller un circuit dans son cerveau. J'entends comme des bruits de lutte. L'inquiétude monte en moi.

— J'adore tes fesses… balbutie-t-il.

— T'es sûr de ne pas préférer mes seins ? Avec ce qu'ils m'ont coûté…

À mon grand soulagement, Molly contrôle la situation. Son côté maîtresse femme l'émoustille. Je laisse quelques minutes s'écouler, avant de composer le numéro de téléphone de Jim.

— Pff, il me veut quoi, lui ? s'énerve-t-il en voyant mon nom s'afficher.

— Tu devrais répondre, tu as beaucoup d'importance pour lui… susurre-t-elle, comme un vizir conseillant son sultan.

Il décroche. Je ne m'encombre pas des formules de politesse. Je dis :

— Tu es seul ? Je peux te parler ?

J'entends Jim faire mine de placer deux doigts dans sa bouche, comme pour se faire vomir.

— Ouais, mais pas longtemps… grommelle-t-il.

Il couvre mal le micro du téléphone avec sa main alors qu'il s'adresse à ma complice.

— Petite, sois gentille, va m'attendre dans la salle de réunion à côté. J'ai un SOS Détresse Amitié à gérer.

Molly quitte le bureau, en prenant soin d'emporter son cabas et de refermer la porte derrière elle. Je la vois passer devant la caméra du couloir.

Je parle à Jim de mes doutes depuis notre rendez-vous, de ses conseils dont j'aurais bien besoin en ce moment. Ai-je toujours ma place au sein de cette administration ? Il me livre des réponses lapidaires (oui, non, sans opinion), évitant chaque fois d'entrer dans un raisonnement qui lui prendrait trop de temps.

À l'écran, je ne quitte pas ma collègue des yeux. Elle se trouve devant le Digicode de la porte menant à la Réserve. Sans hésitation, ses doigts effleurent les chiffres composant la combinaison. Elle pénètre dans la pièce. L'angle de la caméra me permet de l'entrapercevoir. Au bout de quelques secondes de fouille, elle repère le fameux boîtier en forme de télécommande, tel que décrit par la voix d'Alexa. Bingo ! D'un geste rapide, elle s'en empare.

Je suis arrivé à court de sujets de conversation avec mon interlocuteur. Il raccroche alors que je l'implore de répondre à une dernière angoisse. Je regarde le moniteur : Molly n'a toujours pas quitté la Réserve ni récupéré la caméra espion. La panique saccade ma respiration.

Soudainement, le signal se coupe. Je n'ai plus d'image ni de son. Je m'affole. Que vient-il de se passer ? Il faut que j'intervienne ! Sans réfléchir, je compose le numéro de l'accueil du Board de Carson City. À la cinquième sonnerie, Sam décroche.

— Samantha du Nevada Casino Control Board de Carson City, que puis-je faire pour vous ?

Je jurerais l'entendre serrer les dents. Je déguise ma voix afin de me faire passer pour mon patron.

— Dick Smalley, responsable du bureau de Las Vegas à l'appareil. J'ai un message urgent pour Jim Western, mais je n'arrive pas à le joindre. Pourriez-vous me dire où il est ?

— Il doit se trouver dans nos locaux actuellement. Souhaitez-vous que je vérifie ?

J'insiste.

— Oui, s'il vous plaît. Faites vite, c'est très important !

Molly m'a raconté la suite : Sam qui débarque dans le bureau de Jim, sans prévenir, et qui le surprend en train de plaquer ma collègue contre le sol. Molly qui se débat et lui demande d'arrêter. Était-ce la violence de la scène ou la stupeur de trouver une femme dans cette position ? En tout cas, sous le coup de l'émotion, la réceptionniste n'avait rien pu retenir et elle s'était vidée sur place, accompagnée d'un concert tonitruant de flatulences odorantes…

Alors que nous faisons route vers l'aéroport pour regagner Las Vegas, je m'inquiète de la caméra oubliée. Molly la sort de son sac.

— J'ai dû la retirer brutalement lorsque j'ai entendu que Jim avait raccroché. Le signal s'est coupé à ce moment-là. Mais dans la précipitation, je me suis cassé la figure sur lui. Il a cru que je me jetais dans ses bras. Il a chargé comme une bête enragée… Il n'est pas près de raconter cet incident !

— J'adore quand un plan se déroule sans accroc !

Elle ausculte le dispositif que nous avons dérobé.

— Ne parle pas trop vite ! Regarde, le boîtier est tout abîmé… Jim a dû l'écraser dans ma poche en me grimpant dessus. J'espère qu'il n'est pas cassé. Avec tous les risques qu'on a pris, ce serait trop bête de ne pas découvrir ce qu'il cache…

Pour briser le sceau du secret, on s'apprête à faire un sacré saut dans le vide…

9

You oughta know right now,
if you wanna be my lover.
(Be my lover)

La seule chose dont on soit sûr avec la chance, c'est qu'elle tourne. Cette certitude me réconforte, alors que je fixe du regard les symboles qui virevoltent sur l'écran du bandit manchot au milieu de mon salon.

Après d'âpres négociations, mes amis Kyle et Jason de chez Archiduk ont, en effet, accepté de me livrer une nouvelle machine à sous dernier cri. Ils m'ont tellement sermonné quand je leur ai rendu la Western toute cramée, que j'ai bien l'intention de traiter l'engin avec tout le respect qu'il mérite.

Il est cinq heures du matin, et je fais face à une Pussy Cat, adversaire redoutable pour le commun des joueurs. La nuque souple, les bras relâchés le long du corps, je tiens fermement dans ma main droite le dispositif récupéré à Carson City, prêt à dégainer. Je regarde l'unique bouton qu'il comporte : que se passera-t-il lorsque j'appuierai dessus ?

— Bon, tu y vas ? s'impatiente Molly, qui scrute l'écran de la machine, à l'affût tel Brutus attendant César.

J'applique une légère force sur le boîtier. Pas de réaction. Je clique à nouveau, plus fort. Rien ne se produit. Je demande à ma collègue :

— Tu vois quelque chose ? Il n'y a rien qui brûle à l'intérieur au moins ?

— Arrêter de flipper. Je vais essayer de jouer…

Elle insère un billet de 100 dollars. Quelques parties plus tard, elle a tout perdu.

— Ça ne marche pas, cette foutue télécommande… analyse-t-elle, déçue. Tu es sûr de bien cliquer ?

— Pourquoi, tu penses qu'il existe une autre manière d'utiliser ce bousin ? C'est peut-être toi qui joues mal.

— Je joue très bien, tocard ! Le dispositif doit être cassé. C'est la seule explication. Abruti de Jim qui l'a écrabouillé ! Je peux peut-être le rafistoler.

— Il est aussi possible que ce bidule n'ait jamais fonctionné…

— Ne dis pas de conneries. Tout se répare dans la vie.

Molly m'abandonne dans le salon et se précipite dans la chambre, en fermant la porte derrière elle. Je colle mon oreille à la paroi. Le bruit des touches de son ordinateur me fait penser à celui de la pluie qui tombe sur un toit. Un son que je n'ai plus entendu depuis des mois. Je crie :

— Et Alexa ? On la gère comment, la voix anonyme ? Parce qu'elle va sûrement me demander des comptes…

— Tant que la télécommande ne fonctionne pas, on ne peut rien prouver. On avisera si elle appelle. Et puis, tu sais comment la joindre, toi ?

— Je n'arrive déjà pas à joindre les deux bouts…

J'ai marmonné la dernière phrase. J'ouvre timidement la porte de ma chambre. Ma partenaire s'est étalée de tout son long sur mon lit, le nez dans le boîtier qu'elle a tranché en deux. L'air sombre, je m'excuse presque.

— Je ne vais pas pouvoir rester… Dick m'a envoyé un SMS. Il m'attend au bureau à la première heure. Il souhaite faire un bilan de mon travail au Board.

— Mince, ça tombe mal ! Il me fout une paix royale en ce moment…

— C'est ton côté rebelle qui doit lui plaire.

— Mieux vaut être belle et rebelle que moche et remoche ! rit-elle. Enfin, je ne dis pas ça pour toi !

Pour moi, en effet, ça s'annonce vu et revu.

Les réactions à mon retour dans les locaux du NCCB de Vegas oscillent entre compassion et méfiance. Leur ai-je tant manqué ? Sur mon passage, mes collègues s'écartent, me scrutent et chuchotent. J'ai l'impression d'être une star fendant une foule de paparazzi… ou un homme revenu d'entre les morts. Peut-être ai-je abusé avec cette histoire bidon de grippe.

— C'est dangereux, F., ce que tu as attrapé… Tu es sûr d'être guéri ? me demande l'Horrible.

Il faut que je vous avoue quelque chose : j'ai pris l'habitude de donner un surnom à la plupart de mes collègues de bureau. Une tradition que j'ai adoptée avant tout le monde, au collège, question de survie à l'époque.

Lui donc, c'est l'Horrible, un bigleux du juridique hypocondriaque, dont le physique s'apparente à une blague de Dieu (un genre de tableau de Picasso vivant ou d'ornithorynque humain). Il y a aussi la Vieille, de la comptabilité, qui collectionne les factures comme passe-temps et que je soupçonne d'avoir assisté à la création de la ville en 1905. Palmier, l'analyste financière, arbore une coupe « couette ornée d'un nœud extravagant pour cheveux Jojo's Bows » qui me fait penser, de dos, à un arbre tropical. Ce monde imaginaire peut paraître cruel. Mais ainsi ridiculisés, mes collègues me semblent plus abordables. C'est ça ou je les visualise en train de déféquer.

Je m'arrête devant le bureau de Ben, alias Capitaine Caverne (en référence au héros hirsute du dessin animé). Tout en discutant au téléphone avec sa femme (un problème a priori avec leur église), il arrache un long poil de son épaisse barbe, le tend entre ses doigts, avant de le passer entre ses dents, comme du fil dentaire. Alors qu'il retire un morceau de poulet coincé, il élève la voix.

— C'est quoi, cet appel de fonds ? Non, on ne versera pas davantage ! On donne déjà suffisamment tous les mois à ce pasteur pour ne pas devoir effectuer, en plus, une contribution supplémentaire !

Les Églises aux États-Unis se sont depuis longtemps converties au capitalisme. Dans ce pays, la carte bancaire a remplacé les petits paniers remplis de pièces pour la quête : rapidité, efficacité.

Mieux : les religieux américains prêchent le principe de la dîme (*tithing* en anglais). Ils imposent ainsi à leurs fidèles de leur reverser dix pour cent de tous leurs revenus. Selon la Bible en effet, Lévitique 27:30-33, les premiers dix pour cent de ce qu'on gagne ne nous appartiennent pas ; ils relèvent du Tout-Puissant. Ce don doit être réalisé dans la joie (Corinthiens 9:6-7) et surtout rester secret (Matthieu 6:1-4). De quoi vous détourner définitivement des Saintes Écritures ! Car je dois le confesser : pour un Français, assister au retour de la dîme deux cent trente ans après avoir aboli les privilèges, c'est insupportable.

Derrière Capitaine Caverne, je relève une photo accrochée au mur représentant Kenneth Copeland, en plein sermon. Ce télévangéliste, le plus célèbre et le plus riche des USA, peut compter sur une fortune personnelle de 760 millions de dollars, amassée grâce à son empire religieux. Avec sa chaîne de télévision, son jet privé Gulfstream V et son église monumentale située sur son campus de six cents hectares à Fort Worth au Texas, il christianise les foules là où Dieu (et l'argent) l'exigent.

Je resonge à l'appel aux dons du pasteur de Capitaine Caverne. Tente-t-il d'imiter son illustre confrère, Oral Roberts ? Ce dernier avait annoncé, il y a quelques années, qu'à moins de réunir 8 millions de dollars en trois mois, Dieu le ferait mourir. Il en avait collecté 9 millions…

Je patiente devant la porte du bureau de Dick. À travers la paroi en verre fumé, je l'entends maudire quelqu'un.

— Mais c'est impossible… implore une voix.

Je reconnais Robert Ephant, alias Dumbo, un collègue aux oreilles décollées, et génie de la technologie.

— Ne me dis pas ce qui est impossible ! hurle Dick. Tu vois cet animal ?

Je l'imagine brandir une photo ; il fait le coup à chaque fois.

— Le lézard basilic à plumes est capable de marcher sur l'eau. Ça parait dingue et pourtant, il le fait ! Ce lézard, c'est un putain de Jésus-Christ ! Alors, comme lui, sors-moi un miracle, du style réapparition !

Dumbo quitte le bureau, la mine déconfite. Mes yeux lui font comprendre : « Ne compte pas sur moi pour l'appel à un ami… » Mon patron me sauve en m'apercevant dans le couloir.

— Entre ! Viens justifier ton salaire et m'expliquer pourquoi je ne devrais pas te virer ! ricane-t-il. J'espère que tu ne m'apportes pas une mauvaise nouvelle !

Je m'installe sur une chaise inconfortable.

Dick, c'est l'archétype de l'employé de bureau, celui dont les séries hollywoodiennes se moquent tout le temps : très grand (le lait aux hormones ici fait des miracles), très flasque (les fast-foods ici font des désastres), très blanc (le soleil ici fait des ravages), il affiche fièrement une couronne hippocratique en ruine et une tenue, tous les jours la même : chemisette rayée à manches courtes et pantalon noir trop large.

Avant que je puisse lui donner le bilan de mes inspections de l'année qu'il m'a réclamé (quelques pages imprimées à la va-vite), il me demande :

— Tu sais qu'ils veulent que je me sépare de Paul ?

Paul « Monsieur Propre », un agent WASP aussi chauve que radin. Je m'émeus :

— Il a commis une erreur ?

Le vent du licenciement souffle sur mon cou.

— Même pas. Ils trouvent que je devrais diversifier mon personnel. « Trop de mâles blancs hétérosexuels » qu'ils disent ! Mais moi vivant, Paul ne partira pas…

Il me parle d'une histoire en Grande-Bretagne : la police aurait refusé un poste à une recrue parfaite, au seul motif qu'il était hétéro et caucasien.

— Ils ont préféré engager un pédé black moins doué à la place, afin de respecter leurs quotas ! éructe Dick. Il n'y en a plus que pour les gonzesses, les Noirs et les gays ! On va devenir une espèce menacée ! Il faudrait nous protéger !

Mon boss détaille son analyse. Selon lui, avant les années soixante, les États-Unis ressemblaient à un paradis. Les hommes blancs occupaient le haut de la pyramide culturelle et économique. Ils dominaient tout : le monde du travail (sans femmes ou Noirs pour leur voler leur boulot) ; la politique (avec des lois faites par eux pour eux) ; la sphère privée (en exerçant un pouvoir absolu à la maison).

Et puis, tout a merdé : les Afro-Américains ont été les premiers à se révolter contre la ségrégation et Jim Crow. Inspirées par leur succès, les femmes se sont rebellées, afin de ne plus être reléguées à leur rôle traditionnel. Elles sont devenues médecins, avocates, directrices générales, conductrices de bus ou pire, pilotes d'avion… Les homos se sont engouffrés dans la brèche… Mais tout ça n'était rien comparé au plus grand danger que nous devions affronter selon lui : l'immigration.

— Je vais te confier quelque chose. Les Mexicains, les Brésiliens ou les Chinois, qui débarquent tranquillement chez nous avec le regroupement familial, ils n'ambitionnent qu'une chose : asservir l'homme blanc. Ils veulent se venger de milliers d'années d'humiliation ! C'est la revanche des soumis ! Ce pays est en train de se faire bouffer de l'intérieur…

Il se calme.

— Tu me comprends, F., j'espère ?

En guise de réponse, je lui tends mon rapport concernant mes audits, le bilan de mes inspections depuis le début de l'année. Une vie de labeur résumée en quelques pages… Il commence à en parcourir les premières lignes.

— C'est trop long et comme d'habitude avec toi, on ne pige rien ! C'est quoi ta conclusion ?

— Tout va bien !

Mon ton est ferme, alors que je panique intérieurement.

— Las Vegas peut dormir sur ses deux oreilles. Les machines à sous fonctionnent en parfaite sécurité.

Dick paraît à la fois soulagé et curieux.

— Et la Western de l'Aria ? Le casino attend toujours ton rapport pour invalider le paiement des deux jackpots de 20 000 dollars. Du coup, pendant ton absence, j'ai demandé à ce qu'on la vérifie à nouveau. Mais ces abrutis l'avaient déjà renvoyée chez le fabricant, qui l'avait détruite…

Son insistance à évoquer cette machine hérisse un à un les poils de mes bras. Il est dans le coup, c'est sûr. Cherche-t-il à me tester pour la Ligue ? Sait-il pour Molly et moi ? Le boîtier volé ? Heureusement, il conclut notre entretien.

— Donc, tu me certifies qu'il n'existe aucune faille dans toutes les machines à sous qui sont passées entre tes mains depuis six mois ?

— Oui, je te le garantis.

— Continue comme ça et on n'aura pas à te licencier…

Drôle d'encouragement ! Avant de nous séparer, il me félicite comme si je venais de découvrir le radium. Mais je mens trop pour apprécier les compliments…

Un accident a créé un embouteillage sur l'autoroute qui me ramène chez moi. Le ciel a pris une teinte rouge, écarlate, et le coucher de soleil aveugle tout le monde au volant. Je règle le volume de la musique à fond, et *What is love* de Haddaway fait vibrer chaque boulon de la Mercedes.

Je repense à Dick. La seule personne au bureau que je n'ai jamais affublé d'un surnom ridicule. En même temps, pas facile d'être un Dick, aujourd'hui, à l'heure des réseaux sociaux. Dick, en anglais, signifie « bite ». Alors, imaginez-le tentant de débattre politique sur Twitter… Les Américains possèdent d'ailleurs un goût mystérieusement prononcé pour les prénoms à connotation sexuelle. Willy, John, Johnson, Rod, Rudy, Roger, Stanley, Peter et j'en passe : que des synonymes du mot « pénis ». Cette obsession pour leur appendice n'est pas nette.

Je retrouve Molly allongée sur le sol de ma chambre, l'ordinateur portable sur les genoux. Je lui raconte mon rendez-vous au bureau. J'ai peur. Que nous arrivera-t-il si nous sommes découverts ? Elle ne réagit pas. Je demande :

— Molly, tu m'écoutes ?

— Bien sûr que je t'écoute !

— Alors, qu'est-ce que je viens de dire ?

— Tu m'écoutes ?

Elle semble tellement fière de sa blague que je la crois capable, à cet instant, de réussir à s'ajouter elle-même en amie sur Facebook.

J'admire sa répartie. Je n'aime pas les gens qui ont l'esprit d'escalier ; ceux qui trouvent la réplique bien ficelée qui cloue le bec, mais seulement après avoir quitté leurs interlocuteurs (expression que l'on doit à Diderot qui trouvait toujours quoi dire une fois dans l'escalier de la sortie : « Ah, voilà ce que j'aurais dû leur répondre, ça les aurait bien mouchés ! » Oui, mais c'est trop tard).

— Ce boîtier va me rendre chèvre. Il est bien amoché et certains composants ont été brisés. Chaque fois que je pense progresser, un nouvel obstacle se dresse devant moi. Je ne sais plus quoi faire…

Sans vouloir lui mettre la pression, il s'agirait de pas trop traîner. Combien de temps avant que la Ligue s'aperçoive que son dispositif a disparu de la Réserve de Carson City et se lance à sa recherche ? Cette télécommande constitue notre seule échappatoire, l'unique preuve de leur cabale… à condition qu'elle fonctionne ! Je la réconforte.

— Tu vas réussir. Ne te laisse pas abattre.

— C'est ce qu'on conseillait à Kennedy… sourit-elle.

Elle se lève, me pousse et se dirige vers la cuisine.

— Je dois me nourrir sinon je vais défaillir…

Elle ouvre le réfrigérateur. Vidé : cette goulue a déjà englouti toutes mes courses de la semaine ! Je la préférais sous son régime coke et alcool. Je propose un dîner dehors.

— Sortons, tu as besoin de te changer les idées. Je suppose que tu as retrouvé une alimentation normale ? je feins de demander.

Elle agite la tête vigoureusement de haut en bas, telle une biquette cherchant à se débarrasser de son grelot.

J'emmène Molly au restaurant panoramique de l'hôtel-casino The Strat', cette tour géante en forme de château d'eau couronné par un observatoire circulaire. Peut-être serons-nous d'humeur, ensuite, à profiter des attractions à sensation dans le vide, installées à son sommet ?

Nous entrons par l'un des ascenseurs et filons directement vers le cent septième étage à la vitesse de trois TGV. À peine arrivé, les oreilles bouchées, je ne comprends rien de ce que me raconte la serveuse (bien trop âgée pour encore faire ce métier). Alors, je la talonne aveuglément, et elle nous assoit heureusement à l'une des meilleures tables, longeant les immenses baies vitrées de l'établissement. Trois cent quarante-cinq mètres plus bas, les lumières des néons de la ville s'étirent jusqu'au désert, là où les ténèbres ensablées les éteignent d'un coup.

Las Vegas a beau être construite au cœur du rien, elle attire pourtant, chaque mois, des milliers de nouveaux habitants. La plupart fuient la Californie, sa pollution, sa criminalité, ses tueries de masse, ses tremblements de terre, ses idées trop à gauche. Je ne les blâme pas : du soleil trois cent dix jours par an, presque pas d'impôts, comment ne pas succomber ? En plus, l'air sec soigne les rhumatismes. Du coup, cet eldorado de l'Ouest ressemble en ce moment à un gigantesque chantier, où se bâtissent vingt-quatre heures sur vingt-quatre routes, écoles, supermarchés, églises, centres commerciaux, en grignotant chaque fois un peu plus sur le Mojave. « Le désert croît, malheur à celui qui recèle des déserts », disait Nietzsche. Mais quel désert grandit vraiment à Las Vegas ?

J'entame la conversation.

— Comment se porte ta mère ?

— Elle se fait bientôt opérer du frémur. Lors de notre dernier coup de téléphone, elle hurlait : « J'ai trop mal, donnez-moi de la morphine ! » Le médecin a refusé : « Si je vous file de la morphine maintenant, je vous injecte quoi après l'opération ? De l'héroïne ? Vous voyez vos os ? Ce ne sont pas des os, c'est du polystyrène ! »

La serveuse nous demande comment nous allons, nous apporte deux verres d'eau puis prend notre commande : bar méditerranéen branzino pour moi ; salade composée pour elle. Pas loin, deux copines mitraillent leurs plats qui refroidissent à vue d'œil. Disposition des éléments sur la table, angle de vue, lumière, filtre Instagram, retouche FaceApp : à croire que les gens choisissent maintenant leurs restos uniquement en fonction de la photogénie de la nourriture.

— J'ai entendu ce que tu disais à l'appart, m'avoue Molly. Ne crains rien : je vais aboutir avec le boîtier. Je trouve toujours une solution.

— Merci, sans toi, je me perdrais.

Nous entamons nos repas. Moi sans joie, Molly avec férocité. Les vociférations d'un couple (la quarantaine) m'interpellent.

— Ce n'est pas compliqué bébé, explique calmement l'homme à celle que je suppose être son épouse. Tu peux bosser autant que tu le désires. En revanche, quand je rentre à la maison, je veux que le dîner soit prêt et les enfants couchés.

La femme ne répond pas. De toute façon, l'écoute ne semble pas faire partie des capacités du mari.

— Chérie, il faut arrêter de croire aux miracles : la Wonder Woman qui déchire tout au boulot, qui a du temps pour les gosses et l'énergie d'une prostituée pour son mec, elle n'existe pas ! Et puis, c'est génétique : tu n'auras jamais l'ambition d'un homme. Alors, pourquoi t'acharner ? Mon amour, c'est pour ton bien, tu serais plus heureuse à la maison, à t'occuper des enfants…

Molly se lève et colle au mur le couple d'une remarque.

— Je n'ai pas pu m'empêcher d'écouter votre discussion. En même temps, vous parlez tellement fort que toute la salle doit entendre ce que vous dites. Une chose, madame : si nos grand-mères ont baissé la tête toute leur vie, ce n'était pas pour admirer leurs chaussures. Alors, s'il vous plaît, votre dignité vaut plus que la bague à votre doigt. En plus, c'est du toc. J'ai l'œil. Monsieur est un rat.

Ma collègue tourne les talons et quitte prestement le restaurant. Je jette quelques billets à notre serveuse, balbutie une excuse à l'intention du mari, avant de rejoindre ma partenaire à l'extérieur.

De retour dans mon appartement, nous reprenons le travail sur le boîtier. Je tente d'assister Molly, mais son cerveau fonctionne à une vitesse bien supérieure à celle du mien. Je lutte contre le sommeil. J'ai dû m'assoupir dans un sursaut parce qu'à trois heures du matin, des cris stridents me réveillent. Molly se tortille dans tous les sens, telle une sorcière sur son bûcher.

— J'ai réussi ! s'exclame-t-elle.

Elle me propose immédiatement une démonstration. Elle pointe le dispositif dans la direction de la machine à sous Pussy Cat. Clic. La télécommande émet un léger son suivi d'une vibration.

— À toi, maintenant ! m'encourage-t-elle.

J'insère un billet de 1 dollar dans la fente. J'appuie sur le bouton « Play ». Les symboles défilent dans ce qui me semble une éternité, avant de s'interrompre sur une combinaison pleine de chats et de griffes. Des miaulements de joie emplissent mon salon et les pièces virtuelles éclaboussent l'écran. Le compteur de gains grimpe rapidement pour afficher 53 dollars. Je siffle d'admiration. Je retente ma chance immédiatement et j'obtiens cette fois 125 dollars. Puis 175 dollars. Puis 93 dollars…

— Ça marche jusqu'à vingt mètres de distance, m'explique Molly. Il suffit de pointer le boîtier vers une machine et les dollars affluent ! Vas-y, réessaye !

Je tape plein de confiance sur le bouton de la mise maximale. Malheureusement, la combinaison suivante ne rapporte rien. Je rejoue. Perdu à nouveau. Encore. Encore. Je me tourne vers Molly.

— Ce n'est pas drôle…

— Oh, on peut rigoler ! Le système marche très simplement : un clic sur la télécommande, et la machine fait gagner à tous les coups. Un autre clic, et elle reprend son état normal, sans qu'on puisse détecter la moindre anomalie. C'est le *quick change* de la chance, ce truc ! Pousse-toi, je vais tenter le jackpot.

Elle presse le bouton du boîtier. Après quelques instants, la voilà qui remporte 50 000 dollars, sans effort. J'applaudis. Elle s'arrête pour contempler son œuvre. Elle semble secouée de spasmes.

— Bravo ! Je lui dis en souriant.

La machine Pussy Cat devant nous ne demande qu'à rendre riches ses joueurs… enfin, surtout ceux de la Ligue. Les personnes derrière cette arnaque avaient déployé des moyens financiers, humains et technologiques considérables. Je pourrais jurer que des agents du Nevada Casino Control Board avaient travaillé sur ce dispositif ; je reconnaissais leur patte.

Grâce à ce système, chaque année, j'estimais qu'au moins 100 millions de dollars pouvaient être dérobés afin d'engraisser mes collègues et leurs complices des casinos. Pour la première fois de ma vie, des chiffres m'impressionnent. Je sens mon corps se tasser. Molly me tape légèrement dans le dos, avant de partir fumer sur le balcon minuscule de mon appartement. Je la suis et lui demande, en pointant du doigt sa cigarette ardente :

— Tu n'as jamais songé à arrêter ?

— Je sais que ça me détruit, mais j'en ai besoin pour vivre…

Je n'ose lui révéler que Lolo Ferrari disait la même chose de sa poitrine mille fois refaite. À quoi bon, je n'ai pas envie de lui expliquer pourquoi Lolo Ferrari était mon idole. Molly continue.

— Tu imagines, nos patrons, nos amis du Board, complotant pour créer cette arnaque ?

Elle parle doucement, sans toutefois réussir à masquer sa colère.

— Depuis combien d'années cela dure-t-il ? Combien de millions se sont-ils mis dans les poches ? Combien de maisons, de voitures, de voyages offerts ? Cela me donne envie de dégobiller…

Je réfléchis à mes dernières vacances en Californie, qui datent de trois ans déjà.

— Ils n'en ont plus pour très longtemps. Ils vont bientôt payer.

— L'argent corrompt tout… poursuit Molly, plus calme. L'argent déshumanise tout.

Rien ne l'arrête. Elle me parle complots et escroqueries. La conférence de Bilderberg. Le Watergate. Les Illuminati. Bernard Madoff. Les expériences de contrôle mental MK-Ultra de la CIA. Le contrat Iran-Contra. Enron.

Elle me donne le vertige. Mais comment ne pas lui donner raison ? Elle conclut, en prenant des accents marxistes.

— Ces mensonges, ces machinations, ces injustices : tout le monde en entend parler, mais on laisse faire, sans se révolter… Les puissants, eux, n'hésitent jamais à nous écraser pour leur propre bénéfice. Et à la fin, ils s'en sortent : c'est toujours eux qui gagnent !

Elle plante son regard dans le mien.

— Ce boîtier, c'est un signe, F., une chance. À notre tour d'en profiter ! Une journée avec, au casino, pourrait nous faire remporter plus que tout ce qu'on peut imaginer. Et après, on a la possibilité de balancer anonymement la Ligue au FBI, et de devenir les héros de cette ville… Tu en penses quoi ?

Elle attend anxieusement ma réponse. J'ai l'impression de me trouver face à une lionne, avec un fusil à un coup dans les mains : si je me rate, elle ne me ratera pas.

— Laisse tomber… coupe-t-elle. Ce sont des idées de révolutionnaire, ça. Toi, tu es du genre à aimer les sens uniques, pas les sens interdits…

Molly n'a pas tort : j'ai une définition de l'audace et du courage assez limitée. Enfant, cela se résumait à braver des odeurs inhumaines afin d'apporter du papier toilette à mon père qui hurlait dans les W.-C. qu'il était à court. Ou à oser demander à ma mère un Petit Écolier quelques minutes seulement après un dîner au cours duquel je n'avais pas touché à mon assiette.

Avec l'adolescence, ma conception de l'héroïsme avait évolué : j'admirais ces filles qui venaient en legging couleur chair en cours de sport alors qu'elles avaient leurs règles. Ou quand j'avais le cran d'aller dans un magasin accompagné par mon oncle et son short moulant poutre apparente de l'équipe de foot d'Argentine 1978.

Aujourd'hui, mon idée du courage se limitait essentiellement à pouvoir décrocher en voyant un numéro masqué, à se lever avant midi un dimanche, ou à Jake Gyllenhaal dans *Brokeback Mountain* se faisant sodomiser à sec après un repas de flageolets.

Molly récupère sa veste en cuir. Sur le pas de la porte, je lui demande :

— À très vite, je suppose ?

Elle m'embrasse en guise de réponse. Je ne la repousse pas. Nos lèvres s'entrechoquent. Nos langues se cherchent avant de s'emmêler, comme des vipères rentrant dans leur nid. Sans un mot, je la conduis vers la chambre.

Je retire maladroitement ma chemise, puis arrache son tee-shirt blanc Madewell Baby Tee. Mes mains explorent chaque centimètre carré de son corps. J'embrasse le creux que forme sa clavicule.

J'embrasse son cou tendu par le désir. J'embrasse un recoin caché derrière son oreille.

Ma bouche rejoint son visage, tirant ma langue telle une enclume. Mon doigt suit le dessin que trace la tache de naissance sur sa joue. Je prends sa gorge entre mes mains et commence à la serrer. Doucement. Elle halète. Je la libère. Je m'assois à ses côtés et contemple sa poitrine. Ses ongles glissent le long de ma cuisse. Elle pénètre timidement dans mon caleçon, sans effraction, à la recherche de mon sexe…

— Il y a un problème ? s'arrête-t-elle.

Je n'arrive pas à bander. La panne. Le moteur qui cale. La batterie à plat. Elle reprend. Mais à ce stade, c'est d'un défibrillateur dont aurait besoin ma verge. Ou plutôt d'une transfusion sanguine de cent trente millilitres directement dans le gland. D'habitude si bien huilée, ma mécanique s'enraye.

— Bon, ben, quand ça veut pas… constate-t-elle cliniquement en s'installant contre la tête de lit. De toute façon, c'était une connerie. Promets-moi qu'on ne reparlera jamais de tout ça, OK ?

Une bouffée de culpabilité me monte au cerveau. Je rêverais d'une baguette magique pour recoudre le fil de cette matinée. « Reparo ! Oubliette ! » comme dans *Harry Potter*. Elle allume un joint. Les secondes de silence dans cette semi-obscurité me paraissent durer des heures. Pourquoi ne dit-elle pas : « Ce n'est pas grave. Ça arrive à tout le monde… », à la manière de n'importe quelle autre femme ? Peut-être parce qu'elle n'est pas n'importe quelle femme. Le contact de nos lèvres a allumé en moi un feu impossible à affronter sans se laisser consumer. M'offrira-t-elle une seconde chance ? Les promesses qu'on se fait après l'amour ne sont pas de vraies promesses.

Je murmure finalement, d'une voix blanche :

— Peut-être que tu as raison… Pour le boîtier… On pourrait en profiter un peu, avant de prévenir le FBI.

Je ne sais pas pourquoi j'ai dit ça. Parce que je ne supporte pas le silence ? Pour l'impressionner ? Pour m'impressionner ? Parce que ma libido brûle chaque neurone de mon cerveau ? Je reprends mes esprits et stoppe net son début de jubilation. Je verbalise :

— Je pose deux conditions. D'abord, on vérifie que ça marche dans les casinos, en réalisant des essais grandeur nature, sur des personnes choisies au hasard, pour être sûr qu'on ne se fera pas choper. On n'a pas encore la certitude que ce système est vraiment indétectable. Ensuite, on arrête dès que l'un de nous deux le désire. Personne ne continue seul.

— Deal !

Son exclamation me laisse le même sentiment de regret immédiat éprouvé, il y a quelques années, lorsque j'avais signé pour un appartement en *timeshare*.

Je m'empare du boîtier et le fais virevolter audessus de ma tête.

— Attention avec ! s'inquiète-t-elle. Tu n'as pas intérêt à le casser ! On n'en a qu'un et je ne suis pas sûre de pouvoir le réparer à nouveau. On l'essaye quand ?

— Vendredi soir, après le boulot ?

Ma voix se casse et vibre comme les cordes d'un violon. Molly a-t-elle perçu ma crainte à l'idée d'expérimenter notre dispositif en situation réelle dans de vrais casinos, sur de vrais joueurs pris au hasard, sous l'œil de vraies caméras de sécurité ?

Dans la torpeur de la nuit encore chaude, elle m'étreint longuement sur le parking en bas de mon appartement. Le bitume brûlant réchauffe mes pieds à travers les baskets.

— À très vite, mon beau partenaire ! me glisse-t-elle, avant de s'enfuir dans son Uber.

Je lui crie : « Tu peux rester dormir ici, si tu veux ! », en me retournant depuis les marches de mon perron. Mais sa voiture a pris la fuite depuis longtemps. Saloperie d'esprit d'escalier !

10

I'm a genie in a bottle.
You gotta rub me the right way.
(Genie in a bottle)

Lorsque vous entendez le mot « pyramide », vous pensez généralement à Gizeh, aux Aztèques, au Louvre, à la station de métro parisien voire au jeu culte de France 2 avec Pépita. Mais à Las Vegas, on visualise immédiatement le Luxor, cet hôtel-casino construit sur le thème de l'Égypte ancienne, assez grand pour abriter l'entière population de Tarascon.

Je confie ma Mercedes cabriolet au voiturier, au pied de la structure de verre noir. Dans la nuit, cette pyramide me paraît encore plus monumentale. Le rayon lumineux de son extrémité, pointé vers le ciel, éclaire les quelques nuages nocturnes : il est si puissant que certains disent qu'on l'aperçoit depuis Los Angeles, située pourtant à plus de quatre cents kilomètres.

Est-ce ce faisceau qui attire, tels des papillons, les homosexuels du monde entier ? Impossible, en effet, de ne pas croiser des gays au Luxor. Certains jours d'été, ils donnent à l'établissement des allures sympathiques de Marche des fiertés, où leurs corps musclés, bronzés et épilés ramassent à la pelle les regards jaloux.

C'est sur ce casino que nous avons jeté notre dévolu afin de tester pour la première fois le dispositif réparé par Molly. Un choix moins dicté par la forme phallique de l'obélisque géant à l'entrée que par la responsable de la sécurité, Linda.

Je l'ai connue alors qu'elle officiait comme strip-teaseuse au Spearmint Rhino, un club pour hommes ouvert sans discontinuer sur South Highland Drive. Ancienne mannequin dans les centres commerciaux, elle avait troqué le *catwalk* pour le comptoir d'un bar, où sa démarche et son boa rose lui avaient valu le sobriquet de Pinky Tail.

Le strip-tease lui avait tout appris : comment cambrer les reins pour que son ventre paraisse deux fois moins gros, comment un éclairage peut changer la perception des corps et des situations, comment piquer dans la caisse sans se faire repérer, comment mettre fin à une bagarre sans intervenir physiquement, comment détecter un client à problème, comment savoir si une personne dissimule une addiction à l'alcool… Plus utile qu'un CV surchargé, son expérience au Spearmint Rhino lui avait ouvert grandes les portes de la sécurité du Luxor, sans que personne s'en émeuve. Et puis, à Vegas, toutes les filles ont un jour été au mieux serveuses, au pire strip-teaseuses ou escorts. Si cela vous pose un souci, autant déménager tout de suite. Je l'apostrophe :

— Salut Pinky !

Linda fait mine de vouloir me gronder avec son index, avant finalement d'attraper ma joue en la pinçant un peu trop fort. Elle me répond d'un ton qui oscille entre la réprimande et le compliment.

— Quand on m'a dit que tu venais aujourd'hui, j'ai couru pour t'accueillir personnellement. En revanche, ne m'appelle plus jamais Pinky ! Sinon, je ressors ton surnom de l'époque au Rhino...

— C'est dommage, Pinky, j'aime beaucoup... intervient Molly. Ça m'évoque Pinky Brewster !

— C'est Punky Brewster son nom, coupe Linda, sans même un regard pour ma collègue. On parle bien de la gamine SDF qui squatte chez un vieux sénile douteux, dans la série des années 90 ? Elle s'appelle Punky Brewster, pas Pinky Brewster. Je n'aurais pas pris le pseudo d'une vagabonde...

La responsable de la sécurité s'adresse à moi comme si Molly n'existait pas. Le fond de l'air s'est rafraîchi d'un coup. Je me prépare à sortir une petite laine et le pop-corn afin de savourer le spectacle qui s'annonce.

— Qu'avons-nous fait de mal ? me questionne Linda. Que nous vaut cette inspection surprise, après les heures légales de bureau ?

— Contrôle de routine. Ne t'inquiète pas. On souhaite juste examiner une dizaine de machines à sous. Depuis le coup des Russes, on préfère ne prendre aucun risque.

— Les Russes ? Mais ça date d'il y a quatre ans, chéri ! peste-t-elle. Je peux me porter garante de tous les jeux de ce casino ! Mais je sais, tu ne fais que ton boulot. Voici les clés pour ouvrir les engins. Tu n'oublies pas de passer me voir quand tu as fini ?

Avant de se retirer, elle me glisse un baiser sur la joue et susurre à mon oreille :

— Tu as conscience que la taille de ses glandes mammaires n'est pas proportionnelle à celle de ses lobes cérébraux ?

Je prie pour que Molly n'ait rien entendu.

— La salo… siffle ma collègue.

Je réalise un trois cent soixante degrés sur moi-même pour m'assurer que personne n'écoute. Je ris.

— T'es jalouse ? Elle m'aime bien, c'est tout… Ça me décevrait d'apprendre qu'elle aide la Ligue en couvrant leurs magouilles. Enfin, au moins, on ne l'aura pas sur le dos toute la soirée. Tu as la « télécommande spéciale » avec toi ?

J'ai tenté avec ma voix de jouer la connivence. Molly me tire la langue, pour signifier que j'aurais pu me passer de cette question, puis se frotte vigoureusement le nez.

— Avance, je dois aller me recharger…

Je m'adosse à la paroi d'un mur pour l'attendre alors qu'elle pénètre dans les toilettes. Le casino est bourré à craquer ce soir. Avec leurs provisions, certains parieurs semblent installés pour y rester la nuit, comme s'ils voulaient demeurer éternellement dans ce capharnaüm réconfortant dissimulant leurs doutes, leurs peurs, bref, tout ce qu'ils cherchent à fuir. Un flambeur au baccarat, convenablement aviné, me hèle depuis sa table :

— Eh mec, j'adore ta meuf ! Elle est tellement Vegas !

Je le congratule d'un revers de la main. Dans cette ville, si vous n'êtes pas importuné par quelqu'un de saoul, c'est que vous êtes vous-même saoul et que vous importunez quelqu'un... L'homme quitte sa place. Une femme de ménage, bardée d'éponges et d'essuie-tout, se précipite en direction de son fauteuil.

Je reconnais une Pipi Girl, comme je les surnomme, car leur rôle consiste à vérifier là où les clients trop fatigués, trop ivres ou trop feignants, ont pu uriner. Je l'observe presser méticuleusement son papier absorbant sur le siège. Elle a dû détecter une trace d'humidité suspecte puisqu'elle appelle une équipe spécialisée afin de tout désinfecter. À Vegas, quand votre fauteuil vous paraît mouillé, c'est rarement parce qu'un verre a été renversé dessus...

Dix minutes plus tard, Molly me retrouve alors que je tourne autour de Britney Spears. Pas la chanteuse, mais la machine à sous à son effigie, thématisée à sa gloire. D'un coup d'œil expert, je vérifie discrètement les caméras au plafond. Je confirme que nous nous trouvons probablement dans l'un des endroits les moins bien surveillés du casino. Ce sera elle : Britney, première victime de notre dispositif.

Je dois confesser que le choix de cette machine tient beaucoup à mes goûts personnels. Les femmes provocantes, les Kim Kardashian, Cardy B, Nicki Minaj ou Paris Hilton, ont toujours exercé sur moi un fort pouvoir d'attraction. J'aime les robes trop courtes, les décolletés trop plongeants, les bouches trop glossées, les talons trop hauts, les seins trop gros, les ongles trop rouges, les racines trop sombres, les attitudes trop vulgaires. J'aime ces filles qui récoltent sur leur passage des « monstrueuse ! »,

« affreuse ! », « ridicule ! » de la part des autres femmes mais que, secrètement, les hommes admirent et désirent. En matière de nanas, j'ai un mauvais goût assuré et, je crois, universel.

Je commande deux mojitos (virgin pour moi) à une serveuse sans âge ni beauté, et nous assois à un bar jouxtant les machines.

— Je sens que tu as des doutes… me confie Molly.

— Je ne suis pas très à l'aise, je te l'accorde. Arnaquer un établissement comme le Luxor, ce n'est pas anodin. Surtout pour nous, qui sommes censés le protéger de ce genre d'actions.

— Mais c'est pour la bonne cause ! Détends-toi ! On essaye le dispositif, on se sert un peu au passage, et après on balance la Ligue, les pourritures du Board et leurs complices dans les casinos… qui, en passant, sont les plus gros escrocs de cette planète, avec leur industrie reposant entièrement sur l'addiction et la misère des gens. Merde, F. ! Robin des Bois, c'est quand même un héros et, à ma connaissance, il ne crachait pas sur sa part du butin !

— Ne pousse pas le bouchon trop loin…

J'aspire avec ma paille le fond de mon verre complètement vide. Un débat sur la moralité de nos actions pourrait finir de me dessécher.

— Alors, on le commence, ce test, oui ou non ? m'interroge Molly.

Pour me parler, elle a pris une voix tellement douce qu'on pourrait jurer entendre des fleurs pousser sur chacun de ses mots.

— OK, je réplique sans pouvoir dissimuler mon incertitude. Mais on est bien d'accord que ce soir, on vérifie uniquement que ça marche sans danger, sur des gens choisis au hasard ?

Une caméra que je n'avais pas remarquée retient mon attention. Je demande à ma collègue de se décaler un peu, afin de nous cacher de son objectif. Je me rassure : si le Luxor compte presque deux mille appareils de surveillance, ce n'est pas comme s'ils pouvaient mettre derrière chacun d'eux quelqu'un pour réellement observer ce qui se passe ! Enfin, c'est ce que j'espère…

— Bon, j'y vais alors !

Discrètement, Molly sort le boîtier et vise la machine Britney Spears. Je la stoppe en posant ma main sur l'engin, l'empêchant d'appuyer sur le bouton.

— Attends !

Un homme vient de s'installer pour jouer à la Britney. Il me fait penser à Stephen Paddock, le tueur fou de Las Vegas qui a abattu cinquante-huit personnes et en a blessé quatre cent vingt-deux autres en 2017. Un individu apprécié par sa famille, ses voisins, ses amis et dont personne ne soupçonnait la maladie mentale.

— Quelque chose cloche !

Je n'ai jamais été aussi sérieux, sauf peut-être quand j'ai annoncé à mon père que j'avais abîmé sa Renault 11 Electronic toute neuve avec mon vélo.

— Quitte à essayer cette télécommande et assurer le jackpot à des inconnus, autant le faire avec des gens qui en ont vraiment besoin, non ? On ne peut pas laisser gagner n'importe qui, comme ça. Imagine qu'on tombe sur un taré. Il devient riche. L'argent lui monte à la tête. Il quitte sa femme pour se vautrer dans la drogue et l'alcool. Il dépense tout. Ruiné, déprimé, il achète un fusil d'assaut et abat sa famille. Je ne pourrais jamais vivre avec cette culpabilité ! Car il n'aurait jamais dû gagner cet argent à la base…

Molly accuse le coup. Elle se prend la tête entre les mains.

— Tu n'as pas l'impression d'aller un peu loin, là ? dit-elle, exaspérée.

Je regarde à nouveau l'homme installé à la machine à sous. Il m'inquiète de plus en plus. Je continue.

— Tu m'as très bien compris. Ce que nous nous apprêtons à faire va changer le destin de ces joueurs. Je crois que nous avons le devoir de faire gagner des personnes méritantes. Pas question que ce test serve à remplir les mauvaises poches. Un grand pouvoir implique de grandes responsabilités, disait Spider-Man.

— Déjà, c'est l'oncle de Spider-Man qui disait ça. Et en plus, ce n'est même pas de lui. La phrase originale remonte à Mathusalem…

— N'essaye pas de changer de sujet, Wikipédia !

— D'accord, comme tu veux. Je te laisse choisir nos innocents aux mains bientôt pleines. Et comment comptes-tu reconnaître une bonne personne ? me demande Molly, narquoise.

Bien entendu, si mère Teresa apparaissait maintenant dans le casino, cela m'aiderait beaucoup. Comment repérer un honnête homme ? Ce couple de lesbiennes, main dans la main, mérite-t-il de gagner ? Cette femme au physique avantageux est-elle plus digne de remporter le gros lot ? Obèse contre maigre, moche contre beau, fumeur contre non-fumeur : lequel est mieux que l'autre ?

Très jeune, j'ai appris à me méfier des apparences. En CE2, pour être précis, à cause de cette « prostituée de l'attention » prénommée Julie. J'avais, en effet, rapidement réalisé que derrière le visage d'ange de ma camarade de classe se cachait en réalité une garce, à la tête d'un empire criminel basé sur le racket de bonbons, l'extorsion de billes et la revente de vignettes Crados sous le manteau.

J'avais négocié sa protection en échange de rations hebdomadaires de colle Cléopâtre, à tel point que mes parents avaient cru, un temps, que j'avais sombré dans la drogue. Tout au long de ma scolarité, aucun de mes efforts pour la faire tomber n'avait abouti, son joli minois et ses excellentes notes lui permettant d'échapper, chaque fois, au radar des institutrices. « On ne juge pas un livre à sa couverture », rabâchait ma grand-mère… Elle disait aussi de moi bébé : « Laissez-le pleurer, ça développera ses poumons ! » alors que j'étais atteint d'une œsophagite extrêmement douloureuse. Comme quoi, elle rabâchait quand même des conneries, ma grand-mère.

Comment choisir nos gagnants ce soir ? Comment faisaient les producteurs d'émissions télé lorsqu'ils devaient sélectionner parmi des milliers de candidatures celle qui verrait sa maison refaite, celle qui verrait sa vie transformée ?

Un couple de cheveux blancs a remplacé le sosie de Stephen Paddock à la machine Britney Spears. Chemise rose, pantalon beige feu de plancher pour lui ; robe bleu layette pour elle. Ils se chamaillent gentiment pour savoir quelle somme miser. Lui veut jouer beaucoup, et ainsi tenter de gagner le gros lot. Elle souhaite parier le minimum, afin de faire durer le plaisir. Finalement, monsieur cède et en guise de capitulation pose un furtif baiser sur l'épaule de son épouse. Je tranche :

— C'est eux !

— Tu es sûr ? me demande Molly.

— Non, mais c'est eux !

— Et pourquoi eux ?

— Tu voulais que je choisisse ? C'est eux ! Et arrête de me questionner. Active ton machin, sinon je change d'avis !

Je ne peux pas lui avouer que je vois dans ce couple les parents dont j'ai toujours rêvé. Le négatif de mon père et de ma mère sombrant dans un divorce houleux, se servant de moi comme autant de munitions dans leur guerre de scission.

Molly braque le boîtier sur la machine à sous Britney Spears et appuie sur le bouton. Sa main vibre furtivement. Au bout de quelques secondes, des cris retentissent dans le hall du casino.

— Génial, on a gagné 50 dollars ! s'exclame l'homme installé au bandit manchot, la voix chevrotante.

— C'est bien la première fois que tu as de la chance ! le taquine son épouse. On s'arrête ? 50 dollars, c'est déjà une belle somme…

— On vient à peine de commencer. Un autre coup, juste pour voir ! réclame-t-il.

Sa compagne acquiesce. Les symboles défilent et s'immobilisent cette fois sur une combinaison pleine de Britney Spears en body rouge. Un « It's Britney, bitch ! » (« C'est Britney, salope ! ») surprend les deux amoureux, probablement peu habitués à entendre de telles vulgarités. Mais leur pudeur s'efface rapidement à la vue du compteur qui affiche 123 dollars.

— C'est trop , chéri, on arrête s'il te plaît maintenant ! Ordonne la femme.

Une tache de sueur s'est formée dans le pli du dos de sa robe.

— Mais on n'a rien perdu… se plaint le mari.

— Justement… On s'en va !

J'ai envie de crier à mes deux petits vieux de s'accrocher. « Restez un peu, le jackpot vous tend les bras ! » Mentalement, je voudrais les convaincre de ne pas bouger. Heureusement, l'homme n'a pas l'intention d'arrêter. Il rejoue sous les protestations de son épouse. La musique du tube *Baby One More Time* retentit. J'exhale une bouffée de soulagement : ils viennent de remporter 205 dollars. Une frénésie les emporte.

Autour d'eux, un attroupement se forme peu à peu. À chaque nouveau gain, la foule hurle, applaudit, siffle et avale des gorgées de bière. Une partouze géante de joueurs extatiques qui espèrent que la chance se transmette aussi vite qu'une MST.

Les victoires s'accumulent pour le couple : 246 dollars, 303 dollars, 408 dollars… Les deux amoureux ne peuvent retenir leurs larmes. À chaque mise, avant d'appuyer sur le bouton, ils se tiennent la main et échangent un baiser, tel un rituel censé empêcher leur incroyable veine de les abandonner. Si seulement ils savaient que leur bonne fortune se trouve en fait à quelques mètres d'eux et savoure un deuxième mojito sans alcool. De là où ils se situent, ils me transmettent leur bonheur. Un sentiment de bien-être m'envahit. À moins que cela soit de la fierté…

Un homme, costume noir bien taillé et doigt sur l'oreillette, observe de loin la scène qui se joue autour de la machine à sous. La sécurité du Luxor semble sur le qui-vive. Toutes les caméras du coin doivent probablement être braquées sur le couple.

Tout à coup, le bandit manchot se bloque, dans un déferlement de lumières et de sonneries. « Jackpot ! » Ils viennent de remporter 95 452 dollars. Je pleure pour eux.

— Vite, clique sur le boîtier pour remettre la machine en mode normal !

— C'est déjà fait. Et ne me donne pas d'ordres ! feule Molly, tel un chat marquant son territoire. Concentre-toi plutôt sur tes vieux, car c'est le moment de vérité…

En effet, comme après chaque gain très important, le système interrompt le jeu. Un employé du casino fait alors irruption pour contrôler l'identité du parieur et surtout le bon fonctionnement du matériel, notamment à l'aide de l'ordinateur central, qui peut vérifier à distance la validité de la partie. Si tout paraît en ordre, le client repart avec une franche poignée de main de l'établissement, un chèque et un formulaire pour les impôts (à Vegas, on ne taxe presque rien, sauf les touristes veinards).

Je suinte de chacun de mes pores, angoissé comme l'amour d'une mère, alors que je scrute le membre de la sûreté du Luxor qui emmène le couple de vieux avec lui. Que risquent-ils si le casino détecte notre stratagème ?

— S'il leur arrive quelque chose…

— Ne panique pas, pour l'instant, le Luxor suit la procédure normale… me rassure Molly.

Linda, la responsable de la sécurité, ressurgit.

— Eh bien, j'espère que vous aviez inspecté cette machine !

— Non, malheureusement…

Je suis parvenu à m'exprimer avec le peu d'aplomb qui me restait. Mais si elle me pose une question de plus, je jure que je m'évanouis.

— Dommage, cela m'aurait réconfortée… regrette-t-elle.

Un silence incertain s'installe. Linda semble attendre quelque chose. Peut-être s'assure-t-elle que nous ne prenions pas la fuite ? Je calcule mentalement le temps qu'il nous faudrait pour atteindre la sortie et nous emparer d'un véhicule. En roulant vite, on pourrait franchir la frontière avec le Mexique en moins de cinq heures. Les gardes oseront-ils tirer sur nous ?

Le téléphone de Linda sonne. Molly perçoit la panique dans mon regard et pose sa main sur ma cuisse, qui n'arrête pas de bouger. Elle serre suffisamment fort pour me faire mal. La responsable de la sécurité raccroche, l'air embêté…

— Bon, rien à signaler, lâche-t-elle. Tout est normal. On vient de rendre deux personnes très riches et très heureuses ! Que veux-tu, il faut bien que les gens gagnent parfois. Je dois te laisser, les emmerdes se déplacent en troupeau ce soir. Un client est parti avec tout le contenu de sa chambre : la télé, les lampes, les sièges, les tables de chevet, même le lit, tu le crois ? On a vérifié les caméras et il n'y a pas une seconde de vidéo qui nous montre comment il a fait pour se barrer avec tout ça…

Linda m'embrasse et nous quitte, en adoptant sa démarche Pinky Tail. Ses derniers mots (« À bientôt, j'espère, tu m'appelles quand tu veux… ») m'arrachent un sourire prétentieux.

Le succès couronne notre test. Non seulement le boîtier fonctionne et permet de gagner à coup sûr aux machines à sous, mais en plus son utilisation n'alerte aucun des systèmes de sécurité du casino. Avec ce dispositif, la Ligue peut donc effectivement détourner autant d'argent qu'elle le désire. Combien de fois employaient-ils leur arnaque chaque mois ? Comment blanchissaient-ils ces sommes astronomiques ? Ils ne méritent pas ce pouvoir. Ma hâte de les faire tomber n'a jamais été aussi grande…

Je repense au sentiment intense de joie que j'ai éprouvé à voir gagner ce couple de personnes âgées. J'avais lu sur Internet que l'argent nous rendait plus heureux lorsqu'on le dépensait pour aider les autres. À l'aide d'une série d'expériences, les scientifiques avaient démontré que donner se révélait bien plus épanouissant que recevoir. Pour preuve, l'article relatait l'histoire d'un millionnaire qui avait décidé de distribuer tous les jours 1 500 dollars au hasard. Pour cela, il cachait quotidiennement dans sa ville une enveloppe contenant des billets de banque. La seule contrepartie qu'il demandait aux chanceux ? Lui raconter comment ils comptaient dépenser la somme. Il se shootait au bonheur des gens.

J'aimerais tellement, en ce moment, me trouver avec ce couple de retraités, pour savoir comment ce gain de presque 100 000 dollars va bouleverser leur vie. Pour la première fois, je comprends ce que ressent un patron lorsqu'il annonce une augmentation à son employé ; ou quand un homme politique décide une hausse générale des salaires.

Ce pouvoir de modeler le futur. Ce bonheur d'accomplir le bien autour de soi. Je suis un dieu ; je maîtrise le hasard, telle la déesse romaine Fortuna. Molly me fait redescendre d'un coup de mon piédestal.

— On fait quoi à présent, F. ? On commence à s'enrichir ou tu as l'intention de traîner au bar du Luxor toute la nuit ?

— Je pense que nous devrions réaliser d'autres essais, avant de décider si on peut vraiment utiliser le boîtier à notre profit…

Je sens bien que j'ai cassé l'ambiance. Je poursuis, telle une grenouille tentant de se gonfler d'assurance.

— On a eu de la chance tout à l'heure parce que Linda me connaît. Et c'est bien le problème : tout le monde nous connaît dans les casinos. Nous n'arriverons jamais à gagner à une machine sans attirer les soupçons. Il faut bien qu'on réfléchisse… Et oublie tout de suite l'idée de complices. Je refuse qu'on fasse appel à des personnes extérieures pour nous aider. Je ne fais pas confiance.

— Donc tu laisses tomber ? Tu veux qu'on arrête, que nos chemins se séparent ?

Mon cœur s'étrangle spontanément. Je me plains :

— Ne t'emballe pas ! Je n'ai pas dit ça. Je te propose de continuer à tester la sécurité du casino, en faisant gagner d'autres personnes. Peut-être qu'il y a une faille dans leur protocole, je ne sais pas… Et puis, c'est rigolo de jouer au bon samaritain, non ?

— Pas vraiment…

Le regard de Molly s'est durci. De l'encre noire semble emplir ses yeux. Je m'énerve. Je tente un coup de bluff.

— Sinon, on arrête !

— T'es le plus fort, ma beauté… se radoucit-elle instantanément, avant de déposer une caresse sur ma joue. On fait ce que tu proposes…

Je n'ai pas passé des années à domestiquer mon quotidien, jusqu'à le rendre prévisible, pour tout envoyer balader sur un coin de table de casino. Comment lui confesser mes scrupules à tomber du côté des tricheurs, après tout ce temps à les traquer ?

Avec Molly, il faudrait être capable de tout, sinon on est un incapable. Est-ce vraiment has been de faire preuve de prudence ? Je chasse ces questions d'un mouvement sec de la tête. Car une seule chose occupe mon esprit et m'excite, là, sur-le-champ : décider qui sera le prochain joueur à voir sa vie basculer. Une unique dose a suffi à me transformer en junkie de la charité.

Mon obsession pour réussir à identifier les personnes méritantes dignes de gagner me rappelle les livres sur la morphologie humaine que je dévorais adolescent. Un visage rond ? C'est le signe d'un individu qui fait passer les intérêts des autres avant les siens. Une face ovale ? On peut s'attendre à quelqu'un de bienveillant et d'accueillant. Des rides profondes entre la bouche et le nez marquent, pour leur part, les gens de confiance. Je ne connais pas le degré de fiabilité de ces études, mais elles vont m'être sacrément utiles ce soir.

— Tu cherches quoi ? me demande Molly, qui a noté que je me comportais comme le périscope d'un sous-marin U-Boot en quête d'un bateau à couler.

— Si je le savais…

Un homme me frôle. Avec son billet de 1 dollar en main, il erre dans les allées du Luxor sans pour autant sembler perdu. Ce billet, pour lui, renferme l'espoir d'une nouvelle vie. Tant qu'il le possède encore, tout reste possible. Il s'installe sur la banquette d'une machine sur le thème du film *Titanic*, le cou rentré dans les épaules.

Ce mec me fait bonne impression. En plus, son visage forme un rond. J'ai envie de le faire gagner.

Je pointe le boîtier sur sa machine à sous. Au bout de trente secondes, l'argent commence à s'abattre sur lui.

Les victoires s'enchaînent rapidement. Chaque fois, l'homme se lance dans une danse tribale ; une sorte de parade de la pluie de billets verts. La fête s'arrête pour lui en apothéose, lorsqu'il finit par remporter le jackpot de plus de 23 000 dollars, dans une ambiance de stade de foot sur l'air de *My heart will go on* de Céline Dion. « Bravo ! » je me félicite intérieurement.

Qui à présent pour lui succéder ? Cette fille célébrant son divorce : 46 989 dollars. Cette bande de potes chinois : 30 673 dollars. Ce groupe de touristes mal élevés : rien du tout (et dommage que je ne puisse pas les faire perdre).

Pour la première fois de ma vie, je me mets à parler à des inconnus. Je sonde leurs intentions. « Que ferez-vous si vous gagnez le jackpot ? » demandé-je, l'air innocent. Parmi les bonnes réponses qui ouvrent les portes de la fortune : « payer mes dettes », « investir dans un projet », « financer les études de ma fille », « donner pour les animaux ». Les phrases éliminatoires vont de « aller chez Prada » à « fêter ça en boîte ».

Au milieu de cette nuit sans commencement ni fin, de ces sons suraigus, de ces lumières éblouissantes, les gens me racontent leur vie, leurs petits et gros problèmes, sans savoir que je possède une baguette magique capable de changer leur existence. Le pouvoir de rendre riche qui je veux, d'un simple claquement de doigts, m'enivre. Je suis camé au bonheur de ces joueurs.

Au bout d'un moment, Molly me demande d'arrêter. Elle semble exténuée. En quelques heures, nous avons distribué plus de 500 000 dollars.

— Autant d'argent qu'on aurait pu empocher, se moque ma collègue.

— Peut-être. En attendant, je n'ai pas chômé. J'ai bien observé. Même si, pour l'instant, je ne vois pas comment on pourrait s'y prendre pour repartir avec le jackpot sans éveiller la suspicion du casino.

— Tu vas trouver, j'en suis sûre. Tu ne voudrais pas briser le cœur d'une fille comme moi… rigole-t-elle.

Dehors, le soleil brûlant de juillet a fait son apparition, effaçant le charme envoûtant des ténèbres. Molly pense tout haut.

— Le Strip, c'est un peu comme avec un coup d'un soir : la magie disparaît dès que le jour se lève.

— Cette nuit, c'était plutôt un coup d'espoir… dis-je, optimiste, pour tenter de l'apaiser.

Je me réveille vers dix-huit heures avec un mal de crâne abominable. Comme un lendemain de cuite, empreint de regrets et de déceptions. J'ai cauchemardé sans interruption. On jouait aux machines à sous avec l'aide du dispositif. On gagnait gros. Et puis, tout s'écroulait. Nos gains étaient scrutés au microscope, on découvrait notre supercherie, nos vies étaient réduites en cendres. En prison, je perdais mes cheveux. Et Dick couchait avec Molly. Tout ça pour quoi ? Quelques centaines de milliers de dollars ? Mon existence, ma liberté, ma tranquillité valent plus que cela ! Peut-être aussi suis-je trop lâche ou peureux… Mais ma décision est prise : je préfère prévenir les autorités maintenant, avant qu'il soit trop tard.

J'appelle Molly. Elle décroche sur-le-champ.

— Tu veux qu'on rejoue déjà ? T'es vraiment accro, toi…

— Il faut qu'on parle. T'es où ?

— Je t'envoie l'adresse…

Ma collègue m'a donné rendez-vous au Love Store sur North Rancho Drive ; un sex-shop qui jouit de la plus impressionnante collection de godemichés de Las Vegas. Avec Internet, je me demande qui peut encore venir dans ce style de magasin. Peut-être le plaisir du contact avec la marchandise avant d'acheter ?

À l'entrée, un groupe de jeunes filles harcèle un sans-abri. Elles l'insultent.

— Ne me touche pas, t'es répugnant ! Si tu veux de l'argent, cherche-toi un travail, gros lard !

Les gamines poussent le vagabond en s'éloignant de lui. Il trébuche.

Si on demande aux gens pourquoi ils rejettent les SDF, ils vous répondront qu'ils redoutent d'attraper leurs maladies, qu'ils craignent d'être souillés par leur saleté, qu'ils les trouvent dangereux, pas dignes de confiance, que ce sont des feignants qui méritent leur sort… Ils se mentent. Les gens ont surtout peur de découvrir que la société n'est pas aussi juste et sûre qu'ils le croient. Si un homme peut finir dans la rue sans aucune raison valable et acceptable, c'est le signe qu'en réalité, nous sommes peut-être les prochains sur la liste et qu'on ne contrôle rien du tout. Un clochard doit forcément être coupable de son malheur.

J'aide le sans domicile fixe à se relever et ramasse sa pancarte en carton. Il a inscrit dessus : « Ma femme est partie avec mon meilleur ami. Il me manque beaucoup... » Je récompense cet humour par le contenu de mon portefeuille... soit un unique billet de 1 dollar. Le SDF me remercie quand même et me jure qu'il le jouera au casino. Saloperie de ville !

— La dernière fois, j'ai gagné ! m'assure-t-il.

Avec mon aide, immanquablement...

Je rejoins Molly dans le magasin qui, de l'extérieur, ressemble à n'importe quel supermarché familial de la région. Elle est concentrée à déchiffrer un manuel d'instructions sur le dos d'une boîte jaune et noir.

— Je veux faire mouler le sexe d'Antonio ! m'annonce-t-elle sans autre forme d'introduction.

Je feins un grand détachement.

— Ah, tu revois le serveur de Gabi finalement ?

— C'était mon intention, mais l'immigration lui a cherché des poux, et il va devoir quitter le pays...

Je n'arrive pas à retenir un sourire sardonique, par miracle indécelable.

— Antonio possède l'anatomie la plus parfaite que j'ai jamais rencontrée. Je dois en garder une trace avant son départ. Cette boîte contient tout ce qu'il faut pour réaliser un double de sa verge en érection. Tu l'as déjà fait ?

Elle retourne l'emballage pour me montrer le nom du produit : « Kit de moulage de gode en silicone (avec vibro) ». Je repense à notre tentative de rapport sexuel, et passe en revue mes deux options. Soit je mens, en lui répondant que je ne connais pas ce type d'objet, et je garde le peu d'estime qu'elle a encore pour mes capacités au lit. Soit j'avoue la vérité…

Car, comme tout garçon sur terre, j'ai déjà mesuré des centaines de fois la taille de mon organe. Et comme tout garçon à Las Vegas, j'ai déjà essayé de produire un sex-toy modelé sur mon pénis. L'une de mes conquêtes avait, en effet, souhaité conserver un souvenir de mon anatomie. Flatté par la requête, j'avais immédiatement accepté, sans me douter de la difficulté de l'entreprise. Je me revois…

D'abord, enfiler la verge dans le tube et le remplir du gel de moulage, préalablement préparé en mélangeant la poudre fine avec de l'eau. Patienter cinq longues minutes, en maintenant une érection parfaite alors que la substance visqueuse vous glace le sexe. Enfin, bourrer le tout de silicone et attendre.

Le résultat obtenu n'avait pas vraiment répondu aux espoirs de ma camarade de jeu. Elle était repartie avec un gode d'environ quatre centimètres inférieur à ce qu'elle avait connu, légèrement flasque et tordu vers le bas. Quelques semaines plus tard, à l'occasion d'un cocktail, elle avait fait semblant de ne pas me reconnaître. Je ne lui en voulais pas.

— Non, jamais entendu parler de ce truc… je déclare.

— Pas grave. Ça ne doit pas être compliqué… conclut Molly, en emportant la boîte sous l'œil admiratif d'un homme en short claquettes. Et sinon, tu souhaitais me dire quoi ?

— Je veux interrompre notre expérience et alerter le FBI.

La phrase nette et sans bavure. Je continue sur ma lancée.

— Je désire que la Ligue soit exposée au plus vite, et paye pour ses crimes. Je ne me sens pas l'âme d'un truand. Je suis désolé, mais nous enrichir sur le dos des casinos, c'est un pas qu'il m'est impossible de franchir. Et puis, sois honnête avec toi-même, c'est trop risqué. On n'a pas envie de vivre dans la peur, même avec 1 million de dollars comme coussin pour nous apaiser. Tu n'es pas d'accord ?

Elle s'enferme dans ses pensées, comme elle sait si bien le faire, en calmant ses nerfs sur son téléphone.

— Nous avons décidé d'arrêter dès que l'un de nous le souhaitait, déclare-t-elle enfin, le regard bloqué sur une série de godemichés parfaitement alignés. Je vais respecter notre deal. Il faut qu'on songe au moyen de prévenir la police sans qu'elle puisse remonter jusqu'à nous. Tu sais comment nous pouvons nous y prendre ?

La sonnerie de mon téléphone nous interrompt. Numéro masqué. Je bascule l'appel sur la messagerie, puis l'écoute aussitôt. « Vous m'avez menti. Ce n'est pas ce dont on avait convenu. Si vous pensez… » Je raccroche immédiatement, terrorisé par ce qui pourrait suivre. J'ai reconnu la voix robotique d'Alexa, qui nous a pilotés jusqu'à présent.

11

A scrub is a guy that thinks he's fly.
He's also known as a busta.
(No scrubs)

Je me souviens avec grande précision de là où je me trouvais lorsque sont survenus les événements majeurs de ma vie. Quand j'ai éjaculé pour la première fois (dans le dortoir de ma colonie de vacances). Quand j'ai fêté mon premier anniversaire avec les copains (au McDo, j'avais cinq ans, mais comme mon père avait mélangé les invitations, personne n'est venu). Quand j'ai attrapé ma première MST (dans l'appartement de Mathilde rue Pastre à Dreux, au moment où le premier avion a percuté la tour du World Trade Center). A priori, ce matin n'a aucune chance de faire partie de cette liste.

Comme tous les dimanches, je célèbre la journée de la flemme. Toujours au lit alors que mon iPhone indique quatorze heures douze, je tente en vain de me débarrasser d'un poil récalcitrant qui pousse au-dessus mon téton gauche, tout en espérant qu'Alexa ne rappellera pas de sitôt. Comment lui justifier notre comportement avec le boîtier ?

On frappe à la porte. Je fais défiler mentalement les raisons pour lesquelles on pourrait me rendre visite. Je viens de payer mon loyer, les voisins passent leurs vacances en Arizona, je ne me souviens d'aucune aventure sexuelle récente : il s'agit donc d'une erreur.

J'ouvre, simplement vêtu d'un caleçon, paré à aboyer sur l'intrus qui ose me déranger. Un couple d'Asiatiques occupe mon palier. Sans vraiment leur prêter attention, j'éructe un :

— Vous voulez quoi ?

— Je m'appelle Bo, me révèle l'homme avec un fort accent non identifié. Nous avons à parler…

L'individu doit approcher les soixante ans et porte assez mal son prénom tellement son physique agresse la vue. Son visage rectangulaire (il faudra que je vérifie ce que cela signifie) semble étiré sur toute sa longueur, la peau tendue au maximum par un lifting XXL.

Au milieu de ce parallélépipède qui lui sert de tête, deux yeux noirs perçants surmontent un nez imposant et une fine bouche peuplée de dents biscornues (on dirait des dents dans les dents, comme les requins blancs). La tenue ne rehausse malheureusement pas cette apparence ingrate. Sa chemise Balenciaga verte, ornée d'un dragon en colère, paraît trop grande pour sa taille. Il ressemble à un enfant qui aurait piqué les affaires de son père.

— Je vous présente Li, mon épouse, poursuit-il. Son patronyme signifie « magnifique » en chinois.

Là aussi, problème de prénom. La femme, grosse cinquantaine, me fait penser à un cerisier tordu en fleurs. Avec ses bras désarticulés et son visage couvert de minuscules boutons, elle semble frappée d'une malédiction. Ses longs cheveux noirs, posés de chaque côté de ses épaules, dissimulent un chemisier Prada rouge en soie qui doit coûter mon salaire mensuel. Seuls ses yeux, qui expriment une solitude infinie, lui donnent une certaine humanité.

C'est à cet instant que cette matinée réalise une entrée fracassante dans la liste des événements majeurs de ma vie. Bo brandit en effet une arme sur moi. Je reconnais aussitôt la silhouette lugubre d'un pistolet automatique Glock 17 9 mm. Le regard sévère, mais le visage tout sourire, mon agresseur m'intime de reculer.

— Dégagez de là pour que je puisse passer, on va papoter ! annonce-t-il joyeusement.

Je m'exécute sans broncher. Sous l'effet de la stupéfaction, la pince à épiler tombe de mes mains. Elle disloque mon orteil gauche, sans que je ressente la moindre douleur.

Je reste figé, pratiquement nu, au milieu de mon salon, pendant que ce couple prend possession des lieux sans y avoir été invité. Li s'installe sur le rebord de mon lit défait. Bo, quant à lui, fait le tour de l'appartement. En silence, il inspecte chaque recoin, tel un agent immobilier.

Je ne le quitte pas des yeux. Mon assaillant manie son semi-automatique maladroitement, comme s'il était trop lourd pour ses bras frêles. Afin de calmer les tremblements de sa main, il secoue régulièrement le revolver comme on chasse une vilaine crampe. À tout instant, le coup pourrait partir, d'autant que le cran de sûreté ne semble pas enclenché. J'observe la scène, médusé. Bo rompt enfin son mutisme.

— Ceci est une arme létale, une arme qui peut donner la mort, précise-t-il en m'agitant le Glock sous le nez. Une simple pression sur la détente et vous accomplirez votre dernier voyage…

Pas de doute : je suis tombé sur un couple de tueurs en série. Ils vont me torturer dans l'appartement, se nourrir de ma peur jusqu'à ce que je les supplie de m'achever. Avant que j'aie l'occasion de plaider ma cause, mon potentiel assassin annonce :

— C'est vraiment trop sordide chez vous. J'étouffe. Habillez-vous, on va faire une balade. On a tellement de choses à se dire… Et par pitié, lavez-vous, vous empestez la femme négligée.

D'un pas indécis, je recule en direction de la chambre, alors que Bo me tient toujours en joue. Je sens mon cœur qui bat à m'en décrocher la poitrine. Souffle court, mains moites, corps lourd : la crise de panique me guette. Tandis que je pénètre dans la salle de bains, mes jambes me trahissent. Je m'écroule d'un coup sec et manque de m'assommer sur le coin du lavabo.

— Li, surveille-le ! hurle Bo. Il ne faudrait pas qu'il s'abîme… J'ai besoin de lui au meilleur de sa forme.

La femme me jette un regard condescendant en guise de soutien. Je me relève tant bien que mal, et j'aperçois mon iPhone posé sur la table de chevet. C'est quoi déjà le code secret pour appeler les flics en cachette ? Trois coups secs sur le bouton de droite ? Ou bien quatre ? À moins que ce soit sur celui du volume ? Salauds d'Apple à tout compliquer. Mais pourquoi n'ai-je pas un flingue à la maison comme tout le monde ?

Vacillant encore sur mes jambes, je finis ma toilette et commence à m'habiller. Li ne détourne pas une seule fois le regard, et elle me contemple avec impudeur enfiler un caleçon propre, un jean et une chemise. Je me sens très gêné.

Je repense tout à coup à la formation donnée au bureau pour nous entraîner à réagir en cas d'attaque terroriste ou de tuerie de masse. Les conseils de l'instructeur des Navy Seals me reviennent en flash : rester calme, écouter, fixer les yeux de l'agresseur, et surtout définir ses motivations. En gros, quand quelqu'un pointe un flingue sur votre tempe, vous faites ce qu'il vous dit.

— Je vous en prie, où allons-nous ? Que voulez-vous de moi ? j'implore Bo, en cherchant en vain à accrocher son regard.

— On discutera quand nous nous trouverons dans un environnement plus sain… On part maintenant ! ordonne-t-il.

Est-ce le cas dans toutes les prises d'otage ? Plus je passe du temps avec mes ravisseurs, plus je me sens à l'aise à leurs côtés. À l'avant de leur BMW Série 6 noire, je contemple le paysage en essayant de graver dans ma mémoire chaque détail du chemin que nous empruntons.

Li conduit vite, et ses mains tordues sur le volant ne me rassurent pas. Derrière moi, son mari continue à diriger son arme dans ma direction. Qui sont-ils ? Font-ils partie de la Ligue ? Travaillent-ils pour Alexa, cette voix mystérieuse ? Je tente à nouveau ma chance. Je questionne :

— La Ligue vous envoie, c'est ça ? Vous bossez pour ces salopards du Board ?

Je bluffe, car sans vouloir paraître raciste, même si j'avais croisé Bo auparavant, je ne pourrais pas faire la différence…

— De quoi parlez-vous ? s'énerve mon ravisseur. Je ne travaille pour personne à part moi-même. Vous souhaitez vraiment savoir ce que vous faites là ?

Non, pas du tout, j'adore me faire braquer sans en connaître la raison… Je hoche un timide « oui » de la tête.

— Vous avez un truc pour gagner aux machines à sous. N'essayez pas de m'enfumer : j'en suis sûr ! Et vous allez m'expliquer comment ça marche !

La confusion règne dans mon cerveau. Je suis partagé entre le soulagement de ne pas me trouver en compagnie d'un couple de serial killers, et l'inquiétude de découvrir qu'ils ne se sont pas trompés de cible : pas d'erreur, ils ont visé la bonne victime. Mais comment peuvent-ils savoir pour les machines à sous ?

Dans les films d'action, le héros se sort généralement de ce genre de situation par un bon mot ou une manœuvre habile lui permettant de désarmer son agresseur. Est-ce l'adrénaline ? Une montée de folie ? Un abus de séries policières ? Je laisse échapper une réplique que j'ai dû entendre au cinéma.

— Eh ! L'Yakuza ! Est-ce que t'aboies juste ou est-ce que tu mords aussi ?

En réponse, Bo m'assène un violent coup sur la nuque, propulsant ma tête sur le tableau de bord. Je saigne un peu, du front et du crâne.

— Ça, c'est pour m'avoir confondu avec un Japonais… Nous sommes chinois.

— Je vous jure, je vais parler ! je pleurniche, vous voulez savoir quoi ?

— Taisez-vous, on arrive ! Pas d'entourloupe, vous restez sage.

La voiture vient de s'arrêter devant un immense portail vert. De chaque côté, d'imposantes statues en bronze, représentant des chevaux, surplombent une cascade d'eau artificielle. Je reconnais le lieu : Queensridge, l'une des résidences privées les plus exclusives de Las Vegas. Derrière ces grilles vivent quelques-unes des plus grandes fortunes de la ville, notamment le boxeur Floyd Mayweather qui y possède un palais évalué à 10 millions de dollars. Que font ces deux malades mentaux dans ce lieu d'ultrariches ?

Li salue le gardien : les portes s'écartent et la BMW se faufile immédiatement dans l'ouverture. À l'intérieur du complexe, les luxueuses maisons bordent un golf que je juge un peu fatigué, même pour la saison. Nous passons le country club, les terrains de tennis réservés aux résidents avant finalement de nous arrêter devant une demeure de style toscan. Une fontaine surmontée d'un dauphin bleu crache son eau avec difficulté. La porte du garage s'ouvre automatiquement et l'imposante Série 6 trouve sa place à côté d'un Porsche Cayenne.

— Descendez ! m'intime mon ravisseur.

À peine arrivé dans le salon, surprise : j'aperçois Molly, installée au milieu d'un canapé en cuir vert. Elle aussi ? À ses côtés, un garde du corps body-buildé tient en laisse deux rottweilers, qui inspirent peur et respect.

Bo fait signe aux trois molosses de quitter la pièce. Le maquillage de ma partenaire a dessiné deux taches noires sous ses yeux. Pourtant, je ne décèle aucune trace de frayeur sur son visage. Son regard semble vide, presque résigné. Comme si elle savait qu'elle allait mourir. Je me précipite pour la rejoindre.

— Ça va ? Ils ne t'ont pas frappée, j'espère ?

— Non… me rassure-t-elle d'une voix lente et monocorde. Je suis désolée : ils m'ont menacée, j'ai pris peur, j'ai donné ton nom. Mais j'ai dit que sans toi, je ne parlais pas…

— Tu as eu raison.

Notre ravisseur abrège nos effusions. Il colle son pistolet sur ma tempe, et tourne le canon telle une brûlure indienne. Je grimace de douleur. Il bascule alors l'arme sur ma cuisse, qu'il descend nonchalamment vers mon genou. Il rit de la situation. Son corps parcouru de spasmes lui donne des airs de psychopathe échappé de l'asile d'Arkham. Cet homme en veut à nos machines à sous, mais je doute aussi de sa santé mentale.

Clic. Je hurle. Bo vient de presser la gâchette sans prévenir. Une douleur indescriptible traverse ma jambe pour remonter jusqu'à mon estomac.

— Mon genou ! Mon genou !

Il s'esclaffe.

— Mauviette ! Le revolver n'était même pas chargé ! Regardez, vous n'avez rien ! Aucun sens de l'humour, celui-là...

Je me palpe le corps et effectivement, je ne trouve aucune trace de blessure. Quel taré !

— En revanche, là, je place les munitions dans mon arme. Observez la différence : on remarque à l'œil nu que le Glock pèse plus lourd. À présent, une pression sur la détente, et la balle se logera directement dans votre jambe. L'impact ne vous sera pas fatal. En revanche, la perte de sang qu'il entraînera vous fera quitter ce bas monde en quelques heures. Vous aurez tout le temps de vous voir partir.

Un rictus nerveux incontrôlable agite le coin de ma lèvre. Bo me caresse la cuisse puis range son revolver dans un tiroir. La situation s'adoucit d'un coup.

— Ce cours sur les armes à feu vous ôtera, je l'espère, toute envie de me mentir. Sans rancune ? On va devenir amis, je le sens... s'enthousiasme-t-il en me tapant dans le dos.

Je regarde Molly, dont le visage n'a pas changé d'expression. Notre ravisseur poursuit.

— Pas très discret votre... cinéma. Je vous ai repérés au Luxor.

Il nous tend une série de photos nous représentant lors de notre virée dans ce casino, avec le boîtier. Nos actions ont, semble-t-il, attiré son attention. Ai-je fait gagner les mauvaises personnes ce soir-là ?

— Maintenant, parlez ! Dès que vous vous pointez près d'une machine à sous, quelqu'un remporte un jackpot et…

Il n'a pas le temps de finir sa phrase. Les cris de son épouse Li l'interrompent. C'est la première fois que j'entends sa voix. Je m'en serais bien passé.

— Oh mon bébé !

Un petit chien blanc s'ébroue au fond du salon. J'identifie immédiatement un Coton de Tuléar (impossible de me tromper, j'ai vu un reportage sur Barbra Streisand faisant cloner deux bestioles de la même race). Li prend l'animal dans ses bras et lui laisse lécher le contour de ses lèvres.

— Ça, c'est mon bébé d'amour ! glousse-t-elle. Tu m'as tellement manqué, mon bébé !

Un « Et ton bébé, tu l'allaites aussi, sale conne ? » traverse mon esprit.

L'absurdité de la situation me frappe de plein fouet : un ravisseur de kabuki portant un flingue trop gros pour lui, une épouse obnubilée par son chien-chien, une collègue tétanisée, le tout dans un décor d'opérette immonde. Mais qui m'a plongé dans ce cauchemar ?

Le revolver remisé au placard m'a éclairci les idées. Je m'attarde sur le cadre qui m'entoure. Comment qualifier cette décoration ? Il faudrait imaginer l'arrogance et le daltonisme qui auraient enfanté un prématuré. Ce mélange désordonné et criard de marbre rose au sol, de colonnes romaines blanches, d'imprimés léopard aux murs et de meubles de style mériterait, à lui tout seul, qu'on appelle les autorités. Dans cette maison, pas besoin d'avoir du goût pour avoir du dégoût !

Li n'a toujours pas fini son roulage de pelle canin. Les personnes qui embrassent leurs chiens sur la bouche me révulsent. J'ai envie de me lever et de la gifler. Un peu comme ces scouts qui vendent des gâteaux à la sortie des magasins et qui vous insultent lorsque vous leur répondez que vous n'avez pas le temps, en hurlant de loin : « La faim dans le monde, elle aussi elle n'a pas le temps ! ». Pour une bonne paire de baffes, je peux trouver un moment…

J'entrevois toutefois dans cette situation animalière une opportunité de créer un lien entre nous tous. Je demande :

— Et il s'appelle comment, cet adorable petit chien ?

Les yeux écarquillés, Molly me lance un regard d'incompréhension. Ma question l'a décoincée. La vie coule à nouveau dans ses veines.

— Fidji, répond fièrement Li, en laissant la boule de poils s'installer sur un pouf en satin.

Je m'extasie.

— Oh, comme les îles, c'est romantique !

— Aucun rapport, non, comme l'eau… lâche-t-elle, comme s'il s'agissait d'une évidence.

Elle pointe de son menton la direction d'une bouteille bleue d'une marque du même nom, posée sur une table baroque.

— C'est original aussi… je bafouille. Contrex, c'était déjà pris ?

Le chien se concentre à présent sur ses propres parties génitales. Son rituel semble rodé : il secoue la zone, la mordille puis la lèche consciencieusement, toujours dans cet ordre, avant de recommencer. J'envie la souplesse de cet animal et repense aux tendres baisers échangés avec sa maîtresse.

Je me pince la lèvre, avant tout pour oublier la douleur laissée par le canon du revolver, puis me touche la tempe, que je sens brûlante. Bo intervient.

— Où en étais-je ? Ah oui ! Vous savez gagner aux machines à sous. Et moi, je suis dans le business du… comment pourrait-on dire ?

Il semble chercher ses mots.

— Je suis dans le business de la protection rapprochée. Mon entreprise fournit soutien et assistance aux magasins du quartier de Chinatown.

C'est moi ou cet hystérique n'ose pas dire qu'il vit du racket ? Un voyou pudique, nouveau concept…

— En tant qu'homme d'affaires raisonnable, je vous propose un marché. À partir de maintenant, on fait moitié-moitié. Vous m'expliquez comment votre système fonctionne. Et moi, je vous offre ma protection, je vous aide à vous développer et à… comment pourrais-je dire… optimiser votre gestion de patrimoine.

Encore une métaphore ! Bo ne fait pas dans le blanchiment d'argent, mais dans l'optimisation.

Ce politiquement correct américain m'ennuie. Aux États-Unis, on ne peut plus rien dire : les nains sont des personnes verticalement défavorisées ; les délinquants mineurs, des enfants à risques ; les aveugles, des gens à la vision altérée. Ce mec est probablement le mafieux le plus langue de bois de l'histoire. À moins que ce ne soit juste un connard terriblement snob… Il nous interroge.

— Je suis curieux… Comment faites-vous pour récupérer l'argent auprès de vos complices ?

— Nos complices ? nous écrions-nous en même temps avec Molly.

— Les gens qui jouent pour vous aux machines à sous, comment vous reversent-ils leurs gains ensuite ?

— Ils ne travaillent pas avec nous… je dis nerveusement, afin de dissiper le malentendu. On testait le système et on les a fait gagner, c'est tout. Pour le plaisir de les voir gagner. Ils ne savent même pas que c'est grâce à nous et ils ont gardé tout l'argent…

Silence dans la salle. Le genre de silence gêné qui emplit une chambre juste après que votre conquête de la nuit a involontairement pété au lit en s'endormant.

Bo commence par ricaner doucement, puis son rire s'intensifie, avant de se transformer en crise d'hilarité. Son lifting menace de casser à tout instant. Il ne s'arrête même pas pour l'arrivée de sa domestique, un plateau rempli de pansements entre les mains. Elle vient me soigner.

Alors que j'applique sur mes blessures une pommade cicatrisante, il reprend son souffle.

— Maria, écoute ça ! s'égosille-t-il en direction de son employée de maison. Donner de l'argent aux gens les rend heureux. Heureux ! Tu te rends compte ?

La bonne hausse les épaules, sans que l'on puisse savoir si elle acquiesce ou si elle trouve son patron complètement idiot.

— Laisse tomber, tu ne peux pas comprendre, Maria, c'est une blague de riches… tranche Bo, avant de s'adresser à nous.

— Je suppose que ça ne vous dérange pas alors si on revoit le partage ? Que dites-vous de quatre-vingts pour cent pour moi ?

— OK.

J'ai répliqué sans réfléchir. Molly m'approuve avec un franc sourire. Ses yeux, jusqu'à présent éteints, semblent s'être définitivement ranimés.

Ce « OK » n'est pas un choix. Mais comment refuser d'obéir à la violence des armes et au chantage des photos ? Nous nous apprêtons à emprunter un mauvais chemin, une autoroute sur laquelle le seul moyen de nous arrêter sera de passer au péage… ou de réaliser une sortie de route.

— Excellente décision ! conclut Bo. Les gens intelligents sont généralement d'accord avec moi. À présent, montrez-moi comment vous procédez avec les machines à sous…

Ma collègue retire de sa poche le dispositif et explique avec entrain son fonctionnement, dans le moindre détail.

— Fascinant ! se réjouit notre ravisseur. Et vous affirmez que ça marche sur tous les appareils, dans n'importe quel casino au monde ?

— Oui, a priori, répondons-nous à nouveau conjointement.

— Je me félicite de votre… comment dire… adhésion à mon syndicat !

— Je ne savais pas qu'on pouvait adhérer au syndicat du crime… le rabroue Molly, qui a retrouvé le sens de l'humour mais pas, semble-t-il, le sens du danger.

Il éclate de rire.

— Toi, tu me plais ! J'aime les blagues. Li, prends-en de la graine : cette femme possède un vrai cerveau !

Bo nous explique son plan : des membres de sa famille vivant en Chine débarqueront à Las Vegas en prétextant des vacances. Notre rôle consistera à les faire gagner aux machines à sous, et à se servir de nos postes au Nevada Casino Control Board pour les couvrir en cas de problème avec la sécurité des casinos. Grâce à des sociétés-écrans à Hong Kong, ces faux touristes lui redistribueront ensuite l'argent, et notre part nous sera reversée en liquide.

— Allez, on trinque ! ordonne notre hôte, en sortant une bouteille de champagne Cristal à 2 000 dollars. On oublie tout !

Je fais semblant de tremper mes lèvres dans la coupe remplie à ras bord.

— Vous le trouvez comment ? insiste-t-il.

Pour moi, ce verre n'a qu'un seul goût. Celui de la soumission. La perspective d'enrichir cet homme me donne déjà la nausée.

Le soir même, je retrouve Molly chez Marché Bacchus, un restaurant sur les rives du lac de Desert

Shores, à l'ouest du Strip. J'ai réservé pour six heures. Depuis que je vis aux États-Unis, j'ai appris à apprécier ces dîners précoces.

Je décide de marcher le long des berges, afin de me vider la tête. Je redoute chaque année ces nuits du mois d'août, parce que ce sont probablement les plus chaudes qu'on puisse trouver sur terre. Sur la plage de sable fin, des canards et des cygnes en liberté se disputent un bout de pain. La vie animale a quelque chose d'universel.

Je mets trente minutes à faire le tour de l'étendue d'eau avant d'arriver au restaurant. En poussant la porte d'entrée vitrée, je croise dans le reflet le regard de deux Asiatiques, trop musclés pour rester assis dans leur minuscule Mitsubishi Mirage grise. Ils me saluent ouvertement. Je lis sur leurs lèvres : « Avec les compliments de Bo ! »

À l'intérieur, j'aperçois ma partenaire, pour une fois en avance. Elle a déjà pris une table près du rivage, d'où elle observe des canetons avançant en ligne droite avec la précision d'un défilé militaire. À peine ai-je le temps de m'installer qu'elle m'apostrophe.

— Je déteste les prisons !

— Jamais tu dis bonjour toi…

— Je hais l'impression d'être enfermée, sans entrevoir la lumière… Tu sais ce que ça fait de se retrouver en prison ?

— Mal au cul ?

Ma bêtise ne lui soutire pas même un rictus. Je continue, avec la prudence d'un matador face à un taureau avisado.

— Et d'où te vient cette phobie du milieu carcéral ?

— Souvenirs de famille... Alors, comment s'échappe-t-on de cette situation avec Bo ? Parce que c'est un peu à cause de tes lubies, à vouloir faire gagner tout le monde au Luxor, qu'on en est là...

Sans un mot, je fixe un avion dans le ciel qui laisse derrière lui des traînées blanches suspectes. Molly comble le vide.

— Que fait-on quand un mafieux vous menace ?

Elle pose cette question de manière presque théorique, comme si elle se parlait à elle-même à haute voix. Long silence à nouveau. Je dis enfin :

— Il possède des armes, des gardes du corps, des preuves contre nous... Il nous tient par les couilles, à tel point que je me demande comment elles font pour ne pas tomber. On a joué. On a voulu tricher. On a perdu. On est coincés. Peut-être devrait-on accepter notre sort ?

— T'es devenu Bouddha ou quoi, F. ? Non ! On ne se résigne qu'une fois sur la chaise électrique ou sur son lit de mort. Et encore !

— Que proposes-tu alors ?

— Rien. Mais ça va venir... comme avec monsieur Stanton !

— Qui ça ?

— Mon prof de géographie à Tallahassee, en Floride, le plus grand sadique que j'aie jamais rencontré. Au début de l'année scolaire, il plaçait une balle de ping-pong sur son bureau. Dès qu'un élève commettait une erreur, il la lui balançait dessus. Au cours suivant, la balle de ping-pong devenait balle de golf, puis balle de tennis, puis balle de baseball… voire boule de bowling. Autant te dire que ce jour-là, toute la classe avait su localiser le détroit de Béring sur la carte ! Bizarrement, monsieur Stanton s'était entiché de moi. Il complimentait sans cesse mes interventions. J'étais Chouchou Premier, à tel point qu'il passait outre mes retards et mes absences répétés. J'avais même parfois l'impression qu'il m'encourageait à ne pas venir en cours. La situation m'arrangeait et j'en profitais pour traîner au centre commercial…

— Sauf que…

Il y a toujours un « sauf que » dans les histoires de Molly.

— En milieu d'année, un soir, il m'a sommée de ranger la classe et ses affaires. Devant mon refus, il m'a menacée : « Si tu ne m'obéis pas, je serai obligé de raconter à l'administration que tu sèches mes cours… » Je risquais l'expulsion. Ma mère aurait eu des problèmes avec l'immigration. Il m'avait coincée.

— Tu l'as dénoncé, naturellement ?

— Pas du tout ! J'ai attendu mon heure… Pourtant, mon maître-chanteur me demandait toujours plus. Je devais nettoyer sa voiture, annoter ses copies, entrer les résultats des élèves dans le système informatique de l'école… J'étais devenue sa parfaite petite assistante. J'ai tout accepté, sans jamais me plaindre. Et puis un matin, j'ai saisi une opportunité. Alors qu'il m'avait ordonné d'envoyer par courrier aux parents les bulletins scolaires du trimestre, j'avais ajouté des commentaires inconvenants à toutes les jolies filles de la classe. Des trucs sexistes, carrément cochons, du style : « Cindy : mauvaise copie, mais bonne poitrine donc note moyenne… » Après ça, je n'ai plus jamais entendu parler de lui…

— Si je comprends la morale de ton histoire, tu préconises qu'on fasse semblant de nous soumettre à Bo ?

— À nous de sentir le moment pour lui porter un coup fatal. Et puis, cela ne change rien vis-à-vis de la Ligue. Tant qu'on possède le boîtier, on peut les faire coffrer. On s'en occupera dès que ce mafieux ne sera plus un problème, je t'en fais la promesse.

Je me console avec cette idée. Une abeille se pose sur mon verre, puis tombe dedans. Je l'observe se noyer dans le thé glacé avant de l'aider, au dernier moment. J'ai hâte de découvrir comment nous sortir de ce guêpier.

Une semaine plus tard, me voici affalé à l'un des bars du Bellagio, cet hôtel-casino en forme de palais italien inspiré de l'architecture du village du même nom, au-dessus du lac de Côme. Je contemple le plafond multicolore, orné de structures disparates en verre soufflé de Murano. Je n'ai jamais aimé ces sculptures enchevêtrées et prétentieuses. Mais ce soir, pour la première fois, je les vois différemment : je m'aperçois qu'elles représentent des parapluies retournés par le vent. Maintenant que je la comprends, cette œuvre me paraît magnifique. La beauté a souvent besoin d'une explication…

Le serveur apporte ma commande. La carte parlait d'un « café déconstruit ». Face à moi, sur une planche de bois, une tasse de lait, une tasse d'eau chaude, une tasse de café moulu et une tasse vide me toisent. J'ai compris : le café déconstruit, c'est le café à réaliser soi-même.

À côté de moi, Bo a commandé un « toast avocat déconstruit », qui se résume à deux tranches de pain complet, un avocat coupé en deux, des petites tomates et une sauce, à assembler tout seul. Déconstruit : les bars et les restaurants de cette ville semblent devenus maîtres dans l'art de dissimuler la banalité de leurs plats derrière des noms ronflants. Je dis :

— J'imagine qu'on peut payer avec de l'argent déconstruit, en laissant des bouts de papier blanc qu'ils imprimeront eux-mêmes…

Bo sourit. Soixante ans… et pas toutes ses dents.

— C'est l'heure, ça va commencer, m'informe-t-il.

Il règle l'addition en donnant un pourboire ridicule, bien en dessous des quinze pour cent réglementaires. Pourri jusque dans les *tips*. Il remarque mon regard inquisiteur.

— Ce pourboire, c'est son revenu ! j'ose lâcher avec beaucoup de retenue, il n'y a pas de salaire minimum pour les serveurs dans ce pays…

— Et pourquoi devrait-il y avoir un salaire minimum ? Il n'y a pas de profit minimum pour les entreprises que je sache…

Molly aurait probablement trouvé une réplique cinglante. Mais Bo ne l'a pas conviée ce soir. Me voilà seul avec lui et une bonne partie de sa famille, venue directement de Chine. Il me désigne quelques personnes : des jeunes, des vieux, des couples… En apparence, des touristes aussi inoffensifs que Sandra Bullock dans le film *Miss Detective.*

— À présent, tu les fais gagner ! m'ordonne-t-il. Tu commences avec mes deux cousins.

Je pointe le boîtier en direction d'une machine Maori Flame occupée par des gamins qui doivent à peine dépasser l'âge légal (vingt et un ans) pour jouer. Je presse le bouton. Une légère vibration m'indique que le signal a été envoyé.

Les gains s'accumulent doucement, ce qui énerve Bo. Quelques dizaines de dollars au début, puis des centaines, avant le gros lot au bout d'un maigre quart d'heure : 28 225 dollars ! Je vois Bo applaudir discrètement en claquant les index de ses mains.

— Incroyable ! Maintenant, au suivant… Et concentre-toi, je ne voudrais pas attirer l'attention en déclenchant trop de jackpots en même temps.

— Stop, urgence ! Je dois aller aux W.-C. avant, désolé… dis-je en sautillant sur place.

— Problème de prostate ? C'est l'âge. Dépêche-toi, je t'attends devant.

Je pourrais jurer apercevoir un énorme « CONNARD » clignoter sur son front.

Personne à l'intérieur : les toilettes immaculées du Bellagio sont complètement vides. Devant moi, une vingtaine de pissotières étincelantes s'offrent à moi. Je m'installe pile-poil au milieu. J'ai toujours eu mes meilleures idées en urinant et il va m'en falloir une bonne pour me sortir de ce mauvais pas.

Bercé par le bruit du ruissellement de l'eau sur les parois, je réfléchis : à cause de moi, Bo, cette crapule de seconde zone, s'apprête à devenir l'un des hommes les plus puissants et les plus riches de la ville. Comment l'en empêcher ? Je pourrais détruire le boîtier, en le jetant dans les toilettes. Mais alors, tout serait perdu. Nous n'aurions plus aucune preuve contre la Ligue, qui pourrait prospérer en toute impunité. Tout ça pour rien… Molly a raison, mieux vaut attendre notre heure.

Un employé de l'hôtel-casino me surprend en s'installant juste à côté de moi. Il faudra un jour qu'on m'explique pourquoi les mecs choisissent toujours l'urinoir collé au vôtre. Je lui lance un regard exaspéré, avant de remarquer une caisse bleue à ses pieds. Je reconnais immédiatement de quoi il s'agit.

Je sais que le contenu de cette petite malle finira dans peu de temps à l'intérieur d'une poubelle sécurisée de l'établissement, vidée uniquement une fois par semaine. Est-ce là l'occasion que j'attendais ? Je m'affole. Pas le temps de peser le pour et le contre. Alors que mon voisin d'urinoir se soulage en sifflotant, je referme ma braguette, me penche comme si je voulais refaire mes lacets et cache le boîtier dans la caisse azur. Au moins, notre télécommande se trouvera à l'abri quelques jours. Cela nous laissera de quoi réfléchir à un plan pour se débarrasser du mafieux et discrètement récupérer notre précieux bien.

Sans me laver les mains, je rejoins mon compagnon du soir.

— Que s'est-il passé là-dedans ? me demande Bo.

Un sentiment de panique m'envahit. Il pointe du doigt quelques traces suspectes sur mon jean. Dans la précipitation, je m'en suis mis partout… Il rigole.

— Heureusement que tu es plus adroit avec ton boîtier. À présent, dirige la chance vers ma tante, installée à la machine Mad Rabbit…

— J'ai perdu le dispositif dans les toilettes, lui avoué-je en baissant la tête, comme un enfant.

— Très drôle ! Donc ma tatie…

— Je ne rigole pas. Le boîtier a glissé dans les W.-C. !

Bo me fouille puis me traîne dans les sanitaires où je me trouvais. À mon grand soulagement, l'employé du casino en est déjà reparti.

— Maintenant, tu vas me dire où tu l'as planqué, menace-t-il. Je ne te crois pas capable de perdre une telle invention.

— Je te jure, j'ai tiré la chasse d'eau, c'est fini. *Game over* : ni Molly ni moi ne savons comment en fabriquer un nouveau. Et je ne te conseille pas de tenter quoi que ce soit contre moi : ce casino possède l'une des meilleures surveillances du Strip. Allez, tu as quand même remporté presque 30 000 dollars ce soir…

Bo ausculte chaque poubelle, chaque lavabo, chaque cabine avant de revenir me gifler, avec la même rage que les bonnes sœurs de mon école primaire.

— Tu crois que je me contente de 30 000 pauvres dollars ? Je nourris de grands projets, moi. Mais je ne vais pas perdre mon temps à te poser des questions…

Sur son iPhone, il compose en Facetime le numéro de son épouse. Elle décroche presque immédiatement. Sur l'écran, j'aperçois Li en train de s'affairer dans la cuisine.

— Tu peux me rappeler plus tard, s'il te plaît ?

— Li, est-ce que je t'ennuie avec mes problèmes ? Où est Molly ?

— Avec moi…

— Montre-la-moi !

La caméra dévoile ma partenaire, un homme inquiétant à ses côtés. D'un geste, ce dernier l'attrape violemment par les cheveux et lui plaque le visage sur le plan de travail. J'ai juste le temps d'entendre un : « Attention aux pommes ! », avant que Bo ne coupe la communication.

Je tremble. De peur. De douleur. De froid. Je mélange. Mes émotions me terrassent à nouveau d'un coup. Mon genou lâche et je me retrouve à terre, d'un bloc. Molly ! Jamais je ne pourrai pardonner à ce Chinois. Jamais je ne pourrai me le pardonner. Bo se penche vers moi.

— Je ne vais pas te mentir : si tu ne récupères pas ce boîtier rapidement, ta copine risque… comment pourrait-on dire… elle risque de rencontrer la voyageuse de nuit…

— Rencontrer qui ?

— Elle va déménager, direction le boulevard des allongés…

— Déménager où ?

— Je vais la buter, c'est plus clair ?

— Comme du cristal !

L'humour comme seule défense contre ce vieux schnock. Mais la peur ne m'a toujours pas quitté, telle une seconde peau.

— Pour récupérer ce boîtier, c'est un poil compliqué… je poursuis.

— Je me fous de savoir si tu dois ramper dans les égouts de cette ville !

— C'est pire que ça ! Le dispositif se trouve avec… les godemichés de l'hôtel.

Quelques minutes plus tard, je fais face à une énorme poubelle. La chose s'apparente plus à une benne de chantier, d'au moins quatre mètres sur deux et profonde d'un bon mètre. À l'intérieur, je distingue des milliers de jouets sexuels en tous genres. L'employé croisé dans les toilettes faisait partie du service consacré à la collecte des sex-toys laissés par les clients.

Ce n'est pas une surprise : les gens viennent à Vegas pour s'amuser. Ils achètent toutes sortes d'objets pour épicer leur séjour et les abandonnent ensuite dans leur chambre d'hôtel, n'ayant pas forcément envie de les ramener chez eux. C'est dans cette poubelle spéciale qu'ils finissent.

À côté de moi, Estella, une femme de ménage que j'ai convaincue de m'emmener jusqu'ici, n'arrête pas de réciter des paroles religieuses. Mon expédition peut débuter. Je pénètre dans la benne et commence par en sortir quelques godemichés de toutes les couleurs de l'arc-en-ciel.

Chaque fois que je me saisis d'un objet, Estella s'écrie : « Santa Maria ! » et fait un signe de croix. La valse des sex-toys continue. Un vibromasseur de la marque Le fruit défendu, en forme de pomme ? « Santa Maria ! » Un système de décharges électriques à mettre sur son pénis ? « Santa Maria ! » Un Gaga Vibrator, le vibromasseur avec une caméra au bout pour ne rien cacher de vos entrailles ? « Santa Maria ! » Le simulateur de langue ? « Santa Maria ! » Estella manque de s'évanouir lorsque j'extirpe, non sans mal, un Moby 3 : l'empereur des godes avec ses quatre-vingt-dix centimètres de long !

— C'est Vegas !

Mon excuse tombe à plat. Quelle idée idiote de me débarrasser ainsi du dispositif !

Enfin, coincé entre les lamelles de cuir tressées d'un fouet, je retrouve notre boîtier en parfait état.

— Santa… Mais vous faites quel genre de choses avec ça ? me demande-t-elle, inquiète.

— Regardez, ça vibre !

— Santa Maria ! Maintenant, remettez tout dans la poubelle ! m'ordonne-t-elle. Et n'oubliez pas de me donner les 200 dollars promis !

Je retrouve Bo, après m'être lavé les mains avec la minutie d'un chirurgien devant opérer. Il fume une cigarette, avachi sur une machine à sous.

— J'espère que tu t'es amusé ? Tu m'as fait beaucoup de peine… Mais je te pardonne, car j'ai la certitude que plus jamais tu ne voudras me faire du mal. Reprenons donc notre soirée. Ma tante, là-bas au fond, a déjà perdu plus de 2 000 dollars. Tu penses pouvoir l'aider ?

Je dirige le boîtier vers la vieille dame et appuie sur le bouton.

— Tu vois, ce n'est pas compliqué de mettre un peu de joie dans la vie de ma tata…

Toute la nuit, j'utilise le dispositif sur les machines du Bellagio, faisant remporter des fortunes à la famille de Bo. En choisissant des bandits manchots toujours différents, dans des lieux éloignés les uns des autres, et surtout en veillant à espacer les jackpots, j'ai rendu cette famille d'escrocs indétectable. 20 000 dollars par-ci, 30 000 par-là. Chaque fois, le casino vérifie que l'appareil fonctionne correctement. Chaque fois, les employés valident le gain et remettent un gros chèque au joueur. Je ne réfléchis même plus à ce que je fais.

Mon maître-chanteur, quant à lui, consigne chaque rentrée d'argent dans l'application « Notes » de son téléphone. À un moment, le directeur de la sécurité de l'établissement, qui m'a reconnu, me demande si tout me semble normal. Je le rassure : rien à signaler !

Au petit matin, Bo a remporté presque 300 000 dollars. Il jubile.

— Cela fait 60 000 pour vous, c'est pas mal non ?

— Royal au bar !

Mon mépris pour cet homme vient de prendre le dessus sur ma peur. Je préfère être un rouleur qu'une roulure…

12

California knows how to party.
California knows how to party (Yes, they do).
(California love)

Un mois s'est écoulé depuis cette bacchanale de billets verts au Bellagio. Trente journées à travailler au NCCB et trente nuits à m'affairer pour Bo et Li. Je frôle le burn-out, carbonisé par une charge mentale écrasante. Garé devant la maison de mes maîtres-chanteurs à Queensridge, je sonde le volant de ma Mercedes et remarque une erreur dans la couture du cuir. Je souris.

La perfection m'ennuie. Je m'épanouis dans les malfaçons, les tares et les failles. Les Japonais ont inventé un mot pour cela : le Wabi-Sabi, qu'on pourrait traduire par « la parfaite imperfection ». Cette philosophie de vie, qui cherche à nous réconcilier avec les défauts des choses et la faiblesse des gens, me rassure. Croyez-moi : il faut beaucoup de détermination pour réellement apprécier le vide d'un verre à moitié plein…

Je compte mentalement combien Bo a déjà amassé grâce à nous. Chaque heure qui passe, j'estime que nous lui faisons gagner 10 000 dollars. Presque 8 millions en seulement un mois ! Et sans quitter Las Vegas… Je regarde machinalement le SMS qu'il m'a envoyé ce matin : « Rendez-vous à sept heures. Une surprise vous attend. »

Molly me sort de ma réflexion.

— On a déjà quinze minutes de retard… m'indique-t-elle.

— Ils peuvent bien patienter !

— Je sais ce que tu penses. Mais nous n'avons pas le choix. Pas encore… Si on dénonce Bo aux autorités, on tombera pour complicité. Les pourritures du Board en profiteront alors pour tout nous mettre sur le dos. Ils diront qu'on a inventé la Ligue pour sauver notre peau. La police ne nous croira pas…

À sept heures trente, je trouve l'énergie de quitter la voiture. Il a enfin plu pendant la nuit, et le bruit de mes chaussures sur l'asphalte encore trempé me rappelle à quel point la vie au milieu du désert peut s'avérer monotone.

Nous retrouvons la maîtresse de maison, assise sur son canapé, un ordinateur flambant neuf sur les genoux. Elle s'est maquillée et porte une longue tunique noire (« Armani, la même que celle que Céline Dion portait à Paris pour les défilés… » me glisse Molly à l'oreille). Dans sa tenue de créateur, Li m'évoque une truie qu'on aurait relookée vite fait avec une jolie robe et du rouge à lèvres. Malgré tous ses efforts, elle restera toujours une truie. D'un geste, elle m'intime de m'installer à côté d'elle.

— Vous, les Français, vous avez du goût comme moi, alors je voudrais votre avis…

En un mois, notre relation avec ce couple a évolué d'otages à partenaires non consentants. Se peut-il qu'ils nous considèrent comme leurs amis ? Elle me montre des annonces de résidences de luxe à vendre à Las Vegas.

Dans cette ville plus qu'ailleurs, votre maison, c'est votre carte de visite : le signe extérieur de richesse indispensable qui vous autorise à cracher votre réussite à la figure de tous. Comme la plupart des Américaines branchées, Li a envie d'une demeure qui lui permettra de se sentir vraiment supérieure aux autres.

Elle ressemble en cela à ces grands bourgeois sous Louis XIV, qui voulaient ajouter une particule à leur nom. Et moi qui étais persuadé que le dernier sac à la mode suffisait à épancher la soif de m'as-tu-vu d'une femme…

— Que pensez-vous de celle-là ?

Elle me présente une maison d'architecte de deux mille mètres carrés, avec piscine à débordement, située dans la résidence sécurisée The Summit (la communauté privée la plus *select* de tout le Nevada). Je regarde le prix : 10 millions de dollars. Une paille ! Bo et Li n'imaginent pas un instant que l'argent des machines à sous puisse un jour se tarir. Je la questionne :

— Ce n'est pas un peu trop grand pour y vivre à deux ? Ce genre de propriété doit demander beaucoup d'entretien et de personnel…

— Ne m'en parlez pas !

Maria, leur domestique, nous rejoint. Li l'apostrophe.

— Ah, Maria, on discutait justement des gens comme vous ! Servez-nous des coupes de suprême d'agrume…

Le snobisme à son comble. J'ai l'impression de me trouver dans une représentation des *Précieuses ridicules* de Molière. Dit-elle, comme Magdelon : « Vite, voiturez-nous ici les commodités de la conversation » pour lui demander d'apporter des chaises ?

— Naturellement madame… répond l'employée, agacée. Les verres de jus d'orange arrivent dans un instant.

— Quelle insolente ! s'énerve Li. C'est tellement dur d'être riche en ce moment. Les domestiques sont soit trop vieilles et trop lentes, soit trop jeunes et trop nulles…

Elle esquisse un rictus puis se replonge dans ses annonces immobilières. Je repère, posé sur la table basse, un livre ancien. Il s'agit de l'une des premières éditions de *Hamlet* de William Shakespeare. Je l'ouvre et tombe au hasard sur ces mots : « Un homme peut sourire et sourire et n'être qu'un scélérat. »

C'est cet instant que Bo choisit pour entrer dans la pièce : il sourit à pleines dents (qu'il a commencé à faire refaire), dans un costume doré que Liberace n'aurait pas renié, en traînant derrière lui une énorme valise Louis Vuitton. Il remarque l'ouvrage dans mes mains.

— Qui lit encore de nos jours ? me questionne-t-il. Moi, je collectionne les vieux bouquins, comme un investissement. Ce gros pavé, par exemple, m'a coûté 70 000 dollars et il en vaut déjà le double ! Mais sinon, à titre personnel, je n'aime pas les livres. C'est rempli de la pensée des autres…

Après avoir ordonné à son épouse de quitter la pièce, notre hôte ouvre la valise Vuitton. Molly laisse s'échapper un cri fugace et aigu, mélange de surprise et d'orgasme. À l'intérieur, les liasses de billets parfaitement alignées forment un dessin hypnotique qui nous paralyse sur place. Bo brise le charme.

— 1,6 million de dollars, pas besoin de recompter. Votre part dans notre formidable alliance. Je vous donne la valise, c'est cadeau. Vous pensez qu'elle rentre dans votre voiture ?

— Non, trop large, note très sérieusement Molly.

J'attrape ma partenaire par le bras et la traîne dans la cuisine afin de lui parler seul à seule. Je l'engueule à voix basse.

— Si on garde cet argent, c'est foutu. On ne pourra plus faire machine arrière…

— Tu n'as pas bien compris. Il ne nous donne pas le choix. Ne pas accepter ce fric, c'est l'insulter, lui notifier que jamais nous ne le respecterons…

— Ce qui est vrai. Tu veux que j'aille lui dire ? Je peux même le formuler en mandarin…

Ce qui est faux. La seule injure que je connaisse en chinois signifie : « Que ta descendance naisse sans anus ! » Pas sûr que cela soit approprié dans notre situation. Ma collègue poursuit.

— Bo nous voit comme ses complices, ses associés. Si on cesse de donner le change, il va se méfier. Et il arrivera à l'unique conclusion logique : il se débarrassera de nous. Prenons l'argent, je t'en prie. On le filera à l'Armée du Salut, à la maison de retraite de ta mère, ce que tu veux !

— Dans ce cas, d'accord…

Elle claque des dents. Je ne supporte pas de la voir vaciller ainsi. Je lui demande de m'excuser et nous retournons auprès de notre maître-chanteur.

— Alors, je remballe ? m'agresse Bo.

— Non, on accepte votre offre généreuse.

— Je le savais ! Quels projets avez-vous avec cet argent ? N'oubliez pas que je peux vous aider à optimiser tout cela…

— Cela consiste en quoi ?

— Des amis en Californie autorisent les investissements en liquide, sans poser de questions. Leur commission s'élève à vingt pour cent. Nous pouvons leur rendre visite dès ce week-end.

— Super ! je lâche sans même consulter Molly. Gardez la valise en attendant. C'était tout ? On peut vous laisser, maintenant ?

Pas sûr que ma partenaire approuve ma décision. Mais pour m'éloigner au plus vite de cet argent sale, je semble prêt à tout. Toutefois, Bo n'en a pas fini avec nous.

— Vous allez devoir me confier vos passeports. Maintenant que vous avez les moyens, cela me briserait le cœur de vous voir quitter le pays précipitamment. Vous me les remettrez tout à l'heure : je donne une grande fête au Palms. Naturellement, vous venez ! Il n'y a que du beau monde.

En me pliant aux moindres désirs de cet homme, j'ai l'impression d'avoir été marié de force. Mais moi, je ne suis pas du genre à épouser après le premier soir… ou même seulement après un mois de relation.

Je décide de me garer sur le parking extérieur du Palms, peuplé ce vendredi exclusivement de voitures de luxe. Ferrari, Lamborghini, Bugatti, Rolls-Royce : Bo n'avait pas menti. Molly sort de ma modeste Mercedes. Elle porte un vieux jean avec un pull à capuche *boyfriend*, une tenue qui cache remarquablement bien sa poitrine.

— Je n'ai pas du tout envie d'attirer l'attention ce soir, assène-t-elle. Je serai discrète comme une hyène !

Elle cherche mon regard : elle vient de citer *Papy fait de la résistance*, qu'elle a découvert avec moi il y a deux jours. Je n'étais pas sûr qu'elle apprécie à leur juste valeur les dialogues sous-titrés en anglais du film. Mais à ma grande surprise, elle avait ri à gorge déployée pendant une heure et demie.

Nous entrons dans la Palms Fantasy Tower, la tour la plus luxueuse de l'hôtel-casino. Je repère au loin une famille du Moyen-Orient, quatre enfants et le triple de valises qui se dirigent tout droit vers le même ascenseur que nous.

Nous hâtons le pas afin de les doubler. Une fois dans l'élévateur, j'appuie frénétiquement sur le bouton de fermeture des portes, aussi vivement qu'un joueur de PlayStation sur le X de sa manette. Ils accélèrent. Mais pourquoi ces portes sont-elles si lentes ?

— Tu sais que le bouton que tu presses ne sert à rien ? m'avertit Molly. Il n'est pas connecté. C'est comme les dispositifs pour traverser aux passages piétons : t'as beau t'acharner dessus, le feu ne passe pas plus vite au vert. On appelle ça des boutons placebo. Parce qu'en donnant l'illusion du contrôle, ils diminuent le stress de l'attente…

Elle a peut-être raison, mais, bizarrement, les portes de cet ascenseur se referment juste sous le nez de la famille. L'effet placebo, ce n'est pas que dans la tête…

Pour sa fête, Bo a loué la suite Empathy, la chambre d'hôtel la plus chère au monde : 100 000 dollars la nuit pour huit cent quarante mètres carrés et… deux tout petits lits. Si l'idée était d'en mettre plein la vue, c'est plutôt réussi : entre le marbre gris au sol, les diamants incrustés dans les meubles, les fenêtres sans fin donnant sur le Strip et les œuvres d'art moderne aux murs, j'ai l'impression d'assister au bouquet final du feu d'artifice de sa mégalomanie.

Nous passons une série de balançoires (ou de slings BDSM, on ne sait pas bien), avant de rejoindre notre hôte au bar du salon. Nous lui confions nos passeports.

— Devinez combien nous sommes ce soir. Cent ! Je les ai invités, ils sont tous venus !

Je regarde autour de nous : la chambre fourmille de playmates et de célébrités. Je reconnais des chanteurs à la mode, des DJ, un nageur olympique, des personnages de téléréalité, l'héritière déshéritée d'une grande fortune… Dans la piscine, qui semble suspendue au-dessus des lumières de la ville, des filles en maillots de bain ouvrent des bouteilles de champagne et arrosent tout le monde avec. Elles ont dû débuter tôt, car je compte une bonne cinquantaine de cadavres de dom-pérignon autour d'elles sur la terrasse. Combien Bo a-t-il payé tous ces gens pour qu'ils acceptent ainsi de s'amuser ce soir à ses côtés ? En tout cas, il a fait les choses bien. Chacun des invités a déjà reçu un cadeau personnalisé : une montre Gucci pour cette YouTubeuse ; la collection intégrale des parfums Dior pour cette actrice de soap-opéra…

— J'espère qu'il a pensé à nous, me chuchote Molly. Je suis très Chanel…

Le téléphone de Bo sonne. Sur l'écran s'affiche le nom d'une pop star qui fait le buzz sur Internet avec son nouveau clip. Il hausse rapidement le ton.

— Je n'en ai rien à foutre, tu rappliques à ma fête immédiatement ! Tu es à moi, je t'ai achetée pour deux heures ! Et tu auras des nouvelles de mon avocat si tu refuses de bouger ce qui te sert de gros cul !

Il raccroche et se tourne vers nous.

— Je lui ai filé 200 000 dollars pour sortir d'un gâteau en chantant *All I Want for Christmas Is You*. Et maintenant, elle fait sa difficile ! Mais pour qui elle se prend, celle-là ?

J'ai envie de répondre : pour une personne avec un reste de respect de soi ? D'un claquement de doigts, le maître de la soirée fait arrêter la musique. Bo se vexe facilement.

— Votre attention s'il vous plaît, commande-t-il. Changement de programme. Tout le monde descend au casino maintenant. Nous allons nous amuser au blackjack.

Quelques minutes à peine plus tard, nous voici installés dans la salle de jeu VIP du Palms, à l'une des tables réservées aux meilleurs clients. Le blackjack, un plaisir traître qui peut vous ruiner vite fait bien fait : la rumeur du moment raconte qu'un artiste en résidence à l'année a déjà flambé plus de 7 millions, dépensant chaque mois ce qu'il gagne en concert.

Enivré par la présence de célébrités autour de lui, Bo mise gros d'emblée. Ses mains dépassent fréquemment les 20 000 dollars et en seulement cinq minutes, il a dilapidé tous ses jetons. 300 000 dollars partis en fumée, sur un coup de tête. Il crache par terre.

— Ça m'aurait fait moins mal de me faire empaler par une licorne !

J'entends quelqu'un marmonner derrière moi :

— Ce mec flambe comme si cet argent n'était pas le sien…

Notre hôte siffle la fin des réjouissances. En perdant devant ses invités, il a l'impression d'avoir perdu la face. Il nous congédie.

— Vous deux, allez vous coucher ! Demain, un long voyage nous attend pour notre week-end en Californie chez votre futur… comment dire… banquier.

L'arrivée à Los Angeles me saisit chaque fois le cœur. La ville est objectivement laide. Grise, fatiguée, grouillante et continuellement nimbée d'un brouillard de pollution. Pourtant, à la vue des premiers palmiers le long des trottoirs, mon rythme cardiaque s'accélère instantanément.

Bo a choisi le mauvais chemin. Au lieu d'emprunter Sunset, il a tourné sur Hollywood Boulevard, et cela fait maintenant dix minutes que nous sommes bloqués dans les embouteillages. Il demande de l'eau à Molly. Les quatre heures de route entre Las Vegas et Los Angeles nous ont desséchés. Mais pas question d'opter pour l'avion avec notre valise remplie de billets…

Nous longeons le Walk of Fame. Devant l'étoile au sol de Donald Trump, des touristes prennent la pose à côté d'un homme déguisé en Captain America. Un saltimbanque déchu sur lequel on s'essuie les pieds : c'est ce que beaucoup prédisent qu'on retiendra de ce président. Ils se trompent. Trump est un bâtisseur. Et quand on érige, on laisse une trace dans l'histoire.

Comme ses illustres prédécesseurs (Louis XIV et Versailles, George Washington et Washington DC, François Mitterrand et la Pyramide du Louvre), le nom de Donald J. Trump restera à jamais associé à une multitude d'édifices, à commencer par une tour à New York…

En passant devant le Dolby Theatre, où chaque année se tient la cérémonie des Oscars, Bo nous interpelle.

— Je vous ai dit que j'allais produire un film sur ma vie ? À la réalisation, j'imagine bien Coppola. Et pour jouer mon rôle Henry Golding. Vous voyez qui c'est ? C'est l'acteur de *Crazy Rich Asians*… Je l'adore, lui !

— Tournez là ! ordonne Molly. Comme ça, depuis La Brea Avenue, on peut récupérer Sunset. Sinon, on en a encore pour des heures !

Des heures à écouter ce mec nous parler de ses projets : sa future maison à Vegas, son île privée qu'il veut identique à celle de Richard Branson, son musée consacré à la mafia chinoise…

Les étoiles de Hollywood Boulevard laissent place au patchwork de bâtiments hétéroclites de Sunset. Les hôtels de luxe, tels le Château Marmont ou le Andaz, y côtoient des bars minables et des salons de toilettage pour chiens. Ici, tous les restaurants affichent « sans » : sans gluten, sans sucre, sans lactose, sans sel… sans plaisir.

Bo tourne sur North Alpine Drive, en direction des hauteurs de Beverly Hills. La beauté des villas et des femmes en tenue de sport m'éblouit. Tout me semble mieux dans ce quartier : le soleil, la pelouse, les corps, la vie.

Nous nous arrêtons finalement devant une magnifique demeure de style hacienda, qui ressemble un peu à celle de la famille Capwell dans la série *Santa Barbara.*

— C'est ici, nous informe Bo. Votre banquier s'appelle John. Il donne une fête pour son fils. Il vous attend.

Mia, la maîtresse de maison, nous accueille, paniquée. Cette trentenaire métisse à la coupe garçonne, probablement ancien mannequin, ne peut s'empêcher de tourner sur elle-même. Elle parle vite, et elle parle en « -ite ».

— C'est la catastrophite ! Mon fils a perdu ses médicaments, il n'arrête pas de pleurer. Le jour de son anniversaire, en plus !

— Il est souffrant ? s'inquiète Molly.

— TDAH, trouble du déficit de l'attention. S'il ne prend pas tout de suite son Xanax, son Ritaline ou sa Dexedrine, on va vivre une tragédite.

— Et il fête quel âge, votre garçon aujourd'hui ? je lui demande.

— Sept ans.

Les médecins américains ont l'habitude de diagnostiquer une quantité hallucinante de maladies mentales aux enfants, pour ensuite les gaver de pilules. Aux États-Unis, on peut vite avoir l'impression que tous les gamins sont schizophrènes, dépressifs, anxieux, autistes ou atteints de troubles alimentaires. En un coup de stylo sur une ordonnance, un petit légèrement dissipé devient un hyperactif, pour qui Super Nanny ne peut plus rien. Je me demande parfois si ce pays n'est pas en train de fabriquer une génération d'abrutis, avec la bénédiction des labos…

— Je file au CVS acheter son traitement ! s'écrie Mia. La fête se trouve derrière la grande bitte.

Effectivement, derrière une œuvre d'art géante en forme de bitte d'amarrage, nous découvrons l'entrée d'un jardin luxuriant, bizarrement dépourvu de piscine.

L'endroit regorge d'enfants, surexcités par la consommation excessive de boissons sucrées qu'apportent des serveuses déguisées en princesses Disney. Un groupe de petites filles s'amuse à sauter du haut d'un château gonflable de cinq mètres de haut. Un lama, un vrai, déambule entre les rosiers blancs soigneusement taillés, qu'il dévore placidement.

— Je vais essayer de trouver votre banquier John, nous informe Bo en s'éloignant. Ne bronchez surtout pas.

— Tu veux que j'aille te chercher une boisson ? me demande Molly, un poil rebelle.

— Un thé glacé, *as usual.*

Dans un coin reculé du jardin, entre deux perroquets en liberté, j'observe un octogénaire se promener, main dans la main, avec une splendide blonde d'une vingtaine d'années. Malgré son grand âge, l'homme arbore le visage reposé de celui qui n'a jamais vraiment travaillé. Il me fait penser à un vampire accompagné d'une gamine dont il soutirerait la jeunesse pour vivre le plus longtemps possible.

— À tout de suite ma chérie, lui glisse-t-il en l'embrassant dans le cou, avant de s'éloigner.

Devant mon regard interloqué, la femme vient me voir.

— Je suis beaucoup trop vieille pour être sa petite amie… se justifie-t-elle.

— Je ne juge pas…

— Je suis sa fille !

— Tu me rassures un peu. Il a quoi… ?

— Quatre-vingts ans ! En revanche, sa fiancée se trouve là-bas.

Elle me désigne une ravissante blonde qui doit à peine être majeure. Je tente une blague.

— Ça ne devrait pas être autorisé d'avoir une petite copine du même âge que sa fille.

— Elle a cinq ans de moins que moi ! s'esclaffe-t-elle.

Ce vieillard n'a visiblement pas que l'âge de ses artères : il a surtout l'âge de son compte en banque. Son état de déliquescence avancé me hante : que pensent les gens à mon sujet lorsqu'ils me voient avec une femme plus jeune ?

— Je m'appelle Nicole au fait. C'est ta copine là-bas ? me demande-t-elle en me désignant Molly, qui discute avec un homme en costume de flanelle beige, dont les cheveux châtain clair légèrement ondulés semblent flotter au ralenti.

— C'est juste une collègue. Nous sommes venus ici pour les affaires.

— T'es sûr que vous ne baisez pas ensemble ? En tout cas, toi, on sent que tu as envie d'elle…

— Molly ? Elle est jolie oui, mais ce n'est pas mon genre…

— Non, ça, c'est ce qu'on dit à une fille moche pour ne pas la vexer… C'est quoi ton problème avec elle ?

— C'est compliqué…

— Tu t'exprimes en statut Facebook maintenant ? Mec, la physique quantique, ça, c'est compliqué. Une femme, en revanche… Je crois que dans la vie, il faut aimer ce qu'on a, ou courir après ce qu'on aime.

Je la coupe.

— Je n'ai pas envie d'en parler. J'ai des choses bien plus graves à régler en ce moment.

— Pour ça, ne t'inquiète pas, tu te trouves dans la bonne maison. Il n'y a pas mieux que mon oncle John. C'est une sorte de magicien. Avec lui, les problèmes des gens disparaissent…

Elle m'embrasse sans prévenir. Je voudrais l'éconduire pour lui donner une leçon, mais je me laisse faire. Elle a un goût un peu sucré pas désagréable. Je la repousse alors que Molly nous retrouve, accompagnée de son apollon.

— Je vois que tu t'amuses bien… m'annonce-t-elle. Tiens, voilà ton thé glacé qui doit être chaud maintenant. Je te présente Nick. Il a été nommé Chief Happiness Officer de sa boîte.

Je prends le verre tendu par ma partenaire.

— Chef du bonheur, quel métier palpitant ça doit être… Et ça consiste en quoi ?

— À rendre les employés heureux… lâche-t-il, visiblement pas très content de me rencontrer.

— Ah, un tyran du bonheur ! Tout ce que j'aime. Désolé, je n'ai rien contre toi personnellement, mais j'en ai un peu marre de cette obligation à se réjouir tout le temps. J'ai l'impression qu'aujourd'hui, on a interdiction de faire la gueule, depuis Instagram jusque sur ses chiottes. Il faut être content vingt-quatre heures sur vingt-quatre, avec son conjoint, dans son boulot, avec ses enfants, en vacances, avec ses potes sinon, on vous regarde comme une bête bizarre… Tout doit être super, génial, top, cool… Mais je vais te dire : sans une bonne dépression, nous n'aurions jamais connu la période bleue de Picasso, les chansons de Kurt Cobain ou les œuvres de Edgar Allan Poe… Merde ! Ton injonction au bonheur, pour moi, elle ressemble à un oiseau de malheur !

— Calme-toi ! J'essaye juste de rendre les gens un peu moins tristes au travail… répond penaud Nick.

Plus personne ne parle. C'est pesant quatre adultes qui ne s'adressent pas la parole. Bo arrive enfin. Je n'ai jamais été aussi heureux de le voir. Dans la précipitation, il fait trébucher une serveuse latino.

— Tu ne peux pas faire attention ? J'achète et je vends des gens comme toi !

Puis il se tourne vers nous.

— Venez avec moi, le propriétaire des lieux vous cherche partout !

Au loin, les rires de Nicole aux plaisanteries convenues de Nick vibrent dans mes oreilles alors que je me dirige vers l'immense demeure.

Dans la bibliothèque de la maison règne une désagréable odeur de cigare froid. John, le fameux banquier, nous invite à prendre place dans l'un des cinq fauteuils club en cuir. C'est un bel homme d'une cinquantaine d'années. Sa barbe de trois jours poivre et sel contraste avec ses cheveux d'un noir corbeau, et sa voix rauque trahit des années de consommation de tabac.

— Bo m'a dit que vous cherchiez à blanchir de l'argent liquide…

Enfin une personne qui n'a pas peur des mots !

— De combien parle-t-on ? poursuit-il.

— 1 mil… je bafouille.

— 1 mil quoi ? 1 millier ? 1 million ? s'énerve-t-il.

— 1 million six cent mille, a priori chaque mois, intervient Bo.

— C'est beaucoup. Il faut que je m'organise. Voici ce que je vous propose : je possède des dizaines de commerces, dans tout le pays, qui brassent pas mal de liquide. Des restaurants, des bars, des boîtes de nuit, des hôtels, des salons pour animaux… Votre mise de départ sera investie dans mes établissements, puis mélangée au chiffre d'affaires. Vous pourrez récupérer votre argent au bout de deux ans, légalement, minoré de ma commission de vingt pour cent, naturellement.

— Naturellement…

Il n'a pas perçu mon ironie.

— Je garde votre premier versement avec moi si vous êtes OK. Je recontacterai Bo prochainement pour vous informer de la marche à suivre et des différents documents à signer. Allez donc fêter ça ce soir dans l'un de mes bars en ville. Pillow Princess : c'est comme cela que ça s'appelle. Vous n'aurez rien à débourser.

Ça tombe bien : j'ai toujours préféré recevoir.

Le Pillow Princess se situe sur Santa Monica Boulevard, au cœur du quartier de West Hollywood. Autour de nous, la jeunesse dorée de LA, à moitié nue, se déhanche au son des tubes du moment.

Bo s'est entiché d'une gogo danseuse et il glisse avec le souci du détail d'un horloger des billets de 20 dollars entre ses seins. Cela ne lui vient pas à l'idée qu'elle préfère les femmes… Molly croise mon regard et pense y déceler de la tristesse. Elle tente de me rassurer.

— On fait tout ça pour survivre. Arnaquer, dans la bouche des gens, c'est souvent péjoratif. Mais quand tu voles parce que tu meurs de faim, est-ce que c'est pareil ? Par exemple, avant de chanter, la rappeuse Cardi B était strip-teaseuse. Elle droguait ses clients dans les chambres d'hôtel pour ensuite les détrousser. Pas sûr qu'elle regrette…

— Je suis fatigué, c'est tout.

— Calme-toi.

Elle me montre un panneau lumineux accroché derrière le comptoir : « Karma is a bitch » (« Le karma est une salope » en français). Une expression américaine qui signifie qu'on récolte toujours ce que l'on sème, et qu'il faut croire en la providence pour nous venger.

J'ai encore cette phrase en tête dans la voiture qui nous ramène à Las Vegas. Quelqu'un possède-t-il le numéro du karma pour le prévenir quand il ne frappe pas assez vite ?

Le week-end suivant, après une semaine exténuante à jongler entre mes emplois au NCCB et pour Bo, je décide de ne pas quitter mon lit. Les trente-deux appels en absence de Molly n'ont même pas réussi à me convaincre d'abandonner ma position « corps en boule sous les draps ». De toute façon, la vague d'orage de ces derniers jours ne me donne pas du tout envie de bouger.

Pour la première fois de mon existence, j'envisage le suicide comme porte de sortie à mes emmerdes. Pas très original dans cette ville où le malheur des joueurs remplit de bonheur les pompes funèbres.

Je contemple mes options : sauter de mon balcon ? Pas assez haut : c'est un coup à finir handicapé. Il parait que les défenestrations dans certains casinos du Strip offrent un spectacle éclatant. Depuis les couloirs intérieurs qui mènent aux chambres, les gens s'écrasent directement contre les machines à sous ou dans le lobby. Mais la mort la plus *hype* dont tout le monde parle s'est déroulée lors d'une *pool party*. Le corps sans vie d'un type avait flotté pendant des heures dans la piscine, avant que les fêtards s'aperçoivent qu'il ne s'agissait pas d'une mauvaise blague.

Deux coups rapides résonnent sur ma porte d'entrée.

— Police !

Voilà une issue que je n'avais pas envisagée… J'enfile en vitesse un jean et ouvre tout doucement. L'odeur qui s'échappe de mon appartement fait reculer d'un pas les deux officiers.

Ils m'informent avoir retrouvé mon passeport dans une voiture accidentée. Son conducteur roulait sur l'autoroute 215 lorsqu'un pick-up Ford F150 s'est brutalement rabattu sur lui, propulsant sa BMW dans un mur en béton. Il a perdu la vie sur le coup. Bo est mort.

— Vous le connaissiez bien ? me demande l'un des policiers.

— Oui, on travaillait ensemble. Nous avions un projet commun, entre Las Vegas et la Chine. C'est horrible…

— Cela explique la présence de votre passeport dans son véhicule, en conclut l'autre officier. Toutes nos condoléances. Au revoir, monsieur.

Je récupère mon document, ferme la porte et guette depuis ma fenêtre le départ des deux uniformes bleus. J'appelle Molly et lui raconte l'accident.

— J'avais l'intuition que cela allait arriver ! hurle-t-elle. J'ai eu une vision la nuit dernière. J'ai essayé de te joindre !

— Qu'est-ce que cela signifie pour nous, à présent ? je demande égoïstement.

— Li. Elle seule détient la réponse. C'est quand l'enterrement ?

Les Chinois savent honorer leurs morts. Les funérailles de Bo m'apparaissent dignes de celles d'un dictateur. Pendant trois jours, son corps, revêtu de ses habits, est exposé sur un lit. Sa famille doit alors prendre une lanterne, une chaise, une caisse de lingots, une botte de paille, un bol d'eau et un panier contenant des victuailles, afin de conduire son âme dans l'autre monde.

Nous avons persuadé Li de nous convier pour la troisième et dernière journée de la cérémonie. Elle semble moins voûtée et les boutons ont disparu de ses joues. Elle me demande de l'aider à attacher les pieds du cadavre de son mari.

— Il faut bien les accrocher ensemble, pour s'assurer qu'il ne se sauvera pas. Sinon, ce serait le signe de grands malheurs à venir. Il pourrait même revenir pour se venger…

Je noue le lien le plus fort possible lorsque je réalise que le visage pétrifié de Bo ressemble à celui de Chucky, cette poupée de films d'horreur qui trouve toujours le moyen de ressusciter. Tout en plaçant un bâton d'encens dans l'une des mains du corps, elle me confie :

— La corde est suffisamment serrée : il ne reviendra jamais. Moi non plus d'ailleurs. Demain, je rentre en Chine commencer une nouvelle vie. Oubliez votre argent, je ne sais même pas comment récupérer celui de mon époux, depuis que j'ai démantelé ses activités. Je peux dire adieu à mes rêves de grande villa. Mais vous êtes libres, comme moi aujourd'hui.

Son sous-entendu me donne la désagréable impression qu'elle nous pense responsables de l'accident de Bo. Alors que moi, je la soupçonne depuis le début…

Elle nous raccompagne vers la sortie et m'embrasse maladroitement sur la joue, comme une vieille tante qui vous planterait un baiser mouillé. Pour la première fois depuis des mois, je respire un air chargé d'espoir. Fini de jouer ! Demain, c'est décidé, je détruirai le boîtier et je pourrai enfin mettre cette histoire derrière moi. Tant pis pour la Ligue ! Je veux retrouver ma vie tranquille. Ce sera comme avant…

Non, ce sera mieux !

13

It's all 'bout the money.
It's all 'bout the dum dum da da dum dum.
(All 'bout the money)

— Tu me dégoûtes…

— Hein ? Qu'est-ce que tu dis ? marmonne-t-elle, à moitié endormie.

Mince. J'ai pensé trop fort.

— Rien, *babe*, rien…

Ma conquête de ce soir (une actrice en devenir de Los Angeles) a la désagréable manie de se ronger les ongles jusqu'au sang, et je peux compter ses restes éparpillés aux quatre coins de ma chambre. Pourquoi ces bouts vernis me révulsent-ils autant, alors qu'accrochés à l'extrémité de ses doigts, je les trouvais sublimes ? Suis-je à ce point obsédé par ces morceaux d'elles que les femmes laissent chez moi ?

Je chasse ces questions de mon esprit en me blottissant contre elle. Elle comprend que je désire recommencer. Comme une poupée qui fait « oui, oui, oui… », elle descend le long de mon corps et prend délicatement mon sexe entre ses lèvres, comme si ma vie en débandait. J'ai l'impression d'être une Chupa Chups à un goûter d'anniversaire.

Cette fille me rassure. Elle n'est pas effrayée par un homme comme moi. Un homme à la

James Bond ou à la Han Solo, qui oblige ses conquêtes à les embrasser jusqu'à ce qu'elles succombent ; à la Rhett Butler, qui traîne Scarlett O'Hara dans les escaliers pour lui faire l'amour de force ; ou à la Rocky, qui n'hésite pas à menacer physiquement Adrian pour l'empêcher de le quitter… Des icônes détruites sans que personne songe à les remplacer.

J'appuie sur sa tête pour l'encourager. Elle la retire pour me signifier qu'elle ne souhaite pas que je la décoiffe. Elle remet en place sa chevelure châtain caramel (« lavée à l'eau d'Évian »), sans arrêter de s'occuper de moi. Je croise mes mains derrière ma nuque et contemple la pièce. Mon appart n'est pas spécialement beau. C'est ce que Natasha (pour une fois que je retiens un prénom) a dû penser pour installer ainsi des bougies parfumées un peu partout. Merde, elle veut m'exciter ou faire une séance photo pour *AD Magazine* ? Le mélange des odeurs me donne la nausée. Je jouis trop vite.

Elle se précipite aussitôt dans la salle de bains pour essuyer son visage. Je bafouille une excuse, qu'elle n'entend pas à cause du bruit de l'eau qui coule. La lumière blafarde au-dessus du miroir n'arrive même pas à la rendre laide. Je me sens rassasié. Comblé d'avoir consommé et d'avoir complété, encore une fois, ma quête effrénée et épuisante d'amour. Fier surtout de savoir que je plais encore à une fille aussi jeune… Elle s'installe sur le bord du lit, allume une dernière cigarette puis nous nous endormons en position koala, collés l'un derrière l'autre.

Le signal d'alarme incendie me réveille en sursaut au petit matin. J'ai du mal à respirer, à cause de la fumée. Debout dans la chambre, Natasha crie et saute sur place. Dans la panique, elle s'exprime dans sa langue natale, une sorte de dialecte des pays de l'Est. J'ai l'impression de regarder un film comique bulgare, mais sans les sous-titres.

Je perds mon sourire lorsque je vois les draps en feu en train de se consumer. J'ouvre la fenêtre et balance ma parure de lit depuis le balcon. Le tas de tissu finit de brûler dans la rue. J'attrape Natasha par la taille, mais elle m'échappe.

— Je dois partir, s'excuse-t-elle. Rendez-vous chez la manucure à la première heure. Tu comprends, si je croise Steven Spielberg à L.A., je ne peux pas avoir les ongles dans cet état…

Pense-t-elle sérieusement qu'elle ou sa kératine intéresse Spielberg ? De toute façon, l'humeur n'y est plus. Je griffonne un faux numéro sur un bout de papier.

Sur le palier, Natasha me demande si elle peut emporter la bouteille de champagne qu'elle a apportée et à laquelle on n'a pas touché. Je suis à deux doigts de lui donner en bonus le verre qui va avec lorsque mon téléphone sonne. Je referme la porte d'un coup de fesse, sans même un dernier baiser.

— Ne raccrochez surtout pas…

Je reconnais la voix d'Alexa. Je bégaye :

— Je peux vous expliquer…

— Inutile, me coupe Alexa. Vous allez simplement m'écouter. Laissez-moi vous raconter une histoire. Celle d'une Ligue qui n'existe pas, d'un agent du NCCB crédule et d'une télécommande qui rend riche.

Je déglutis, abasourdi. J'attends religieusement la suite.

— Il y a quelques mois, en rangeant les archives du Nevada Casino Control Board, votre collègue Robert Ephant a trouvé, par hasard, un vieux boîtier, perdu entre deux cartons. Curieux, il a rapidement retracé son histoire. Conçu par un ancien agent du NCCB, ce dispositif permettait de détraquer à distance le système de gains de n'importe quelle machine à sous. Paniqué, votre confrère a alors averti son patron, Dick Smalley, qui n'a pas eu la réaction escomptée. Cet appareil, inventé par un employé de la maison, pouvait emporter tout sur son passage : la réputation du Board, mais aussi les fabricants laxistes avec la sécurité de leurs engins, ou pire, les casinos. Pensez-y : personne ne savait depuis quand et par qui le dispositif était utilisé. L'économie du Nevada pouvait sombrer, tout ça à cause d'un agent du NCCB. C'était le scandale de trop. Alors, votre patron a pris une décision risquée : cacher l'existence du boîtier, avec l'aide de son ami Jim Western, le nouveau responsable du bureau de Carson City. Les deux hommes n'étaient pas très inquiets : ce dispositif n'avait, semble-t-il, encore jamais causé de problème. Ils devaient étouffer l'affaire, dans le lieu le plus sécurisé et discret qui soit : la Réserve, où le temps ferait son travail d'oubli…

— Mais pourquoi n'ont-ils pas détruit le boîtier tout simplement ?

— Pour les mêmes raisons que vous peut-être : vanité scientifique ? Au cas où ils en auraient besoin pour couvrir leurs arrières ? Parce que Robert Ephant avait affirmé qu'en l'étudiant, il pourrait protéger les machines à sous du Strip contre d'autres attaques de ce type ?

— Mais alors la Ligue, mes collègues de bureau véreux, leurs complices corrompus dans les casinos, les millions détournés…

— Le fruit de mon imagination, tout simplement. Je vous ai menti. Non seulement vous avez cru en moi, mais vous avez surtout suivi mes instructions. Vous vous êtes révélé d'une grande aide…

J'entends les portes de la souricière se refermer derrière moi. Mon téléphone vibre pour m'indiquer que je viens de recevoir un e-mail d'une adresse anonyme. J'ouvre le message : il contient différentes photos de Molly et moi au Luxor, le boîtier en main. Comment avons-nous pu nous montrer aussi négligents ? Comment ai-je pu me laisser manipuler ainsi par cette voix inconnue, et tomber dans la gueule du loup ? Alexa reprend.

— Vous devez choisir, mais choisissez judicieusement. Vous pouvez décider de raccrocher immédiatement. Dans ce cas, les preuves que vous venez de recevoir seront transmises à la police. Votre honneur sera à jamais sali et, avec votre collègue Molly, vous devriez vous en sortir avec une quinzaine d'années de prison. Ou vous pouvez continuer à m'écouter et faire fortune…

— Ce n'est pas vraiment un choix…

Je pense à Molly. Je me sens responsable de ce qui pourrait lui arriver. Mais pourquoi avais-je emporté cette puce chez moi ? Cette aventure avait tourné à la malédiction !

— La mission que je vais vous confier est simple, mais cruciale, m'informe Alexa. Elle ne prendra que deux mois. Après, vous n'entendrez plus parler de moi et l'argent apaisera, croyez-moi, la colère que vous ressentez en ce moment. Vous ne serez pas seul. Surveillez vos e-mails. À bientôt…

J'ai reçu un nouveau message. Il contient deux initiales, associées à deux adresses dans la région. Malheureusement, je connais bien l'une d'entre elles…

À bord d'un camion U-Haul de location, j'ai décidé de ramener moi-même la machine Pussy Cat que j'avais empruntée à Archiduk pour nos expériences. Je dois bien ça à Kyle et Jason.

Je coupe par le quartier de Peccole Ranch et tourne sur South Fort Apache Road. Les rangées de pins et de lauriers fleuris, alignés le long des pelouses vertes, me font penser au sud de la France. Enfin, c'est ce qu'on m'a dit, car je n'ai jamais mis un pied en Provence.

Sur le chemin, j'ai prévu de récupérer Molly : j'espère trouver le courage de lui avouer dans quel guet-apens je nous ai fourrés. Je n'arrive pas à me départir du sentiment de honte qui m'habite. Les millions perdus par les casinos, Bo, Li, les joueurs qui ont gagné injustement, mes mensonges au

Board : tout cela parce que je me suis montré trop bête et trop crédule.

Peut-être pourrais-je tout raconter à Dick et solliciter son aide ? Je repense à la dernière fois que je lui ai demandé quelque chose. C'était une augmentation. Les deux bras tendus devant moi, poings serrés, il m'avait expliqué les règles pour y avoir droit :

— Dans ma main gauche se trouve une prime de 5 000 dollars.

Il avait ouvert sa paume, pour me montrer le 5 000 écrit dessus au stylo-feutre, puis l'avait refermée.

— Je te donne cette prime tout de suite, si tu la veux. Elle est à toi. Mais si tu aimes jouer, il y a ma main droite. Elle renferme une augmentation mensuelle, pouvant aller de 0 à 500 dollars. Alors, tu choisis quoi ? La sécurité d'une prime unique ? Ou es-tu prêt à parier sur l'avenir, avec cette hausse de salaire mystère ?

Comme dans *À prendre ou à laisser*, j'avais mûrement réfléchi et hésité, avant finalement d'opter pour l'augmentation chaque mois. Il avait explosé en desserrant la main droite :

— C'est ce que j'aime chez toi ! Tu n'as pas peur des risques ! Bon, pas de chance pour toi, comme tu peux le voir, j'avais inscrit 0 dollar, donc tu l'as dans le cul. Mais je suis fier de toi ! Tu m'as mis les poils !

Cette anecdote confirme mon intuition : Dick serait le premier à me jeter sous un bus si les événements tournaient mal.

Je retrouve Molly devant sa maison. Elle ressemble à une ado, avec son jean troué et sa chemise bariolée oversize. Dois-je vraiment tout lui révéler ? A-t-elle besoin de savoir ?

Il y a des choses qu'on ne dit jamais, même dans un couple. Qui raconte à son épouse qu'il regarde sa crotte chaque matin une dernière fois avant de tirer la chasse d'eau ? Qui avoue à son mec qu'elle vole dans la tirelire des enfants, qu'elle se soulage dans la piscine parce qu'elle est trop feignante ou qu'elle fantasme sur son meilleur ami quand ils font l'amour ? Même après trente ans d'union, c'est le genre de choses qu'on garde secrètes. Molly mérite mieux qu'un mariage longue durée.

Je me lance.

— On est dans la merde. Enfin, je nous ai mis dans la merde…

Je raconte tout d'une traite, sans la laisser m'interrompre une seule fois. Quand j'ai terminé, ma partenaire s'effondre comme un squelette en plastique de médecin. Elle se sent aussi fautive que moi.

— Nous surmonterons cette épreuve tous les deux, me rassure-t-elle. On a commencé ensemble, on finira ensemble !

Entre deux sanglots, elle me demande si j'ai une idée de qui se cache derrière cette voix mystérieuse. Je lui réponds par la négative.

— J'aime bien savoir qui me baise… rigole-t-elle, en reniflant.

Elle s'essuie dans la manche de sa chemise en y laissant une longue trace de mascara. Je la noie sous mes lamentations.

— Dire que je nous croyais sortis d'affaire avec la disparition de Bo ! C'est retour à la case départ. Les preuves que cette voix possède contre nous sont accablantes. On devrait peut-être appeler le FBI. Plus on attend et plus la situation risque d'empirer pour nous…

— Non ! tranche Molly. Personne n'ira en taule ! Deux mois et c'est terminé, c'est ça ? Voyons où tout cela nous mène. C'est quoi, les adresses où tu dois aller ?

Je lui tends mon téléphone.

— Et encore, tu ne sais pas ce qui se cache derrière la deuxième adresse… dis-je d'une voix traînante.

Je gare mon U-Haul à l'arrière des bureaux d'Archiduk, afin d'éviter d'attirer l'attention sur nous. Il règne une activité inhabituelle. Des dizaines d'employés s'agitent autour de machines à sous flambant neuves. Je cherche Kyle (alias Minus) pour m'aider à décharger, mais Jason (alias Cortex) me fait signe de le rejoindre.

— On est débordés, mec. Un casino de Vegas a commandé un tout nouveau type de jeu sur le thème d'Halloween, qu'on doit livrer avant la dernière semaine d'octobre. Tu as besoin de quoi ?

— Je t'ai ramené la machine que tu m'avais prêtée. Je ne sais pas comment te remercier.

— La soirée VIP au Crazy Horse 3 suffit amplement, mon ami. En revanche, Kyle a croisé là-bas la route d'une MST. Ce n'est pas juste : Molly, elle, ne chope jamais rien et lui, pour une fois qu'il trempe sa…

Ma collègue ne le laisse pas terminer sa phrase.

— Qu'est-ce que tu entends par : « Molly, elle, ne chope jamais rien… » ?

— Oh my God ! j'interviens, ce n'est pas ce qu'il voulait dire… Il s'est mal exprimé.

Alors que des employés vident mon camion, je remonte, par solidarité mentale, les manches de ma chemise bleu turquoise. Septembre débute à peine, mais les températures refusent de descendre en dessous de trente-cinq degrés. Il faut s'y résoudre : Vegas ne compte que deux saisons. Six mois d'été à quarante. Et six mois de printautomne, cette saison mi-printemps mi-automne pendant laquelle la vie en extérieur devient à peu près autorisée.

Je voudrais bien leur tendre la main, mais à la place, je pointe du doigt les nouvelles machines criblées de citrouilles et de chauves-souris.

— Je n'ai jamais été fan d'Halloween ! Je pense que c'est une manière de compenser une vie sexuelle de merde par une massive dose de sucre raffiné. Et puis, trouver chaque année un déguisement, quelle horreur ! Mais je dois bien admettre que ces machines-là ont l'air incroyables !

Impressionnantes plutôt. Leurs cinq mètres de hauteur me donnent un coup à l'estomac. J'empoigne Jason.

— Est-ce que je peux les voir de plus près ?

— Fais comme chez toi, je n'ai pas le temps pour les visites guidées aujourd'hui.

Je m'approche de l'un des appareils allumés et active la télécommande dessus. Trois parties discrètes et rapides me confirment que le dispositif fonctionne sur elles. Molly m'interroge du regard.

— Aucune machine n'est à l'abri décidément…

— Que veux-tu ? La curiosité me tuera !

Elle secoue la tête, un rictus réprobateur au coin des lèvres.

Une fois le camion de location rendu, la première adresse indiquée dans l'e-mail d'Alexa nous conduit sur le parking d'un concessionnaire de voitures Jeep, situé sur Sahara Avenue. Notre contact s'appelle « DTF ». Je souris en me demandant si c'est l'acronyme de « Down To Fuck » (qu'on pourrait traduire par : « prête à baiser »).

Nous avons à peine le temps de trouver une place qu'une vendeuse nous aborde déjà. Son visage ne m'est pas étranger. Je reconnais une ancienne gloire de Vegas, une hypnotiseuse mentaliste qui avait connu un petit succès dans les années 80 avec son show au Golden Nugget. Le genre avion privé et limousine de luxe, mais qui, à la suite d'un incroyable retournement de fortune, se retrouve aujourd'hui à écouler des bagnoles à plus de soixante ans.

Elle porte une jupe noire et une veste cintrée verte parfaitement choisies pour mettre en valeur son blond platine, ses yeux bleus et ses seins refaits (mais positionnés un peu trop haut pour moi). J'observe son corps : tout à fait DTF, malgré les heures de vol. Molly me donne un coup dans les côtes.

— Vous en avez marre de votre Mercedes, c'est ça ? nous apostrophe la vendeuse. Vous, monsieur, vous voulez une vraie voiture de mec, une qui en impose sur la *highway*, avec laquelle vous pourrez partir en randonnée dans le désert de Red Rock Canyon. Et vous, madame, vous voulez vous sentir en sécurité, avec de la place pour ranger les courses. Bref, vous voulez une Jeep !

Les métiers de mentaliste et de concessionnaire automobile ne sont pas si éloignés l'un de l'autre. Dans les deux cas, il faut réussir à deviner ce que les gens ont dans la tête. L'ancienne reine des planches déploie l'ensemble de ses techniques, en commençant par me poser des questions auxquelles je peux répondre uniquement par oui. Je me doute que c'est une manière de m'emmener à accepter plus facilement une offre après. Au bout d'un moment, devant mon peu d'enthousiasme, elle abat sa dernière carte.

— Vous bloquez sur le prix de la Jeep, c'est ça ? Voici ma proposition. Je vais essayer de deviner le montant maximum que vous voulez débourser. Quel qu'il soit, je m'alignerai dessus. Pensez à un nombre et écrivez-le sur ce Post-it, sans me le montrer.

J'inscris le premier tarif qui me passe par la tête pour cette voiture. Sans même regarder ou toucher le papier, elle m'annonce :

— 20 000 dollars !

— Dingue ! C'est mon prix maximum…

J'ai l'impression d'assister à un spectacle.

— Nous avons un deal alors… Mais je manque à toutes les règles de politesse. Je m'appelle Dorothy. The Flamingo pour les intimes, c'était mon nom de scène dans le temps.

The Flamingo, ou Le Flamand Rose en français : je regarde ses jambes longues et fines et je trouve que ce sobriquet lui va à ravir. Molly me donne un nouveau coup de coude et me chuchote à l'oreille :

— Dorothy The Flamingo… DTF !

Tilt ! Une lumière vient de s'éclairer dans un coin de mon cerveau. Je tente ma chance auprès de notre vendeuse.

— Nous sommes envoyés par…

Je lui montre le message sur mon téléphone. Elle répond dans un éclat de rire :

— Fallait le dire avant. Je suis mentaliste, pas voyante !

Dorothy nous installe dans une Jeep neuve, dont les épaisses portières nous mettent à l'abri des oreilles curieuses. Elle semble tout connaître de notre aventure : le boîtier qui rend fou les machines à sous, l'argent que nous avons déjà réussi à détourner avec… Elle ne cache pas son enthousiasme.

— On pourrait amasser tellement de pognon avec votre truc ! 1 milliard au moins !

Les gens ne maîtrisent pas vraiment les ordres de grandeur. Car pour devenir milliardaire, il va falloir qu'on s'arme de patience. Imaginons qu'on gagne 3 dollars par seconde, soit environ 260 000 dollars chaque jour, 8 millions tous les mois. Ce serait déjà énorme ! Pourtant, à ce rythme, avant d'atteindre le milliard de dollars, on devra attendre… plus de dix ans ! Mille ans pour rattraper Jeff Bezos ! Je ne sais pas combien Alexa compte récupérer en deux mois, mais, par expérience, je table sur une dizaine de millions de dollars, pas plus.

— Vous avez les vieux ? demande tout à coup Dorothy.

— Quels vieux ? s'étonne Molly.

— Sans eux, je ne peux rien pour vous. Revenez me voir quand vous les aurez ! Au fait, vous prenez la voiture ?

— Ben non… je dis en me tapotant le doigt sur la tempe (elle est conne ou quoi ?).

Elle nous quitte sans un au revoir, déjà occupée à embobiner un étudiant rôdant autour d'une Jeep Compass.

Nous roulons depuis une demi-heure en direction de la deuxième adresse indiquée dans le message. Les cris d'un auditeur du Rush Limbaugh Show explosent nos tympans. L'émission de radio la plus écoutée des États-Unis donne ainsi régulièrement la parole à ceux que plus personne n'écoute. Le thème de l'heure : des traînées blanches suspectes formant un X dans le ciel du New Hampshire. Un témoin sur place se plaint de ne pas être pris au sérieux par les autorités quand il affirme qu'il s'agit de *chemtrails* créés par le passage des avions et remplis de produits toxiques afin de limiter les naissances. Rush Limbaugh lui promet d'intervenir en sa faveur. Molly baisse soudainement le volume. Alors que je m'apprête à protester, elle me demande :

— Ton amie Alexa a bien dit que le boîtier avait été conçu par un ancien du NCCB ?

— Ce n'est pas mon amie, mais oui, c'est ce qu'elle prétend…

— Tu penses que tu pourrais retrouver cet agent ? Il a forcément dû laisser une trace. Tu connais tellement de monde dans cette ville…

— Je peux essayer. Qu'as-tu en tête exactement ?

— Rien de bien précis. Mais il pourrait nous aider à découvrir qui se cache derrière Alexa. À moins que ce soit carrément lui, Alexa…

— C'est vrai que ça nous réussit bien de nous lancer dans ce genre d'enquêtes…

— Arrête d'avoir peur de tout, F. ! m'engueule-t-elle gentiment.

— Je n'aime pas avoir peur…

— N'importe quoi ! La peur, c'est la preuve qu'on n'est pas encore desséché à l'intérieur. C'est le sentiment qui naît lorsqu'on se rend compte qu'on risque de perdre quelque chose qui nous est cher. On a peur de mourir parce qu'on tient à notre existence. On a peur d'être largué parce qu'on aime une personne. Alors, n'aie pas peur d'avoir peur. Cela signifie que tu viens de découvrir ce qui importait vraiment pour toi…

— Et quand on se fait peur à soi-même ?

— L'humour comme arme contre la peur, ça aussi c'est universel…

— Je plaisante. Je vais me renseigner discrètement pour cet agent. On verra si la peur peut changer de camp…

Le GPS nous informe que nous arrivons à Boulder City, cette petite ville collée à l'est de Las Vegas, édifiée dans les années trente afin d'abriter les milliers d'ouvriers construisant le Hoover Dam, et aujourd'hui tragiquement connue pour être l'un des deux seuls endroits du Nevada à avoir interdit les casinos. Nous passons dans la rue principale peuplée d'antiquaires, avant de nous garer sur le parking d'une maison de retraite. J'annonce :

— C'est là. Le message nous a donné rendez-vous à l'hospice… de ma mère.

— C'est flippant…

— En effet. Je vais finir par ne plus croire aux coïncidences.

— C'est peut-être juste le destin…

Maman a quatre-vingt ans. Son problème, c'est qu'elle l'a oublié… Nous entrons dans sa chambre. Ce lieu me met mal à l'aise : il me renvoie à ma propre lâcheté, celle d'un fils traitant celle qui lui a donné la vie telle une pestiférée contagieuse du Moyen Âge. Les vapeurs d'alcool qui s'échappent de la pièce font fuir Molly, qui s'éloigne pour me laisser seul.

— Désolée, cette odeur me remémore trop de choses !

— De toute façon, je n'aime pas les gamines qui s'habillent en Arlequin ! lui crie ma mère, sans bouger de son fauteuil en rotin.

L'entendre citer Louis de Funès dans *Le gendarme de Saint-Tropez* me rassure : au moins, elle n'a pas encore totalement perdu la raison.

Physiquement, maman ressemble à Blanche Devereaux de la série *Les craquantes*. Une grande dame au brushing toujours impeccable, ne sortant jamais sans ses bijoux (dont de longues boucles d'oreilles en or). Elle dénote dans cet hospice, où les autres pensionnaires se rapprochent plus de Tatie Danielle… après qu'elle a volontairement déféqué dans sa robe de chambre au milieu du salon de Catherine et Jean-Pierre.

— C'est joli, ton maquillage, je lui fais remarquer. Ces petites joues rouges te vont à ravir…

— Ce n'est pas du blush, j'ai pris quatre verres de vin ce matin. Et ne m'impose pas ta morale : Jeanne Calment est morte à cent vingt-deux ans alors qu'elle fumait et s'enfilait du porto tous les jours…

— Tu aimes toujours autant l'alcool à ce que je vois…

— Plus que ce que je t'aime, c'est sûr.

Paroles d'ivrogne : elle ne pense pas vraiment ce qu'elle dit. Elle se sert à nouveau du vin. Le bruit du liquide s'échappant de la bouteille me glace instantanément le cœur. Tous les matins, pendant mon adolescence à Dreux, ce son a fait fonction de radio-réveil.

Cela fait vingt-sept ans que ma mère est alcoolique. Jamais elle n'a cherché d'excuse pour justifier son amour de la boisson : elle était alcoolique et c'est pour cela qu'elle buvait, pas l'inverse. Au fil du temps, elle avait perfectionné sa méthode pour tomber raide morte, en inventant des mélanges improbables qui aujourd'hui la rendraient riche : vodka UV Blue et Gatorade jaune ; Malibu et chocolat au lait ; Coca-Cola et vin rouge…

Le vin rouge, sa grande faiblesse : elle trouvait chaque fois une bonne raison pour prendre un autre verre de pinot. Elle avait ainsi développé une passion pour les documentaires animaliers diffusés la nuit à la télé. Jusqu'à cinq heures du matin, chaque soir, elle restait shootée à l'écran, moins par amour des bêtes que parce que cela lui permettait d'entamer une nouvelle bouteille en catimini. La preuve : après des années à s'enthousiasmer pour le quotidien des mammifères, elle ne différenciait toujours pas un chameau d'un dromadaire…

Je ne comptais plus les fois où je l'avais retrouvée allongée en bas des escaliers, en train de s'étouffer dans son vomi. Pour ma mère, boire de façon responsable, c'était avant tout ne pas s'en mettre partout. Je me demandais si mon adolescence ne s'était pas résumée à lui sauver la vie…

Elle tente de se lever de son fauteuil. J'ai l'impression que même sa voix titube.

— Il paraît que ce sont les meilleurs qui partent les premiers… Quand je te vois aussi bien portant, je me dis que ça doit être vrai !

Ses attaques glissent sur ma peau. L'avantage de la maladie de maman, c'est que je n'ai jamais bu une seule goutte d'alcool. Le son d'une bouteille qu'on ouvre suffit à créer chez moi des angoisses. Jamais je ne saurai ce qu'on ressent lorsque l'ivresse monte et que le vertige s'installe.

Ma mère s'est tue. Elle somnole. Comme d'habitude, à part nous envoyer des saloperies à la figure, on n'a rien à se dire. Elle se réveille en sursaut.

— Qui êtes-vous ? Allez me chercher une salade chez Paul, je trouve la nourriture immangeable dans cette baraque. Non, pas une salade, ils ne servent pas d'alcool avec le menu !

Elle semble reprendre ses esprits.

— Je voulais mourir en France… Mais pourquoi tu m'as fait venir ici ?

— Parce qu'il n'y a plus que nous deux. Et parce que je t'aime aussi, maman…

Je la regarde se rendormir avant de rejoindre Molly.

— Chouette famille, F. ! me lance-t-elle. Avec mon père, ils auraient formé un duo d'enfer !

— Le mien n'était pas mal dans son genre…

Je ressors l'e-mail d'Alexa : « S. S., à la maison de retraite de Boulder City ». Je connais ces initiales : elles correspondent à celles de Scott Saporo, le responsable de l'hospice.

Peut-on se montrer à la fois charmant et inquiétant ? Scott coche les deux cases, sûrement en raison de ses grands yeux noirs écarquillés, presque rieurs, mais qui semblent vous transpercer l'âme. Il doit avoir le même âge que moi, mais ses cheveux bruns hirsutes et sa barbe mal taillée lui confèrent un aspect presque juvénile. Il a sans conteste un côté Charles Manson au milieu du désert. Le genre séduisant, mais dont on n'arrive pas savoir si on peut vraiment lui faire confiance. Je remarque les immenses auréoles sur sa chemise marron clair, alors que la clim souffle au maximum. Scott stresse derrière son bureau en verre.

— Je vous attendais… Mais pourquoi moi ?

Nous échangeons un regard surpris avec Molly.

— Ne jouez pas les innocents… nous supplie-t-il presque, sans pouvoir dissimuler la cassure d'angoisse de sa voix. Je ne fais de mal à personne, je suis un honnête commerçant et je n'ai jamais forcé qui que ce soit !

Scott fait pivoter l'écran de son ordinateur dans notre direction. Dessus s'affiche la page Internet d'un site pornographique. Sur l'une des photos, je discerne l'entrée de la maison de retraite dans laquelle nous nous trouvons.

— Cela fait deux ans que je loue l'endroit à des réalisateurs de films X, nous indique-t-il très sobrement. Les décors des établissements comme le mien sont à la mode, à ce que j'ai compris…

Il nous parle comme un commercial qui vendrait des Thermomix. Je songe à la phrase de Drew Carey : « Pensez à tout ce que vous souhaitez faire, et vous pouvez le faire à Las Vegas. » La pensée de Scott dépasse mon seuil de tolérance.

— Mais vous êtes un gros dégueulasse ! Je vous ai confié ma mère quand même !

— Je sais de quoi j'ai l'air. Mais les équipes de tournage sont très pros et discrètes. Elles filment lorsque les pensionnaires dorment, c'est-à-dire quatre-vingt-dix pour cent de la journée. Ils ne se doutent de rien. Et votre maman, vraiment, ce serait bien la dernière à se plaindre. Vous avez de la chance qu'elle vous reconnaisse ce matin !

Je n'arrive pas à dire si sa réponse doit me rassurer. Je soupçonnais Scott de cacher quelque chose, mais son passe-temps dépasse mon imagination pourtant fertile. Il retourne l'écran vers lui et conclut :

— Le message que l'on m'a fait parvenir était très clair. Je ferai tout ce qui m'est demandé. Ça m'embêterait qu'on saisisse ma maison de retraite pour une affaire de fesses. Et si je peux arrondir mes fins de mois…

Nos trois téléphones sonnent simultanément. Nous recevons le même SMS en provenance d'Alexa : « Rendez-vous aujourd'hui, à quatorze heures dix, bureau trente-trois à Tivoli Village. »

Je quitte Boulder City en pensant à ma mère : dans ce monde de fous, je suis heureux qu'elle perde la tête.

Un jour de marché à Tivoli Village, c'est synonyme de bazar dans cette portion de la ville. Impossible de circuler : la foule bourre à craquer les rues exiguës de ce quartier, inspiré de l'architecture d'une bourgade italienne. J'abandonne ma voiture pour finir à pied. J'avertis :

— Le premier qui la touche, je lui raye le portrait !

J'empoigne Molly afin de nous frayer un passage au milieu des stands qui croulent sous les victuailles. Du miel du désert, des fruits, des légumes, des pots de houmous, partout déposés là où un espace libre existe. Le carillon des cloches interrompt le chant des élèves d'une école du coin. Le campanile (imitation XVIIIe siècle) sonne quatorze heures. Merde, on est en retard.

Je coupe par la terrasse d'un restaurant. Je zigzague entre les tables et manque de renverser un serveur avec son plateau rempli de crêpes au Nutella. Il m'insulte. Je lui réponds par un doigt d'honneur sans ralentir ma course, avant de finalement atteindre le bâtiment abritant le bureau trente-trois. Molly presse le bouton de l'ascenseur, direction le premier étage.

Les voix de Scott et Dorothy résonnent dans le couloir. Ils nous ont précédés. Je ne sais pas qui essaye de vendre quoi à l'autre. Ils nous engueulent :

— Vous en avez mis du temps… Vous foutiez quoi ? Grouillez-vous, le bureau est ouvert.

La pièce, pratiquement vide, donne sur les montagnes et une boutique de déco branchée. Je contemple notre équipe de choc : une ancienne mentaliste-hypnotiseuse approchant de la retraite ; un gérant d'hospice qui loue son établissement pour des films cochons ; deux agents du Board en surmenage. J'ai comme un doute…

Une enceinte Amazon Echo, que personne n'avait remarquée dans un coin, s'active alors. La voix d'Alexa, l'assistant virtuel de l'appareil, remplit l'espace.

— Bonjour à tous…

Nous écoutons un message préenregistré. On ressemble aux Anges de *Drôles de dames*, avec Alexa dans le rôle de Charlie.

— Dans deux mois, si vous respectez mes consignes, nos comptes en banque auront considérablement grossi. Je promets plusieurs millions de dollars à tous ceux qui suivront mon plan à la lettre !

Scott ne peut retenir un hoquet de surprise. Qu'a donc Alexa en tête ?

— La difficulté de notre entreprise ne réside pas dans la possibilité de gagner aux machines à sous.

Cela, nos deux génies du Nevada Casino Control Board savent comment faire…

Scott et Dorothy nous lancent un regard plein d'admiration.

— Notre problème ? Récupérer tout cet argent incognito, sans se faire repérer. La solution que j'ai imaginée se situe dans le code fiscal. Les gains au casino ne deviennent imposables qu'à partir de 1 199 dollars. Au-delà, l'établissement se trouve dans l'obligation de prendre l'identité du parieur en lui réclamant de remplir un formulaire pour le Trésor public américain. Mais si vous remportez moins de 1 200 dollars par machine, personne ne vient vous demander quoi que ce soit…

Je repense à tous les jackpots décrochés jusqu'à présent, les longues enquêtes de la sécurité et les paiements en chèque afin de laisser une trace pour les impôts…

— Tout mon plan repose sur cette règle de l'IRS : nous allons gagner 1 199 dollars sur toutes les machines à sous du Nevada !

Applaudissements !

— Pour cela, vous aurez besoin de bras en plus. Scott, vous allez nous fournir des joueurs prêts à vous aider, au-dessus de tout soupçon : vingt retraités, suffisamment vieux pour ne plus rien avoir à perdre. Afin qu'ils acceptent d'entrer dans la combine, je compte sur vous, Dorothy. Grâce à vos talents de persuasion, vous manipulerez ces personnes âgées pour les motiver et vous assurer de leur coopération totale…

Nos regards se tournent vers l'ancienne mentaliste-hypnotiseuse. Peut-elle garder les gens sous son influence de la sorte ? Elle lève son pouce droit, afin de nous faire comprendre que c'est tout à fait dans ses cordes.

— Personne ne peut me résister… se vante-t-elle. Et vous n'imaginez pas à quel point les vieux sont crédules.

Cette fois, c'est moi qui suis impressionné.

— Dans trente jours, à bord de deux autocars, vous partirez en *road trip* pendant un mois, afin de jouer et gagner aux centaines de milliers de machines à sous de l'État. Le voyage se terminera le soir d'Halloween, à Las Vegas. Nous pourrons alors partager l'argent amassé. Vous connaissez le rôle de chacun. Bonne chance !

L'Amazon Echo s'est éteinte. Vegas, Halloween : je songe au nouveau jeu Archiduk sur ce thème qui doit être livré prochainement. Aurait-il un rapport avec tout ça ? J'échange un regard avec Molly : pas besoin de nous parler, nous venons d'accepter tous les deux d'aller au bout de cette aventure ; le seul moyen de retrouver notre liberté.

— Quel plan génial ! s'exclame Scott. Mes petits vieux seront le poison des casinos, l'arme indétectable qui ne laisse pas d'empreinte derrière elle… J'adore !

Je suis frappé par sa fougue très premier degré. Cette perspective d'argent aurait-elle métamorphosé le crapaud dégoûtant en vicieuse vipère ? Il reprend.

— Pour plus de sécurité, je propose qu'on se donne immédiatement des noms de code. J'ai vu ça dans une série sur Netflix, où ils avaient chacun choisi une ville. Moi je deviens Toronto…

— Dans la série, personne ne connaissait la véritable identité des autres, objecte Molly. C'est pour ça qu'ils avaient besoin de pseudos. Nous, on se connaît tous…

— Mais ça sonne cool, non ? s'obstine Scott.

— Non, tranche Molly.

— Oh, ça va ! Je propose des choses, c'est tout. On est une équipe à présent ! Je croyais que dans les réunions de brainstorming, on ne devait pas se censurer. Qu'il n'y avait pas de bonne ou de mauvaise idée…

— Oh si, il y a des mauvaises idées ! La tienne à l'instant, par exemple.

Mon ton était trop cassant. Je me tais. Une overdose de Viagra ne parviendrait pas à relever le niveau de cette conversation. J'ai l'impression de faire partie d'une bande d'amateurs, alors que j'aurais besoin d'une bande organisée…

14

And I grew strong.
And I learned how to get along.
(I will survive)

Aujourd'hui, j'ai trente-neuf ans. Je n'ai reçu aucun message de la part de ma famille, d'un ami ou même d'un collègue de bureau. Personne n'y a pensé, à part ma salle de cinéma AMC, la Croix-Rouge et une vague copine du primaire dont je like parfois sur Instagram les aventures au Brésil, sans trop savoir pourquoi.

Aujourd'hui marque aussi l'anniversaire de la mort de mon père. Il n'a jamais été doué pour les cadeaux… Comme dans les films, je croyais que la perte d'un parent annonçait des temps meilleurs. Après la disparition de leur géniteur, Harry Potter, Luke Skywalker ou Simba avaient vu leur vie chavirer, pour laisser place à un destin de héros. Moi, le décès de mon père avait simplement renforcé l'alcoolisme de ma mère, finissant de transformer mon quotidien à la maison en enfer.

Attablé au bar de Bonnie Springs, je réfléchis. Quinze jours ont passé depuis qu'Alexa nous a révélé ses véritables intentions. J'ai intégré ce conseil de Molly : en acceptant de ne pas pouvoir tout contrôler, j'accueille avec sérénité les prochaines étapes qui m'attendent. Bonnie Springs : comme ce lieu va me manquer… Le ranch de cow-boys, construit dans les années 1840 autour d'une oasis, servait autrefois aux premiers colons pour se ravitailler au milieu du désert. De nos jours, on peut partir de là en randonnée à cheval dans le parc national de Red Rock Canyon, et oublier un instant la fureur du Strip, situé à trente minutes à peine. Dire que tout cela disparaîtra bientôt pour laisser place à un programme immobilier…

Le retard de Molly ne me surprend pas. En l'attendant, je prends 1 dollar dans mon portefeuille. J'écris mon nom dessus, puis l'accroche à l'aide d'une agrafeuse au plafond, au milieu de milliers de billets. Cette coutume locale m'amuse encore. Je cherche du regard mon précédent dollar. Il doit se trouver là, quelque part, car la seule fois où le bar les a enlevés, c'était pour les victimes du 11-Septembre.

La télé diffuse un match de football américain. Un client, tatoué du cou jusqu'au coude, m'apostrophe.

— Tu soutiens qui, mec ?

— J'en sais rien et je m'en fous un peu…

Il se cabre devant ma réponse légèrement agressive.

— Mais t'as un avis ? La majorité des gens ici pense que les Chiefs n'ont aucune chance. Je suis bien d'accord…

Je déteste ceux qui s'abritent derrière la majorité. Comme disait Coluche : « C'est pas parce qu'ils sont nombreux à avoir tort qu'ils ont raison ! » On oublie trop souvent que « le plus grand nombre » se plante régulièrement : quand il fait des paris, quand il vote, quand il rend la justice… Je tente de mettre un terme à la conversation en abordant le sujet qui fâche.

— La majorité des gens sur cette planète regarde le foot. Le vrai, celui qui se joue avec les pieds, le *soccer* comme vous l'appelez. Ça n'empêche pas les Américains de s'en foutre royalement…

— Ce n'est pas que ça ne nous intéresse pas, mec. C'est juste qu'on est mauvais. Tu te souviens de l'équipe américaine de *soccer* à la dernière Coupe du monde ? Non ? C'est normal, on n'était même pas qualifiés ! Nous, les Américains, on n'aime que les choses dans lesquelles on est les premiers. Ce n'est pas dans nos habitudes de soutenir les losers ! L'Amérique, elle est uniquement derrière les gagnants…

J'aperçois enfin Molly à travers les fenêtres du bar. Je me lève sans dire au revoir pour la rejoindre dehors, avant qu'elle ne franchisse la monumentale porte en bois.

— Pardon, je suis très en retard, j'avais rendez-vous avec un pote, s'excuse-t-elle.

— Vous êtes allés où ?

— Heart Attack Grill, dans le quartier de Downtown.

J'essaye d'imaginer ce qui l'a poussée à choisir ce restaurant pour un tête-à-tête. Le hamburger le plus calorique au monde proposé au menu (vingt-mille calories, dix fois les recommandations journalières) ? La balance à l'entrée qui permet aux clients pesant plus cent soixante kilos de ne pas payer leur repas ? Les serveuses habillées en infirmières qui frappent ceux qui n'arrivent pas à finir leurs assiettes ?

— Ne me dis pas que c'est toi qui as choisi ce lieu !

— Et qui d'autre ? Tu ne connais pas tout de moi…

— Ah bon, et qu'est-ce que je devrais savoir sur toi ?

— Maintenant que je t'ai raconté ça, je crois que tu connais tout… s'en sort-elle avec une pirouette. Toi, en revanche, tu es plein de surprises. Une balade à cheval, ce n'est pas commun comme rencard…

— Qui a décrété que c'était un rencard ?

Au milieu des paons du ranch, en liberté, nous nous dirigeons vers nos montures du jour. Molly me remercie à nouveau de l'avoir invitée. Elle a l'impression de se retrouver dans son film préféré, *Indiana Jones et la dernière croisade.* Elle récite les répliques qu'elle a apprises par cœur : « Je suis comme la poisse, j'arrive là où on ne m'attend pas » ; « le chien ? Tu t'appelles comme le chien ? » ; « seul le pénitent pourra le passer… »

Notre guide du jour, Wesley, l'aide à monter sur sa jument noire. Un mec un peu frêle, soixante-cinq ans bien tapés et une gueule cassée qui, j'en suis certain, devait mettre les femmes en nage. Il n'arrête pas de tousser et, dans son vieux mouchoir, j'aperçois des gouttelettes de sang. Lui aussi semble désespéré par la disparition de ce lieu.

— Quand la propriétaire du ranch nous a quittés, un promoteur immobilier a proposé aux héritiers

25 millions de dollars pour racheter le domaine. Comment refuser une telle somme ? Ils veulent tout raser pour construire une vingtaine de maisons pour riches… Cette ville ne sait pas sauvegarder son histoire : ici, seul l'argent compte, donc on détruit pour rebâtir par-dessus.

— Personne ne s'est mobilisé pour sauver Bonnie Springs ? s'étonne Molly.

— Si, mais ça n'a servi à rien. Je suis le prochain sur la liste. Demain, tout s'arrête pour moi : c'est mon dernier jour…

— Je suis désolée. Tu as déjà trouvé un nouveau boulot ?

Wesley tousse à nouveau, cette fois à en perdre un poumon.

— T'inquiète. Là où je vais, je n'aurai pas besoin de travailler…

Un air frais emporte sa phrase. Pendant que les chevaux avancent d'un pas lent et régulier le long des montagnes, je regarde les arbres de Josué multicentenaires, les chênes nains et les rails de train vieux de cent cinquante ans, vestiges de voyageurs qui profitaient de cette halte alors que Las Vegas n'existait même pas… Qui voudrait détruire cette beauté ? Molly a raison : l'argent déshumanise tout.

Un serpent à sonnettes traverse devant moi. Je balance un flot d'injures contre lui. Wesley intervient.

— Tu sais que tu as plus de chances de mourir tué par une guêpe ou un chien ?

— J'insulte aussi les chiens et les guêpes qui croisent mon chemin… Mais seulement s'ils ont un air inquiétant.

Rire général. Le monde pourrait s'arrêter maintenant, je n'y trouverais rien à redire.

La randonnée touche malheureusement à sa fin. Je serre un peu trop longuement la main de Wesley, en lui glissant un billet de 50 dollars en pourboire. Il plante son regard bleu sincère dans mes yeux pour me remercier. Alors qu'il s'éloigne, Molly me chuchote à l'oreille :

— Je suppose que tu ne m'as pas traînée ici juste pour la balade. On avait quand même plus urgent à faire…

— C'est lui… j'annonce.

— Qui ça, lui ?

— L'agent du NCCB qui a conçu le boîtier. C'est lui…

— Wesley ? Comment t'as fait pour le retrouver ? Bon, on s'en fout ! Vite, ne le laisse pas partir !

Nous le rejoignons au pas de course sur le parking du ranch, qui ressemble à une mer de goudron étincelante. Un peu essoufflé, je lui demande :

— Dis-moi, tu travaillais bien au Nevada Casino Control Board avant ?

Ma question ne semble pas l'étonner.

— Vous êtes en retard, mes jolis. Vous êtes les deuxièmes à venir me voir. Votre collègue Robert Ephant est déjà passé il y a quelques mois…

Molly me fixe, avec l'air du chat la gueule pleine de plumes de canari dans le dessin animé *Titi et Grosminet.* Je savais que c'était une connerie de rechercher ce type…

— Il t'a parlé du… boîtier, c'est ça ? l'interroge timidement ma partenaire.

— Décidément, tout le monde est courant ! Pas la peine de tourner autour du pot. Je vais vous dire exactement la même chose qu'à Robert. En revanche, ce n'est pas une conférence de presse, je ne prends pas de questions après, alors écoutez bien. J'ai construit ce boîtier il y a plus de vingt ans, quand j'étais agent au Board. Au début, c'était par défi : on arrivait à la fin des machines à rouleaux et au début des machines électroniques. Je voulais savoir s'il était possible de dérégler à distance le tout nouveau système de gains. Les fabricants sont tellement négligents avec la sécurité de leurs bécanes… Comme ça se faisait dans le temps, j'ai donc bossé seul, sans en parler à personne, pas même à Joel, le directeur du bureau de Vegas à l'époque. Mais plus je travaillais sur ce projet, plus je me disais qu'il y avait moyen de se faire un paquet de fric avec… Vous êtes jeunes, vous ne pouvez pas comprendre. Las Vegas était différente. La ville et les casinos n'étaient pas encore aseptisés. La triche était partout… Je venais de finaliser mon dispositif, capable de déclencher un jackpot à la demande, quand on m'a viré. Épuration du service, à la suite du scandale Ronald Harris, un de mes confrères qui trafiquait les machines à sous pour se remplir les poches. Ils m'ont donné dix minutes pour faire mon carton et quitter les locaux, avec un gars de la sécu pour surveiller que je n'emportais rien. Le boîtier est resté derrière moi. Sans les outils du Board pour en construire un nouveau, et voyant Ronald prendre le chemin de la prison, j'ai préféré me mettre au vert et oublier cette histoire…

Je sors l'appareil de ma poche.

— Je l'ai un peu modifié, lui explique Molly.

Wesley saisit délicatement le boîtier dans sa main tremblotante.

— Je n'étais pas mauvais quand même… Voilà, je vous ai tout dit. Je ne sais rien d'autre et je veux qu'on me laisse tranquille, avec mon passé et mon cancer des poumons. Les médecins m'ont donné deux mois, il y a trois mois de cela. Avec cette saloperie, mieux vaut jamais que tard…

Une quinte de toux l'empêche de terminer sa phrase. Il me confie le boîtier, puis s'éloigne vers sa voiture, sans se retourner. Je n'ai aucun doute sur le fait que je le regarde pour la dernière fois. Wesley et Bonnie Springs Ranch, unis dans une inéluctable disparition. L'émotion fait glisser un frisson sur mes avant-bras. Mon iPhone sonne : c'est Scott, à la maison de retraite. Je décroche. Ma mère vient de mourir. La nouvelle me cogne sur place. Encore et encore, inlassablement, comme un mur que je percuterais à l'infini. Je sais que je devrais être triste, que je devrais sangloter, crier, m'effondrer, mais je ne ressens rien. Pire : le soulagement remplace peu à peu le vide qui m'habitait.

— Je suis désolée F., tente de me consoler Molly. Si je peux faire quelque chose…

— Non, ça va, ne t'inquiète pas.

— Vous étiez fâchés avec ta maman ? Quand tu es allé la voir, j'ai senti comme un malaise…

— Tout ça, c'est de la faute de mon père !

Pour Molly, j'accepte de me replonger dans des souvenirs aussi lointains que le bruit d'un modem RTC 56K.

Les parents qui jurent ne pas préférer l'un de leurs enfants sont des menteurs. Mon père et ma mère avaient leur tiercé gagnant : à la première place, mon frère Julien (l'aîné), suivi par ma sœur Laura (un an de moins) et, très loin derrière, tout en bas de l'échelle, ma petite personne. Parfois, je me demandais si je ne passais pas après le chien.

Pourtant, je ne ménageais pas mes efforts pour grimper dans le classement. Ma vie était ainsi régie par ce que je pensais que mes parents voulaient de moi : des bonnes notes à l'école, un comportement exemplaire, des attentions quotidiennes... Mais quoi que je fasse, cela ne suffisait jamais.

Quand on recevait nos chocolats pour Noël, je les épargnais l'un après l'autre, afin d'épater mon père par mes talents de gestionnaire. Julien, lui, les avalait tous en une fois, sous les bravos de ma mère. À vous désespérer un gosse.

J'en étais arrivé à un point où je jalousais mon frère autant que je le détestais. Nous n'avions rien en commun : il était beau, sportif, casse-cou, musclé, arrogant, sociable, sensible. Tout mon contraire. Nos fréquentes disputes se finissaient invariablement par ce dialogue. Je lui criais : « Tu sais, il n'y a pas que toi qui compte dans cette maison ! », ce à quoi il répondait : « Ce n'est pas ce que dit maman... » Jeu, set et match.

J'ai mis du temps à comprendre que Julien était homosexuel. Peut-être parce qu'il s'entourait toujours des plus jolies filles de Dreux. Malheureusement pour lui, il avait atterri dans la mauvaise famille, dans la mauvaise ville, à la mauvaise époque. Je me souviens qu'un dimanche, notre voisin avait fait irruption au fond du jardin, furibond, en menaçant notre berger allemand.

— Votre chien est pédé ! avait-il accusé. Il n'arrête pas de monter Rex, mon cocker mâle, comme s'il voulait le sodomiser !

Mon père ne s'était pas laissé démonter.

— Ah non, c'est impossible, il n'y a pas de ça chez nous ! Pas de pédés sous mon toit !

Ce à quoi ma mère avait ajouté :

— D'un autre côté, si vous ne mettiez pas à Rex un collier rose… Quand on est un garçon, on ne s'habille pas en fille !

Ça m'avait fait beaucoup rire. Après tout, c'était la province, les années 90 et j'étais un gamin. L'homosexualité, pour moi, ça n'existait pas vraiment. Bien sûr, j'en avais entendu parler, mais cela restait quelque chose d'abstrait, inventé dans *La cage aux folles* pour amuser les gens. On écoutait Mylène Farmer, mais chez nous, petits provinciaux, personne ne savait ce qu'était une icône gay.

Comme tous les frères, on se battait. Souvent. Les insultes fusaient : sale pédé, tafiole, tapette, espèce de tarlouze, sans se rendre compte que ces mots visaient juste. Sauf qu'un jour, j'ai compris. J'avais douze ans, Julien seize. Nous nous trouvions à la piscine municipale de Dreux. J'avais exceptionnellement accepté de l'accompagner à un entraînement de natation. Dans les gradins, son fan-club féminin ne ratait rien de son corps dessiné au pinceau.

C'est là que j'ai deviné qu'il n'était pas comme les autres. Il n'arrêtait pas de dévisager un garçon aux cheveux bouclés et au torse à peine développé. Mais mon frère ne l'examinait pas avec un regard normal, fade, insignifiant : il scrutait ce garçon avec envie, jamais trop longtemps de peur qu'on le remarque. Mais moi, j'avais vu. Ce garçon, il le désirait plus que tout sur terre.

En rentrant à la maison, j'avais profité de son absence pour fouiller dans sa chambre. J'y avais trouvé, caché sous le matelas, des magazines érotiques mettant en scène des hommes. Au début, il avait nié : il n'éprouvait que de l'admiration pour ces beaux mecs. Il espérait être comme eux, leur ressembler. Il n'y avait aucun attrait physique. Mais devant mon insistance, il avait craqué : oui, il pensait qu'il était homosexuel. Oui, cela lui était insupportable. Cette attirance pour les hommes vivait en lui et grandissait, telle une tumeur. Cela devait rester un secret. Notre secret.

Je lui en avais voulu. Lui, le fils préféré, il n'avait pas le droit. Il ne pouvait pas décevoir nos parents. Je refusais de déboulonner cette statue que j'avais moi-même placée sur son socle. Au milieu de notre dispute, dans un excès de rage, il s'était emparé d'un cutter sur son bureau et m'avait entaillé le bras gauche, y laissant une cicatrice indélébile.

Un mois plus tard, lors d'un vol en parapente avec ma sœur, il s'était écrasé contre une montagne. Julien avait péri sur le coup, Laura l'avait suivi quelques heures après, dans l'ambulance. Les experts avaient parlé d'une rafale soudaine, impossible à prédire. Mais moi, je n'y croyais pas : Julien portait la honte sur son visage et ne s'exprimait plus depuis des semaines… Mes parents ne se sont jamais remis de la disparition de leurs deux enfants préférés. Après cela, je suis devenu un souvenir vivant, insupportable, haïssable, qui leur rappelait chaque jour leurs peines. Leurs regards ne mentaient pas : « Pourquoi, toi, es-tu encore là ? Pourquoi n'es-tu pas mort à leur place ? »

Alors que j'apprenais à aimer mon frère pour qui il était vraiment, avec ses imperfections, mon père, bientôt imité par ma mère, avait commencé à boire. Un alcool triste, violent, imprévisible tel le vent, qui déchire un couple comme des éclairs un ciel d'été.

Après leur divorce, les voisins avaient retrouvé le corps sans vie de papa le jour de mon anniversaire, la photo de Julien dans la main. Le reste de mon adolescence s'était résumé à un face-à-face dangereux entre ma mère, brisée, et moi, tentant de recoller les morceaux.

Molly me prend dans ses bras. Elle me serre au dernier point. Je sanglote. Je ne sais pas pourquoi. Comme si une douleur emprisonnée en moi voyait enfin la lumière. Un chapitre de ma vie vient de se refermer.

Quatre jours plus tard, pour notre ultime tête-à-tête, je choisis une cérémonie sobre pour maman : crémation, puis dispersion de ses cendres dans le désert de Mojave. Je veux l'assécher, retirer chaque goutte de liquide de son être. Ce ne sont pas ses dernières volontés. Ce sont les miennes. De toute façon, les enterrements ont été inventés pour ceux qui restent : on verse une larme parce qu'on se rend compte de la vacuité de la vie, de son injustice, et surtout de son effarante brièveté. On pleure sur nos propres peurs, tels des aveugles qui ouvrent pour la première fois les yeux sur le fil mortel du temps qui se déroule à une vitesse terrifiante. Alors, les désirs d'une disparue, pourquoi s'en soucier ? La vibration de mon téléphone me fait tressaillir. Molly :

— Je sais que ce n'est pas le bon moment, mais on a besoin de toi.

— Un problème ?

— De conscience… Ramène-toi dès que tu peux.

Sur le chemin de la maison de retraite de Boulder City, je m'arrête chez Shake Shack, afin de commander à déjeuner pour notre petite troupe : un Shroom Burger végétarien aux champignons pour Molly et moi ; un double Shackburger pour Scott ; et le classique de ce fast-food : un hot-dog pour Dorothy. *Dang* ! Ils n'ont pas mis les pailles. J'ai oublié qu'il fallait les demander expressément maintenant. Je veux bien sauver la planète, empêcher que les tortues finissent avec des trucs dans le nez, mais il faut bien reconnaître qu'on ne fait pas mieux que ces fabuleux tuyaux en plastique pour ne pas se briser une dent sur les glaçons. Et qu'on ne me parle pas des pailles en papier qui terminent en lambeaux au fond du gobelet, c'est dégueulasse, on dirait de la laitance !

Je retrouve Molly, Dorothy et Scott dans le réfectoire coloré de l'hospice. Ils semblent bouder, chacun recroquevillé dans son coin. Je lance un « Bonjour ! » général et plein d'entrain. Silence de mort (façon de parler).

Je place alors les sacs remplis de nourriture au milieu de la pièce. L'appât fonctionne et, en quelques secondes, ils sont obligés de sortir de leurs tranchées. Dorothy ne lève pas la tête de son téléphone : elle joue à *Candy Crush*, dont elle a atteint le niveau six cent douze en seulement un mois. Je la complimente.

— Tu es forte pour dégommer les boules…

— Je triche : j'ai trouvé un logiciel sur Internet qui permet de récupérer des vies supplémentaires, gratuitement.

— Ce n'est pas bien, ça !

— Je tremble, monsieur l'agent… Tu vas me passer les menottes ?

Je poursuis mon travail de brise-glace.

— Pourquoi ces têtes d'enterrement ? Parce que moi, j'en sors d'un…

— Scott refuse de continuer, maugrée Dorothy, sans quitter son Samsung des yeux.

— Ne twiste pas mes mots, s'énerve Scott. Je ne refuse pas de continuer. Je me pose des questions à propos de ce qu'on veut faire…

— À propos de ce qu'on ne veut pas faire plutôt, non ? demande Dorothy en souriant, parce qu'elle vient de faire exploser une boule à facettes dans *Candy Crush*.

— Ça suffit ! je tranche. Expliquez-moi ce qui se passe.

Dorothy raconte. Trois semaines auparavant, pour que les pensionnaires ne se doutent de rien, Scott avait imposé l'ancienne reine des planches en tant que nouvelle psychologue de l'hospice. Comme prévu, elle avait alors commencé son travail de conditionnement.

L'annonce d'un voyage organisé à travers le Nevada avait rencontré un grand succès : plus de soixante retraités y avaient répondu positivement, sans connaître nos réelles motivations. Dorothy n'avait gardé que les vingt plus en forme physiquement, et surtout réceptifs à ses méthodes de manipulation.

Elle avait pour cela testé leurs réactions par rapport à l'autorité. Face à une infirmière abusive, une facture injustifiée ou un agent de sécurité colérique, la plupart des personnes âgées n'osaient rien dire, ce qui était bon signe pour nous.

Après de multiples consultations dans son vrai-faux cabinet de psy, agrémentées d'un peu d'hypnose, toutes les digues morales des vieux avaient cédé. Il était temps de leur révéler le but véritable de leur escapade.

Blouse blanche et lunettes de vue sur le nez (une manière, selon elle, de prendre l'ascendant sur eux, en marquant visuellement son autorité d'expert), Dorothy avait expliqué notre plan, en veillant à occulter certains détails : nous avions trouvé le moyen de gagner à tous les coups aux machines à sous, à condition de ne pas dépasser une limite de 1 200 dollars par appareil. Nous étions prêts à partager avec eux cet extraordinaire secret… à condition qu'ils nous aident, en jouant à notre place.

Était-ce parce que la mort faisait déjà partie de leur vie ? Ou parce que personne ne repousse la chance d'un ultime frisson, avant le rien ? Ou tout simplement parce qu'on ne refuse pas grand-chose à Dorothy ? En tout cas, ils avaient adoré notre proposition, payée 1 million de dollars chacun. Beaucoup d'argent facilite aussi la prise de décision.

Afin de les entraîner à leur future activité, nous avions fait livrer quelques bandits manchots dans la salle de repos commune. La mentaliste-hypnotiseuse avait instauré une règle : un gâteau après une heure passée sur une machine. Le sucre, cette drogue plus dure encore que la cocaïne et qui, après un certain âge, constitue votre unique orgasme quotidien… Mais à présent, à quelques jours du grand départ, le « docteur Mengele de Vegas » butait sur un mur…

— Alexa a légèrement modifié son plan, me prévient Dorothy. Mais Scott a des doutes…

— Je ne trouve pas ça léger comme changement et surtout pas très éthique ! rétorque-t-il.

— Et les millions qu'on risque de perdre, c'est éthique peut-être ? gronde-t-elle. Si on n'obtempère pas, Alexa menace de nous remplacer. Alors, arrête avec tes indignations à géométrie variable. Tu te crois meilleur que nous, avec tes films de boules ?

— Je ne fais que louer ma maison de retraite, s'offusque-t-il, touché au vif. Et quand bien même, tout le monde est consentant !

— Oh tu sais, je suis née dans les sixties. À l'époque, le consentement…

— Stop ! C'est quoi, le nouveau plan d'Alexa ?

— Un du genre qu'on exécute sans trop se poser de questions morales, parce qu'il va nous rapporter 20 millions de dollars en plus ! rugit Dorothy.

Elle se retourne vers moi pour finir sa phrase, plus calmement.

— Alexa exige qu'on réduise la part des retraités.

— Je vois… Au niveau du partage du gâteau, elle propose qu'on leur laisse quoi ?

— Même pas les miettes. Zéro. Nib. Rien. Que dalle. On ne leur file pas un dollar. Et on ne dit rien jusqu'à ce qu'il soit trop tard.

— Ah ouais ? je lâche trop fort, sans pouvoir masquer mon étonnement. On arnaque les casinos, et en plus ces petits vieux ? je me ressaisis, en chuchotant.

— Non négociable.

Je vois Molly, qui fait claquer nerveusement ses ongles tout en regardant dans le vide ses New Balance grises. Nos atermoiements paraissent l'inquiéter. Elle n'ose rien dire. Je prends la parole.

— Je crois que depuis le début de cette mésaventure, nous avons tous accepté quelques entorses à nos principes. Il y a encore quelques mois, je n'aurais pas imaginé me transformer en pirate des casinos. Savez-vous pourquoi je l'ai accepté ? Parce que je n'oublie jamais que nous jouons nos vies ici. À la moindre erreur, nous finirons sans exception dans un pénitencier de haute sécurité. Alexa détient des preuves contre chacun de nous. Elle nous enregistre probablement en ce moment ! Je comprends tes doutes, Scott. Mais nous n'avons pas d'autre solution que d'aller au bout, en suivant les instructions… Rien ni personne n'est jamais parfait dans la vie. Libre à toi de partager ta part avec qui tu veux à la fin. Dans l'intervalle, serrons-nous les coudes, je vous en conjure.

Scott ne cache pas son mécontentement.

— Bien sûr ! Et naturellement, je devrais être le seul couillon à partager, pendant que vous… Vous semblez l'oublier, mais après tout ça, j'avais l'intention de reprendre mon job à la maison de retraite, de donner le change quelques mois, avant de vendre et de m'enfuir loin, comme vous. Je fais comment si on plume mes pensionnaires ? Et eux, vous y pensez ? Vous me demandez de tout abandonner, sans me retourner, sans rien avoir anticipé. Ce n'est pas juste !

— Si être juste, c'était facile, ça se saurait, le tacle Dorothy. Débrouille-toi dans ton coin, moi, personne ne touche à ma part, qui vient à l'instant d'augmenter… laissez-moi calculer… de 4 millions de dollars !

Quinze minutes de négociations, et le responsable de la maison de retraite finit par se ranger à mes arguments. Je prie pour que, contrairement à ce que pense Molly, le karma ne soit pas une *bitch*.

Le soir même, afin de m'aérer la tête, ma collègue décide de me faire découvrir un nouveau bar de Vegas, situé à quelques pas de l'aéroport international. Le quartier m'apparaît tellement malfamé que je la rejoins en Uber, pour ne pas avoir à laisser ma belle Mercedes garée dehors.

À l'entrée, l'agent de sécurité me flatte en exigeant de voir mon permis de conduire, pour vérifier mon âge. Son « Je suis obligé de faire ça pour tout le monde… » fracasse mon petit enthousiasme. Je passe un rideau de perles mauves et retrouve Molly, déjà attablée dans le minuscule endroit.

— Je te commande un lait fraise ? se moque-t-elle.

— Un Coca pas light, je me sens d'humeur festive ce soir !

Une main glisse le long de mon dos. Je me retourne aussi sec : une drag-queen bien en chair, perruque noire, body bleu électrique et chaussettes jaune fluo, danse sur *Believe* de Cher. Avec ses doigts, elle dessine un cœur dans ma direction. Je lui rends un sourire, gêné tel un chien qu'on regarde en train de déféquer. Au refrain, elle réalise une pirouette sur elle-même avant de s'élancer dans les airs et réussir un grand écart. Elle est parvenue à ne pas écraser ses testicules au sol, ce qui demeure un mystère pour moi.

Je me penche vers Molly, mais elle discute avec une armoire à glace humaine dont les mollets dépassent la circonférence de mon buste. Je comprends qu'elle cherche à se procurer de la cocaïne.

— Il me propose de m'en vendre chez lui, hurle ma partenaire dans mes oreilles, à cause de la musique trop forte. C'est juste à côté. Tu veux venir avec nous ?

— Bien sûr que je viens avec vous ! Je ne vais pas te laisser seule avec ce mec ! je crie encore plus fort.

— Les grandes filles comme moi savent se défendre…

Avec ses airs de motel de squatters, l'immeuble du dealer ne m'inspire pas confiance. La moitié des portes d'entrée des appartements semblent aussi défoncées que les habitants. Une odeur d'urine insoutenable me pique les yeux : je retiens ma respiration, évite de justesse une substance visqueuse avant de pénétrer en dernier dans l'Unit 2C du bâtiment.

À l'intérieur, cinq hommes, tous Afro-Américains, fument une énorme pipe en verre, avachis dans un canapé en cuir. Je serre le bras de Molly afin qu'elle comprenne que nous devrions faire demi-tour, mais elle refuse et me fait signe de ne pas paniquer.

L'un des occupants se redresse, dépose sur la table basse une poussière blanche et commence à l'aspirer à l'aide d'un billet de 1 dollar roulé en forme de paille.

— Il n'existe pas mieux pour sniffer, nous informe l'homme qui répond au nom de Terrell. Les billets de 100 ou de 50 contiennent déjà tellement de cocaïne que lorsque je les utilise, je sens un mélange bizarre. Si tu n'as pas envie de contaminer ta poudre, le 1 dollar, c'est la crème de la crème.

Terrell connaît son business : si, effectivement, tous les billets en circulation aux États-Unis renferment des traces de drogue dans leurs fibres, ceux de 1 dollar sont les moins atteints. Mais de là à sentir la différence…

— Vous voulez de la coke ? nous demande-t-il subitement. Tenez, servez-vous !

— Attends, mec, je n'achète pas sans tester avant ! réplique Molly.

Elle ouvre le sac que Terrell a jeté sur la table, goûte, réfléchit puis s'écrie :

— C'est du crack ! Vous essayez de me refiler de la merde !

— Sale pute, tu te prends pour qui à venir m'insulter avec ton mac ? réagit Terrell.

— Alors je ne suis pas son mac… je tente de corriger.

— Ta gueule, le vieux ! hurle Terrell.

Je dis à Molly sans desserrer les dents :

— On s'en fout. Si ces messieurs affirment qu'il s'agit de cocaïne, cela doit en être…

— Mais non, c'est du crack, je m'y connais ! me crie-t-elle tout haut en guise de réponse. Je ne veux pas du crack, je veux de la cocaïne !

— Hé, *white trash*, tu cherches à mourir ou quoi ? avertit Terrell.

Je lance quelques dollars sur la table dans l'espoir de faire descendre les tensions. Avant d'avoir le temps de comprendre ce qu'il nous arrive, je me retrouve à quatre pattes dans le couloir, les deux mains plantées dans une matière gluante non identifiée.

Molly a toujours aimé se frotter au danger, persuadée qu'elle peut le dompter tel le joueur de flûte de Hamelin. Ce soir, elle avait mille autres manières à sa disposition pour se procurer de la drogue. Mais comme le héros du conte des frères Grimm, elle semble convaincue, à chaque fois, de pouvoir trouver la bonne musique et charmer ainsi n'importe quel coup du sort.

— Ça s'est bien terminé finalement…

— Ben non, je n'ai pas ma cocaïne, moi ! bougonne Molly. Et je ne sais plus où j'ai garé ma voiture non plus.

Je n'ai plus l'âge de mener la vie d'un joueur de flûte…

Sans avoir pris le temps de dormir, nous rejoignons Dorothy et Scott à la maison de retraite. Alors qu'à cet horaire indécent, j'aspire à un peu de tranquillité, nous surprenons Dorothy, la tête dans l'une des machines à sous de la salle de repos, en train de bricoler.

— C'est juste un problème d'alimentation, nous rassure-t-elle en nous apercevant. La bonne nouvelle, c'est que l'EPROM n'a pas été touchée sinon, ça nous aurait coûté cher en réparation. Heureusement que sur Amazon, ils avaient la pièce détachée…

Je m'étonne de ses connaissances techniques. Elle referme la machine d'un geste vif et change de sujet.

— Dire qu'on doit encore attendre trois jours avant de partir ! se lamente-t-elle. J'ai hâte qu'on déguerpisse de ce lieu qui sent la mort. Vous avez trouvé une solution avec vos boulots ? Scott a engagé un remplaçant et moi, j'ai démissionné de chez Jeep. Et toi, F. ?

— Le Board doit valider notre mois d'absence aujourd'hui. Mais je ne suis pas vraiment inquiet…

— Dick travaille toujours là-bas ?

— Comment tu le connais ?

— J'en ai déroulé du câble dans cette ville, *sweety*. Je couchais avec Joel, l'ancien patron du NCCB à l'époque où, quand tu pressais le nez de Dick, du lait en coulait. Joel m'a tout appris sur les machines à sous…

— Dire que se dresse devant moi la mémoire vivante de Las Vegas ! je la charrie. À propos de mémoire, comment vont nos sympathiques retraités ?

— Aussi innocents, confiants et crédules que des nouveau-nés…

— Tu crois qu'ils se doutent de quelque chose ?

— Tu les estimes assez intelligents ?

— Quelle horrible personne tu es.

— Pas de jugement, le petit Frenchy. Parce que je vais t'expliquer quelque chose : ils pensent que je suis leur psy. Ils m'ont livré tous leurs secrets, les plus futiles comme les plus sombres. Ils me mangent dans la main. Sans moi, tu les perds. Alors, un peu de respect. Et surtout de reconnaissance.

Dorothy a instauré, entre elle et moi, un équilibre de la terreur. Nous vivons constamment sous la menace d'une destruction mutuelle assurée. Mais je ne me sens pas trahi. Pour cela, il aurait d'abord fallu que je lui fasse confiance…

15

Just a slob like one of us.
Just a stranger on the bus.
(One of us)

Il paraît que les personnes âgées ne transpirent pas. C'est rassurant : me retrouver enfermé dans un autocar pendant des heures, en compagnie de vieillards, me soulève déjà l'estomac. Ce premier jour d'octobre s'annonce mortel, avec trente degrés prévus et pas un nuage pour offrir un semblant de répit. L'humidité de l'aube a dessiné des perles sur les yuccas. Je m'essuie le bas du dos avec un mouchoir en papier et renifle mes aisselles : à sept heures du matin, je pue.

Alexa a loué, pour nous, deux minibus Starcraft AllStar option fauteuils roulants : un blanc et un noir. Je croise mon reflet dans l'une de leurs grandes fenêtres et constate, sans émotion, la présence de quelques cheveux gris. Je les mets plus sur le compte du stress que de l'âge.

Les premiers retraités embarquent. Scott, Dorothy et Molly les aident à charger leurs valises dans les soutes des véhicules.

— Et ça, je peux l'emporter avec moi ? demande Wilbur, quatre-vingt-un ans, persuadé de devoir se plier aux consignes de sécurité d'un aéroport. Et ma tablette, je la mets où ? Est-ce que je peux garder ma ceinture ? Et ma hanche, elle va sonner, ma hanche ?

Molly lui explique avec flegme la situation, avant de calmer mon couple préféré, Susan et Michael. À cinq ans (l'âge auquel j'échangeais avec les filles de ma classe des bonbons contre le droit de les ausculter), ces deux-là s'étaient juré amour et fidélité. Ils n'avaient jamais brisé leur promesse et, presque un siècle plus tard, ils se chérissaient encore comme au premier regard. Je les observe en train de se traiter de tous les noms : s'ils ne peuvent pas vivre deux minutes loin l'un de l'autre, ils ne peuvent pas non plus passer un instant sans s'engueuler. L'objet de la dispute ce matin : Michael a oublié de baisser la lunette des toilettes. Les femmes se trompent de combat : comme ma mère, elles devraient se battre pour que les hommes pissent assis.

À côté, Abbott, quatre-vingt-un ans (que j'affuble du sobriquet d' « Abu », le singe d'*Aladdin,* car il est un peu kleptomane), tente de forcer l'ouverture de la soute arrière de l'autocar noir. Dorothy l'arrête froidement : cet espace contient le coffre, protégé par un code connu seulement d'Alexa, dans lequel nous déposerons à travers une fente tous les gains en liquide. Nous ne pourrons y accéder que le dernier jour, lors du partage final.

Je fonde à présent tous mes espoirs sur ce plan. La réponse du Nevada Casino Control Board a été lapidaire : refus du congé sans solde et viré comme un malpropre pour absences répétées. Ils n'auront jamais eu d'estime pour l'agent que j'étais. Molly a eu plus de chance. Dick a validé ses vacances sans sourciller. L'injustice du bonnet 90E.

J'attends que mes trois partenaires prennent place dans le véhicule blanc, avec Scott au volant. Je grimpe dans celui de couleur noire et m'installe dans le siège du conducteur. Derrière moi, José, un latino de soixante-dix-neuf ans, chantonne en regardant les photos de famille plastifiées de son portefeuille. Frères, enfants, petits-enfants, tous travaillent dans le bâtiment. Probablement des immigrés du Mexique qui se passent, de génération en génération, cette vocation pour construire le pays à notre place. Je m'exclame : « C'est parti José ! » en appuyant un peu trop fort sur l'accélérateur.

Alors que nous croisons le Las Vegas Sign qui marque l'entrée sud du Strip, je me replonge mentalement dans la carte de nos trajets. Nous n'épargnerons aucune ville du Nevada : Reno, Carson City, Tonopah, Elko, Mesquite, Ely, Fernley. Nous rendrons même visite aux mille habitants de la bien nommée Caliente. À vrai dire, notre terrain de chasse me semble infini. Au Nevada, on trouve des machines à sous partout : dans les casinos bien sûr, mais aussi dans les bars, les pharmacies, les animaleries, les bureaux de tabac, les loueurs de voitures… Une vie ne suffirait pas pour toutes les essayer.

José se lève pour changer de station sur l'autoradio. La programmation musicale provoque en moi la même sensation que le crissement de la craie sur un tableau : *Too Shy* de Kajagoogoo, *Two of Hearts* de Stacey Q, *Take on Me* de A-ha… J'interviens.

— Tu peux mettre autre chose comme chanson ? Je vomis les années 80 !

— Alors, on ne va pas s'entendre : j'avais quarante piges dans les années 80 et j'en garde un souvenir incroyable. Ma décennie pré-fé-rée ! Aucun rapport avec la bouse des années 90 qui a suivi…

Sa remarque transperce mon orgueil. La blessure narcissique fait naître en moi une rancœur extrême. Au fond, je sais qu'il a raison. Mais je ne laisserai personne attaquer mon adolescence.

— Au Mexique peut-être, José. Mais pas ici.

— Tu veux parier ? ricane-t-il. On n'a qu'à demander aux autres passagers de nous départager. Je te propose un jeu : sur un même thème, chacun notre tour, on choisit une icône issue de notre décennie et le bus décide laquelle il préfère.

— Tu n'as aucune chance !

Rapidement, je comprends pourtant que je vais perdre. Madonna contre Britney Spears ; *Le Cosby Show* contre *Le Prince de Bel-Air* ; *L'empire contre-attaque* contre *La Menace fantôme* ; Brooke Shields contre Cindy Crawford ; Ronald Reagan contre Bill Clinton ; Guns N'Roses contre Nirvana ; Sylvester Stallone contre Steven Seagal… Les années 80 écrasent à plate couture les années 90. Un appel de Dorothy empêche mon humiliation totale.

— Je peux monter avec vous ? me supplie-t-elle. Ils beuglent des chants bibliques dans mon bus. Je vais commettre un massacre.

— Tu aimes les années 90 ?

— Je ne vois pas le rapport.

— Parce qu'ici, c'est ma religion.

Je me tourne vers José, en lui souriant hypocritement. Vieux con !

Après cinquante minutes de route, notre premier arrêt nous conduit à Moapa, dans un casino local tenu par des Indiens. Au loin, les montagnes rocailleuses et dépouillées de la Valley of Fire nous contemplent.

— On pourra aller visiter le parc national après ? me demande Gary, d'une voix craintive. J'ai toujours rêvé d'admirer les pétroglyphes amérindiens. Certains ont plus de trois mille ans !

— Peut-être... je dis, mentant comme à un enfant.

Je nourris beaucoup d'affection pour Gary, ce veuf de quatre-vingt-cinq ans qui a décidé de faire de sa vie un euphémisme. Le genre à vous annoncer : « Je suis un peu triste... », alors qu'il pense : « Je suis anéanti... » Avec ses tenues en velours clair, ses cheveux clairsemés qu'on devine blonds et ses yeux bleus pétillants, on a envie de le serrer dans ses bras tel un bébé Yoda.

J'ouvre les portes du bus pour laisser descendre mes passagers. Notre escouade a fière allure, avec ses vingt personnes âgées motivées et brainwashées. Je les imagine comme des criquets, prêts à prendre leur envol avant de s'abattre sur un champ et tout dévorer.

Très vite, le génie du plan d'Alexa m'apparaît dans toute sa magnificence : à l'intérieur du casino, les retraités passent inaperçus et respectent nos règles à la lettre.

Un premier clic sur le boitier, c'est le signal pour qu'ils se mettent à jouer avec le billet de 1 dollar donné à chacun. Dès 1 199 dollars de gain, ils arrêtent tout et retirent leur argent en liquide. Nouveau clic : la machine à sous retrouve son état normal, ni vu, ni connu.

J'ai l'impression de participer à une épreuve du *Juste Prix*, où il ne faut jamais dépasser le seuil fatidique. Le choix et la gestion des machines à piller demandent d'ailleurs la concentration d'un trader haute fréquence. Je respire si vite et fort que je crois que ma tête va exploser sous la pression.

Dehors, au calme, notre club du troisième âge nous confie ensuite, comme escompté, les billets de banque empochés. S'ils savaient qu'ils n'en verront jamais la couleur… Anxieuse, Dorothy surveille méticuleusement chaque dépôt d'espèces dans l'ouverture inviolable du coffre du bus noir.

— Je n'ai jamais rencontré d'amour plus sincère que l'amour de l'argent, me jure l'hypnotiseuse.

— Combien penses-tu qu'on a amassé en une heure ?

— Je dirais un peu moins de 250 000 dollars. Ça fait beaucoup de monnaie…

Ça fait beaucoup tout court…

Pour fêter ce premier succès, nous décidons de nous arrêter déjeuner dans un restaurant du coin. Au milieu du désert, ses propriétaires ont opté pour une thématique originale : les pirates. Rien ne manque : les pavillons ornés d'une tête de mort, le bateau à voiles sur le mur à côté de la barre du navire, la carte au trésor géante, le panneau « A pirate's life for me », et même une cellule de prison avec un squelette en plastique dedans.

Nous nous installons à l'une des tables en bois et commençons à parcourir le menu.

— J'ai envie de bœuf ce midi ! s'écrie Dorothy.

Une serveuse s'approche de nous, la mine contrite, comme si elle venait annoncer un licenciement massif à un groupe d'ouvriers du textile.

— Je tenais juste à vous informer que nous sommes à court de poisson aujourd'hui...

— Mince ! râle Dorothy. J'aurais bien pris du saumon !

— Mais il y a deux secondes, tu réclamais de la viande... je m'étonne.

— J'ai changé d'avis !

Pourquoi, dans un restaurant, quand le serveur nous apprend qu'un plat de la carte n'est plus disponible, nous nous mettons à le vouloir plus que tout au monde ? Pourquoi les choses qu'on ne peut plus avoir nous paraissent-elles subitement si désirables ? Pourquoi court-on toujours après ce qui vient de nous échapper ? Si seule l'absence permet de se rendre compte que quelque chose vous manque réellement, l'humanité est foutue. Je préfère me dire que ce comportement résulte d'un fort esprit de contradiction...

Molly semble avoir compris ce à quoi je pensais.

— Arrête, laisse-la tranquille... Accompagne-moi plutôt fumer une clope.

Dehors, nous nous abritons sous un palmier décharné.

— Tu vas me prendre pour un fou, Molly. Mais j'ai cette idée un peu bizarre qui me trottine dans la tête depuis un moment…

— Tu veux te taper Dorothy ?

— Pas exactement… Et si c'était elle, Alexa ?

— Dorothy qui se cache derrière cette voix mystérieuse ? N'importe quoi !

— Pas tant que ça : elle est au courant du fonctionnement du Board, elle sait comment marchent les machines à sous, c'est la reine de la manipulation mentale, elle est obsédée par le fric, elle commande sur Amazon…

— Elle commande sur Amazon ? C'est ça, le résultat de ton enquête ? Dans ce cas, on est tous suspects parce que le pays entier achète en ligne !

— Cette femme nous cache quelque chose. Mon intuition me trompe rarement. Et question mystère, je suis imbattable : j'ai vu tous les épisodes d'*Arabesque*…

— C'est rassurant lorsqu'on connaît la réalité de la série…

— De quoi parles-tu ?

— On le sait bien : la vieille Jessica Fletcher est en fait un serial killer qui utilise son métier de romancière comme couverture pour trucider tout le monde. Je t'explique : dès qu'elle se rend quelque part, un mec meurt. Sa ville, Cabot Cove, c'est quand même l'endroit le plus dangereux sur terre ! Et curieusement, grâce à tous ces homicides qui croisent « par hasard » son chemin, elle peut écrire des livres et se faire un tas de pognon avec. Crois-moi, Jessica Fletcher est une psychopathe qui étrangle, empoisonne et poignarde aussi vite qu'elle tape ses aventures à la machine…

— Encore un complot d'Hollywood ! je plaisante à moitié. Mais je vais garder un œil sur Dorothy quand même !

La nuit tombe rapidement en cette saison. Elle annonce la fin de notre première journée. À la suite de notre passage dans quatre villes de l'est du Nevada et une dizaine d'établissements, nous avons engrangé environ 2 millions de dollars. Nous faisons halte dans un motel bas de gamme, réservé et payé par Alexa. Après avoir couché et enfermé les vieillards dans leurs chambres, nous nous retrouvons autour d'une cheminée extérieure au bois.

Je me pose afin d'admirer les particules embrasées qui tourbillonnent au-dessus des flammes. Dorothy a bu. Elle parle fort.

— Les gens sont tellement naïfs. Regardez-nous : personne ne soupçonne ces vieux schnocks. Un coup de maître ! Parce que 2 millions en petites coupures en une journée, ça se repère quand même !

Je lui demande de baisser d'un ton. Elle fait mine de ne pas m'entendre. Scott récupère la conversation au vol.

— Je ne sais pas qui se dissimule derrière la voix d'Alexa, mais elle a tout compris aux États-Unis. Dans ce pays, quinze millions de personnes considèrent que la Terre est plate. Douze millions croient qu'on est dirigés par des reptiles déguisés en bonshommes, comme dans la série *V*. Presque la moitié pense que Ben Laden n'a pas commis les attaques du 11-Septembre. Dorothy a raison : les gens sont prêts à gober n'importe quoi…

— Il y a quand même beaucoup de zones d'ombre dans les événements du…

Molly me coupe, en me faisant comprendre de ne pas entrer dans ce débat. La mentaliste se réfugie alors sur son smartphone. Je l'observe acheter sur Amazon un coussin de voyage pour le cou.

— C'est génial ce site, s'extasie-t-elle. Je commande tout dessus. Ma bouffe, mes livres, mes fringues… Bien sûr, avant, on faisait les courses à ma place. On me respectait, j'avais de l'argent…

Je regarde Molly d'un air supérieur, du style : tu vois, c'est louche. Elle bat des yeux en retour, puis me demande discrètement :

— Tu sais pourquoi Dorothy a perdu son show ?

— Pas la moindre idée.

— J'ai vérifié auprès d'un ami qui travaillait au Golden Nugget. Après des études de psychiatrie, elle s'est tournée vers le spectacle. C'est là qu'elle a pris son nom de scène, The Flamingo, en hommage à ses longues jambes. Malheureusement, le succès des débuts s'est rapidement émoussé. Alors, en utilisant ses pouvoirs de mentaliste et d'hypnotiseuse, elle a commencé à arnaquer ses spectateurs les plus influençables. Un riche industriel lui avait ainsi légué 100 000 dollars. Mais comme d'habitude avec les escrocs, elle n'a pas su s'arrêter à temps. Quand le casino a compris ses magouilles, ils ont transigé à l'amiable, pour éviter un scandale. Elle a perdu tout ce qu'elle possédait.

Dorothy n'a jamais été nostalgique de ses années de gloire. Elle regrette le pouvoir que sa fortune lui conférait. Ces millions de dollars promis, c'est sa revanche sur la vie. Rien ni personne ne pourra l'empêcher de mettre la main dessus.

— Emmène-moi au Starbucks maintenant F., décrète Molly. Ces gens me fatiguent. J'ai besoin d'un S'mores Frappuccino.

Lors de mon arrivée aux États-Unis à vingt-cinq ans, j'ai travaillé comme serveur pour cette chaîne de cafés. Ne cherchez plus : les beaufs les plus prétentieux du pays s'y rassemblent. Au jeu des sept familles, voici la mère, qui veut son triple espresso glacé avec trois doses de mocha blanc dans un Venti, à la température exacte de soixante-dix degrés (et qui vous sucre votre pourboire de 20 centimes si par malheur vous mélangez le mocha avec l'espresso). Vous trouverez aussi le père tatoué, qui refuse de prononcer le mot « latte » parce que ça ne fait pas viril. Sans oublier le fils, un habitué qui, après dix minutes à attendre dans la queue, hésite encore sur ce qu'il souhaite à la caisse. Si l'enfer existe, il se situe derrière le comptoir d'un Starbucks.

Dans le Uber nous ramenant au motel, Molly savoure chaque gorgée de son S'mores Frappuccino. La marque ne propose qu'exceptionnellement cette boisson à son menu, sans jamais révéler si ce sera la dernière fois. Je devrais immortaliser ce moment pour le site Beautiful Agony : le visage de ma complice ressemble à celui de ces gens qui s'y photographient au moment de jouir. J'enregistre intérieurement ces précieuses secondes.

Molly m'arrête alors que je m'apprête à claquer la portière. Sur le parking, Scott et Dorothy marchent à pas de loup, main dans la main. Personne n'aurait pu manquer leurs regards furtifs, leurs petites attentions, leurs mains qui se frôlent. Mais je n'ai rien remarqué, ignorant avec beaucoup de ténacité cette liaison qui se nouait devant moi. Mon enfance m'a appris à ne plus observer ces détails. Leur histoire ne me concerne pas.

— C'est peut-être ça, ce que nous cachait Dorothy ? me chuchote Molly.

— Peut-être…

Nos journées se suivent et s'ensuivent : après douze heures à piller les casinos, bars et autres stations-services, nous nous retrouvons invariablement dans un motel de la région. Au fil des jours, je me suis de plus en plus attaché à notre bande de retraités. Comme dans le film *Cocoon*, j'ai le sentiment que ce voyage les fait rajeunir à vue d'œil. Notre organisation aussi s'est peaufinée. Ce soir par exemple, je suis de corvée pour apporter à chacun son menu McDonald's. Avec le temps, j'ai amélioré mon système et, plutôt que de me rendre de chambre en chambre, j'orchestre la distribution directement depuis l'un des bus. Je sais ce que vous pensez : j'ai réinventé la soupe populaire…

Devant la porte rouge pivoine du lobby de l'hôtel, Margaret, quatre-vingt-sept ans, s'énerve auprès de l'hôtesse d'accueil. Elle exige de pouvoir utiliser le téléphone, alors que nous avons instauré un contrôle strict des appels.

— Je dois parler à mon soigneur télépathe, lui seul détient le pouvoir de me soulager.

J'éloigne gentiment la vieille dame et la raccompagne à sa chambre. J'essaye de la comprendre. Veuve depuis vingt ans, elle refuse de mourir, de peur de retrouver son mari dans l'au-delà. « Un homme mauvais », juge-t-elle simplement, avec la pudeur de ces femmes des années trente. Sans enfant, habitée par un profond sentiment d'abandon, elle s'accroche à ces appels qui soignent magiquement à distance ; sa seule bouée de sauvetage pour ne pas sombrer.

— Je connais mon destin, me confie-t-elle. Enterrée au fond du jardin, comme un hamster. Personne ne se souviendra de moi.

— J'ai plus intéressant à vous proposer comme avenir, Margaret. Et surtout comme soigneur…

Je lui tends une cigarette électronique au cannabis.

— C'est quoi ?

— De l'air aromatisé, fabulé-je. Inspirez lentement.

Après deux bouffées, elle va déjà beaucoup mieux. Elle me confie ses projets.

— La seule chose qui me rassure, c'est cet argent qu'on va toucher. J'ai décidé de tout donner à une association de défense des animaux. Si avec ça, on ne m'offre pas un enterrement cinq étoiles et une chambre individuelle au paradis… C'est réconfortant de savoir qu'à notre retour, je vais pouvoir me laisser mourir tranquille.

Je lui arrache la cigarette de marijuana des mains et tire longuement dessus, dans un silence étourdissant. Finalement, c'est peut-être moi qui vais avoir besoin de ce soigneur…

En quittant Margaret, je croise Dorothy qui vérifie, comme chaque jour, le coffre. Je sens qu'elle rêve de l'ouvrir et de se vautrer dans les billets. Je l'observe, méfiant, plongé dans la pénombre. Le bruit de mes Adidas sur le gravier la fait sursauter.

— Ne me regarde pas ! m'ordonne-t-elle.

Étonnamment, Dorothy me tourne le dos. Je lui demande de se retourner. Elle m'oppose une fin de non-recevoir. Toujours en me présentant son dos, elle exige que je l'accompagne jusqu'à sa salle de bains. Elle s'explique.

— Je ne suis pas maquillée et je refuse qu'on me voie sans artifices. Tu m'attends un instant ?

Au bout d'un quart d'heure, elle réapparaît, fardée avec la précision d'un peintre classique.

— Je suis prête ! Dépêchons-nous de rejoindre les autres au restaurant, je pourrais manger un cheval !

Nous débarquons tous les deux au Denny's local, un établissement aux allures de *diner* des années cinquante, ouvert vingt-quatre heures sur vingt-quatre et dont le slogan fait mouche sur moi : « Prenez votre petit déjeuner au moment du dîner ! »

Au centre de la salle vide, Molly et Scott finissent leur repas. Je commande des pancakes au Nutella, deux œufs au plat et un milkshake fraise alors qu'il est vingt-trois heures. Il m'en faut peu pour me sentir libre.

Après que la serveuse m'a congratulé d'un « Good job ! » (« Bon boulot ! ») de félicitations pour avoir terminé mon assiette gargantuesque, je m'isole dans un coin avec Molly. La banquette en cuir marron couine sous mon poids. Je dis :

— Tu feras quoi quand tu seras riche ?

— Je ne sais pas… hésite-t-elle. Quitter mon travail au Board va me faire du bien ! Ensuite, je me vois bien acheter un ranch, en Argentine, avec des chevaux… Je n'ai pas de gros besoins : manger, boire, dormir… baiser aussi. Et toi ?

— La même chose, mais pas dans cet ordre !

— Je ne parlais pas de ça, idiot, mais de tes projets… Tu sais dans quel pays tu voudrais partir t'installer une fois multimillionnaire ?

Je n'arrive pas à masquer mon malaise.

— Je crois que devenir riche me fait peur… Le genre de boule au ventre que tu ressens quand la fille de tes rêves, sur qui tu fantasmes depuis des années, accepte enfin de sortir avec toi…

— Tu vas assurer cette fois, je n'ai aucun doute.

Petit rire nerveux. J'ose formuler :

— Tu penses que les vieux pourront nous pardonner de les avoir roulés ?

— Tu ne vas pas revenir là-dessus ?

Je n'aime pas quand on répond à une question par une autre question. Heureusement, Molly n'en a pas fini. Elle hausse la voix.

— On ne leur doit rien ! En plus, ce serait gâcher. Ils feraient quoi de cet argent ? Ils ont un pied dans la tombe. On suit le plan d'Alexa, un point c'est tout. On ne va pas tout envoyer balader maintenant ? Et si ça te pose vraiment un problème, file-leur ta part, qu'on n'en parle plus !

— Ne t'énerve pas. La culpabilité me ronge, j'y peux rien. Les casinos, c'est une chose. Mais dépouiller des petits vieux… C'est quand même plus facile d'arnaquer des gens qui ne te tricotent pas un chandail !

Je lui montre le pull grosse maille sur mes épaules, réalisé avec tendresse par l'un des retraités. Je tente de conserver un ton neutre.

— Ça fait plus d'un mois qu'on se les traîne. Je les adore, au fond. Tu vois, j'en fais une affaire de principe. Ça me rend littéralement malade de ne pas réussir à te convaincre de leur laisser quelque chose, comme prévu. Qu'Alexa et ses règles aillent au diable ! Cette voix de malheur ne va pas aussi contrôler ce qu'on fera de notre argent ! Tu ne veux vraiment pas changer d'avis ?

— Tu ne veux vraiment pas changer de sujet ?

Je n'aime décidément pas quand on répond à une question par une question. Je proteste :

— Bordel ! Si je m'écoutais, ils toucheraient autant que nous. On partagerait en vingt-cinq, en parts égales. Ce serait juste. D'ailleurs, j'en ai parlé avec Scott, il est presque d'accord avec moi. Mais restons-en là pour l'instant. Je ne veux pas qu'on se dispute. En revanche, je ne laisserai pas tomber. J'ai trop fermé ma gueule jusqu'à présent. Je ne vais pas vous lâcher avec ça jusqu'au bout.

Molly inspire un grand coup afin de retrouver son calme. Elle me sermonne gentiment.

— Tu m'emmerdes avec tes états d'âme ! Tu ne préfèrerais pas nous faire une crise de la quarantaine ? Perdre tes cheveux, prendre du bide, baiser à tour de bras, t'acheter une grosse bagnole… et laisser de côté tes problèmes de conscience ?

Elle pose sa main sur mon avant-bras et le serre tout en douceur.

— Il y a une chose que j'adore détester chez toi : ton intégrité. Tu te comportes mal avec les filles, tu t'arranges avec la vérité, tu manipules tes collègues, mais au fond de toi se niche toujours cette petite voix qui te souffle ses doutes, ses regrets, ses peurs… Je vais te surprendre : je trouve ça charmant. Je comprends ton besoin de justice. Si c'est pour toi le seul moyen d'accepter ce que tu es en train de faire, je vais y réfléchir. Arrête juste d'en discuter avec les autres. Tu sais ce qu'on dit : quand le vent se lève, certains construisent des murs, d'autres des moulins. On en reparlera le dernier jour tous ensemble.

— Merci, ça m'importe beaucoup, je lui avoue en remettant en place une mèche qui tombe devant ses yeux. Même si je ne pige rien à ton proverbe…

Quatre semaines ont passé. Nous avons exploré le Nevada jusque dans ses moindres recoins. Dans l'ennui de la nuit, nos deux autocars s'arrêtent sur une aire d'autoroute aussi déserte que le paysage environnant. Pause pipi : les joies du voyage organisé avec des personnes du troisième âge…

Le froid me saisit le sexe. Comme la tour Eiffel qui rétrécit de quatre à huit centimètres en hiver, avant de reprendre sa taille normale en été, je sens ma verge disparaître dans les plis de mon jean. Les soirées brûlantes d'août ne me manquent pas…

Les silhouettes des corps bossus des retraités, mêlées aux hurlements lointains des coyotes, confèrent à la scène une allure lugubre. À l'horizon, les éclairages de Las Vegas dessinent des ombres le long des crêtes des montagnes. Depuis l'espace, le Strip est le lieu le plus lumineux de la planète et je le regarde pulser, tel un cœur qui ne s'arrêterait jamais de battre.

Trois coups rapides me font bondir : Dorothy vient de cogner avec son poing sur la soute du véhicule noir contenant le coffre.

— Ça porte chance, plus que de toucher du bois ! m'avertit-elle, comme pour justifier son obsession.

— Ne traînons pas. Il est déjà trois heures du matin et Vegas se trouve encore à cent cinquante kilomètres.

Nous pourrions cesser là. Nous arrêter avec les dizaines de millions de dollars que nous transportons. Mais Alexa a insisté pour un dernier coup dans la ville du péché. « Pour la beauté du jeu ! » a-t-elle osé nous annoncer. Pour la beauté du risque, plutôt. Nous avions convenu de ne pas nous attaquer aux établissements de Vegas. Trop surveillés. Trop sécurisés. Et voici, à présent, que nous nous y rendons pour « notre plus jolie prise », comme elle a dit. À croire qu'avec cette voix mystérieuse, la vie ressemble à un grand casino.

Pour cette matinée d'Halloween, le lever du soleil accompagne notre arrivée à l'hôtel-casino le Westgate, sur Sahara Avenue. La couleur jaune pipi de l'enseigne géante tranche violemment avec le rose subtil du jour qui commence. À l'intérieur de l'établissement, les allées vides et le silence inhabituel me donnent l'impression d'une ville morte. Le casino dort. C'est beau un casino qui n'a pas encore été envahi par ses joueurs.

Mon regard croise la moquette au sol, qui me sort sur-le-champ de ma léthargie matinale. La vache ! Qu'est-ce que c'est chargé ! Mon œil prend une giclée d'électricité tellement le motif « taches florales jaunâtres sur fond bleu » contient d'informations. Cet imprimé bariolé ne doit rien au hasard. Le fatras visuel permet, en effet, de cacher habilement les traces de nourriture ou d'alcool laissées par les clients. Et puis, si ça peut maintenir éveillés les joueurs aux tables…

D'humeur tactile, Dorothy me saisit le bras.

— Les fantômes d'Elvis et de Liberace hantent ce lieu. Incroyable, non ?

— Ne me dis pas que tu fais médium en plus ?

Je sens que je l'ai vexée. Elle retourne voir Scott et lui montre l'entrée du musée consacré au King, en souvenir des six cent trente-six shows qu'il a donnés ici.

Je n'arrive toujours pas à comprendre les raisons qui poussent Alexa à nous faire venir dans ce lieu. Ce soir, Halloween battra son plein. Mais ce n'est pas au Westgate, ce casino milieu de gamme, que les joueurs les plus fortunés iront, ou que George Clooney présidera la fête la plus exclusive de la ville. Ils se rendront au Wynn, au Palazzo ou à l'Aria. Pourquoi nous traîner là ?

Je songe à cette aventure qui se termine : notre histoire connaîtra-t-elle un jour la gloire ? Les gens éprouvent une fascination pour les voleurs qui échappent à la justice. Comme cet inconnu de l'exposition Extraordinary Diamonds au Carlton de Cannes, évanoui dans la nature en 2013 avec 103 millions d'euros de bijoux. Ou cette mystérieuse bande de l'aéroport de Schiphol à Amsterdam en 2005, repartie avec 86 millions d'euros de diamants bruts. Et que dire de Ronald Biggs, en cavale pendant trente-huit ans suite à l'attaque du train postal Glasgow-Londres en 1963 ? Mon destin sera-t-il d'accéder à la reconnaissance et à la célébrité de cette manière ?

La voix de Molly bruisse dans mon oreille.

— Tu ne sais pas où je peux trouver une pharmacie ?

— On en a croisé une en arrivant. Pourquoi ?

— Problème de fille… J'ai presque plus de batterie : peux-tu regarder avec ton iPhone s'ils vendent des protections hygiéniques ?

Je consulte rapidement le site du Walgreens le plus proche.

— Oui, ils en ont. Et c'est la seule pharmacie ouverte à cette heure dans le coin.

— Ils proposent des serviettes, pas juste des tampons ? insiste-t-elle.

— Ah non, ils n'ont que des tampons en stock…

— Tu veux bien regarder ailleurs ?

— Arrête de faire ta princesse ! Tu peux mettre un tampon, non ?

— Non.

Pour la première fois depuis notre rencontre, je perçois de la gêne chez Molly. Elle m'avoue un secret.

— Tu gardes ça pour toi F., hein ? Un jour, en vacances à Porto Rico, j'ai fait la connaissance d'un sosie de Ricky Martin, en plus beau et en plus hétéro. Pendant une semaine, nous n'avons pas quitté la chambre, en enchaînant mon cocktail préféré, drogue, alcool et sexe. Un détail, mais qui va avoir son importance : j'avais mis un tampon, mais ça m'était complètement sorti de la tête, avec tous les mélanges que je prenais. À la fin du séjour, autant te dire que le truc était bien tassé au fond et bien oublié. Je rentre à Vegas. Un mois s'écoule, mais quelque chose m'embête. Je ne comprends pas pourquoi cette mauvaise odeur me poursuit tout le temps. Quoi que je fasse, que je lave, que je parfume, un effluve dégueulasse me colle à la peau.

— Mais c'est ignoble !

— Attends, ce n'est pas fini ! Un soir, je matche sur Tinder avec un garçon super mignon. Il vient chez moi. On commence à se chauffer. Il m'embrasse le cou, les seins, descend vers mon nombril et là, il m'insulte : « Meuf, ça pue la mort par ici ! » Bye bye le cuni. Le tampon avait moisi à l'intérieur. Le gynécologue me confiera plus tard n'avoir jamais rencontré un sexe dans un aussi mauvais état. Tu comprends maintenant pourquoi je n'utilise plus que des serviettes hygiéniques. Je suis une survivante du tampon ! Mais ne t'inquiète pas : je vais mettre du papier chiotte en attendant.

Je refuse d'imaginer la scène. Alors que Molly s'engage dans les toilettes du casino, une affiche attire mon attention. Une phrase, en lettres d'or sur fond noir, se détache : 30 millions de dollars. Le montant du jackpot à remporter ce soir sur l'une des machines à sous du Westgate. Ingrédient surprise : ce gain sera versé en liquide, en une seule fois, net d'impôts. Une première dans cette ville qui semble pourtant avoir tout connu. Au centre du casino, un énorme engin de la marque Archiduk, spécialement conçu pour l'occasion, clignote comme des feux d'artifice. C'était donc ça, ce coup unique dont parlait Alexa.

Déjà de retour, Molly me tape sur l'épaule.

— Ta voix préférée vient d'appeler. Tu es au courant pour le gros jackpot ?

Je prends sa tête entre mes mains et la tourne en direction de l'affiche.

— Mais qui va jouer ce soir pour nous ? se questionne-t-elle, en se grattant le lobe de l'oreille.

— On va y réfléchir. En attendant, oubliez-moi, je vais me reposer un peu…

L'après-midi touche à sa fin. Une nuit particulièrement froide pour la saison s'annonce. Dans le casino, la foule déguisée pour Halloween a envahi les allées. Afin de nous fondre dans la masse de joueurs aux regards fous, nous portons des costumes chamarrés. Si les choses tournent mal, les autorités auront les plus grandes difficultés à nous identifier sur les vidéos de surveillance.

— Tu t'es occupé des retraités ? j'interroge sèchement Dorothy.

— Avec Scott, on a suivi les ordres d'Alexa : un somnifère et au lit. Je leur ai tellement bourré le crâne qu'ils ne risquent pas de nous balancer quand ils découvriront qu'on s'est enfui avec la thune. Je sais qu'ils sont vieux, mais ils n'oublient pas que ce qu'ils ont accompli est totalement illégal… Personne ne veut finir sa vie en prison, dans la honte, à plus de quatre-vingts balais.

Un rot me racle la trachée. Je ne le retiens pas.

— Ça reste à voir. On en reparlera.

Molly me fait des yeux noirs. J'enchaîne :

— Mais dépêchons-nous. Regardez la queue de gens qui attendent devant la machine Halloween. On n'est pas les seuls à rêver de richesse…

Au bout de trente minutes à patienter, enfin, mon tour arrive. Je suis celui qui va jouer. Je suis celui qui va tenter le gros lot. Je suis celui qui va gagner 30 millions de dollars. Mes complices n'ont pas osé protester lorsque je me suis imposé. Ils ont senti que je n'étais pas d'humeur à négocier. Un dernier coup avant de disparaître à jamais, peut-être en France, mon pays qui n'extrade jamais ses ressortissants.

D'un pas assuré, je m'approche de la colossale machine. Mon but : aligner cinq chauves-souris pour une mise de dix dollars. Mes doigts vacillent au moment d'insérer un billet de 100 dans la fente. J'appuie sur le bouton pour commencer la partie puis, furtivement, je loge ma main dans la poche de mon pantalon, à la recherche du boîtier. Clic. Une vibration. Les jeux sont faits.

Les premiers gains s'annoncent prometteurs : les victoires d'une dizaine de dollars laissent place à des succès plus confortables. La foule amassée autour de moi m'encourage bruyamment. Je lui demande de se calmer. Un rouquin éméché m'offre un verre de bière. Je le repousse un peu trop brusquement. Son tee-shirt Bernie Sanders éponge l'alcool qui déborde. Il s'excuse, mais je l'envoie balader.

Je me touche le visage, dissimulé sous un chapeau disproportionné. La sueur y ruisselle, comme l'eau d'un torrent après l'orage. Je n'avais pas mesuré la tension qu'on pouvait ressentir dans ce genre de situation. Le compteur grimpe, s'affole même, mais toujours pas de trace du jackpot. Vais-je lamentablement échouer, si près du but ? Pourquoi cette machine met-elle autant de temps à me livrer le gros lot ? Ma succession de gains va finir par me faire repérer, c'est certain !

Je ne parviens plus à déglutir. Ma bouche est asséchée. Mes yeux, détrempés. Je récite une prière et fais un signe de croix. On ne sait jamais… Quelques secondes suffisent pour que le miracle se produise. Je viens de décrocher le jackpot !

Un hurlement de joie emporte ce qui me reste de gorge. Au milieu d'un rugissement de sons, de lumières et de confettis, le directeur du casino lui-même apparaît, entouré par trois gardes du corps. On dirait l'arrivée d'un catcheur sur le ring. Il se présente.

— Christopher Gorvy, du Westgate. Bravo monsieur !

J'ajuste mon costume avant de le saluer. Il me congratule en me pulvérisant la main, sans savoir que le seul à mériter ses honneurs, c'est ce petit boîtier collé à ma cuisse. De toute façon, je ne l'écoute pas. Je n'ai d'yeux que pour son imposante mallette contenant l'argent.

Une nuée de photographes nous encercle. Je prends la pose, fier comme une rock-star. Je m'apprête à repartir avec l'un des plus gros gains de l'histoire de Vegas : cette histoire fera le tour du monde.

Le directeur s'entête. Il insiste pour que j'accepte que les trois agents de sécurité m'accompagnent, chez moi ou dans une banque. Je refuse. Il s'obstine. Je repousse ses avances et son nouveau serrage de main. Entre deux mises en garde contre les risques d'un braquage, je parviens à faire comprendre à Molly, Dorothy et Scott de rejoindre le minibus noir (et son coffre) au plus vite, afin de me récupérer devant l'entrée principale. Dissimulés sous leurs costumes, mes trois complices s'éclipsent discrètement.

J'arrive enfin à me débarrasser de Christopher et de ses poignées de main douloureuses, à présent moites. Avec ma valise atrocement lourde, j'accélère et traverse le casino au pas de course, direction la sortie.

À travers les immenses vitres des portes automatiques, je distingue au loin notre véhicule, avec Molly au volant. Mes complices me font signe de me presser. Mais au moment de passer l'ouverture vers la liberté, une main ferme m'agrippe par l'épaule et me retient. Un employé du casino vient d'arrêter mon envol.

— Monsieur, vous allez devoir me suivre.

— Il y a un problème ?

Il place un doigt sur son tragus. Un message lui parvient à travers une oreillette.

— Peut-être…

Qu'est-ce qui a pu mal tourner ? Ma manière de jouer peut-être ? Mon attitude dédaigneuse avec le directeur ? Ma course à toute vitesse dans le casino, avec 30 millions en liquide ? Toutes mes actions me paraissent subitement louches… D'un mouvement discret, j'indique à mes camarades de prendre la fuite. Molly fait non de la tête.

L'agent refuse de me lâcher. Il veut m'obliger à le suivre. Je m'énerve, crie au complot, sans que cela crée la moindre émotion sur son visage fermé. Finalement, il m'agrippe le bras d'une poigne résolue, et me force à avancer. Les images de ma vie défilent devant moi. Des images de femmes, puis de poitrines, de bandits manchots, d'alcool. Elles s'arrêtent dans un crissement sur celle du boîtier. Je ne réfléchis pas. Je plonge à toute vitesse ma main dans ma poche et presse longuement le bouton, tout en réalisant un tour sur moi-même.

Les résultats ne tardent pas. Partout, les gens gagnent sur leurs machines à sous. De plus en plus vite. De plus en plus gros. Jackpot ! s'écrie un jeune couple à ma droite. Jackpot ! hurle une jolie fille à ma gauche. Tétanisé, mon geôlier ne sait pas comment réagir. Une voix s'égosille dans son oreillette. Entend-il seulement les instructions ?

J'appuie encore sur la télécommande, afin de dérégler d'autres appareils. Les sonneries qui annoncent les gagnants nous assourdissent. Il règne une ambiance d'insurrection : la moitié des machines du Westgate enchaînent les bonus simultanément, dans un vacarme de fin du monde. Les employés du casino, débordés, courent dans les allées, tels des animaux pris en chasse. Leur agitation déconcerte la sécurité, dépêchée pourtant en nombre pour gérer la marée humaine de joueurs réclamant leur dû.

Dans l'euphorie et la panique, un client abat alors son verre de whisky sur la tête de mon garde. Une bagarre s'ensuit, qui me laisse juste le temps de m'enfuir avec l'argent. Je me jette littéralement dans le bus, qui démarre en trombe.

— On l'a fait ! s'époumone Dorothy, en embrassant à pleine bouche Scott.

— J'ai cru qu'on avait tout perdu… s'étrangle Molly.

— On est riches ! Je suis riche ! chante Dorothy, en sautant sur les sièges de l'autocar vide.

— Où nous emmènes-tu ? je questionne Molly. Où Alexa nous a-t-elle donné rendez-vous ?

Je suis partagé entre l'excitation de rencontrer cette voix énigmatique, qui nous a manipulés depuis des mois, et la déception de voir ce voyage toucher à sa fin… avec toutes les conséquences que cela comporte.

— Sans rancune, les gars, mais vous n'allez pas me manquer… plaisante Scott. J'ai hâte de savoir exactement combien de fric on s'est fait ! Je parie que ça dépasse les 100 millions ! Avec Dorothy, on a plein de projets.

Molly roule vite pour s'éloigner du Strip. Elle s'arrête brusquement sur un parking isolé, bordé par des terrains vagues. Je m'étonne. Je panique. J'interroge.

— Qu'est-ce qui se passe ? Nous sommes arrivés ? Déjà ?

Je ne parviens pas à entendre la réponse de Molly. Je me sens mal. Je suis pris d'un vertige, suivi d'un haut-le-cœur. Ma vision se trouble. Je vais m'évanouir et je ne peux pas l'empêcher. Derrière moi, Dorothy et Scott se sont déjà effondrés. Je me tourne vers Molly. Elle porte un masque à gaz. J'entends sa voix, comme déformée, me dire :

— Je suis désolée. Pardonne-moi F., pardonne-moi, Francis.

16

I look around and Sin City's cold and empty (Oh).
No one's around to judge me (Oh).
(Blinding Lights)

« Je suis désolée. Pardonne-moi F., pardonne-moi, Francis… » : qu'est-ce que je peux parfois manquer d'à-propos ! La femme que je suis aurait quand même pu fournir un effort et prévoir une autre réplique pour ce moment.

Une phrase comme celle-là, par exemple, aurait eu plus de panache : « Non, je ne regrette rien. Car ma vie, car mes joies, aujourd'hui, ça commence… avec moi ! »

À travers mon masque à gaz, je regarde Francis sombrer dans un profond sommeil. Pour une fois que je l'appelle par son vrai prénom plutôt que par ce diminutif un peu ridicule de F., inventé par ces idiots du bureau !

Mes longs cheveux châtain foncé, coincés devant mes yeux, me gâchent le spectacle. Je l'assois sur le siège avant de l'autocar et lui murmure calmement, comme il aime que je fasse :

— Tu ne m'as pas laissé le choix…

Je m'arrête un instant pour contempler, plus loin dans l'allée du bus, les corps inanimés de mes complices. Entassés l'un sur l'autre, Dorothy et Scott forment un amas de chairs flasques rappelant un tableau de Dali. La joue du directeur de la maison de retraite contre le sol m'évoque même le mouvement cubiste. Il ronfle et un filet de bave coule sur la moquette. Je me reprends.

— Vous ne m'avez pas laissé le choix ! Tous !

Le masque me compresse le visage, mais je refuse de le retirer, de crainte que le gaz soporifique continue à faire effet. Encore dix minutes à attendre avant de pouvoir partir.

Je prends place à côté de Francis, saisis sa tête et la positionne sur mes genoux. Je caresse ses cheveux, en prenant soin de frôler son crâne avec mes ongles. Puis-je profiter du fait qu'il est inconscient pour vous raconter une histoire ? Mon histoire. L'histoire de Molly.

Je suis la fille d'un escroc. Sur Google, mon père restera à jamais associé à cinquante-quatre arnaques et à un fan-club : « Vole-moi puis épouse-moi ! » Sa ressemblance avec l'acteur James Dean explique sûrement la fascination qu'il exerçait sur les femmes.

C'est vrai qu'il était beau, mon père. Tous les matins, il m'embrassait sur le front, son haleine chargée d'alcool, et glissait au creux de mon oreille : « Il ne peut rien t'arriver car je t'aime… » Puis, il rejoignait les bureaux de son entreprise de télémarketing.

Ce que nous ignorions, ma mère et moi, c'est que papa avait depuis longtemps perdu ce travail. Toute la journée, il écumait en réalité les hôtels de luxe de la capitale anglaise afin d'arnaquer leurs riches occupants.

Sa signature, comme l'expliqueront les experts plus tard, ne variait jamais. Il repérait dans les palaces des touristes fortunés et il leur proposait le placement de leur vie : acheter les plus beaux monuments du pays. En quelques années, il avait ainsi vendu des parts dans Big Ben, Buckingham Palace, la tour de Londres, le Tower Bridge ou le château d'Edimbourg…

Pour commercialiser le Palais de Kensington, par exemple, il avait monté un faux bureau dans le petit village de Brockenhurst, à seulement quelques kilomètres de Londres où nous habitions. Dans ce décor idyllique, peuplé de poneys sauvages, de cerfs et d'ânes en liberté, il avait usurpé l'identité d'un duc, soi-disant secrètement mandaté par la famille royale. En leur présentant des documents et des titres de propriété contrefaits, il avait convaincu plusieurs investisseurs étrangers de s'offrir ainsi un bout de l'Angleterre.

Il venait de réaliser sa dixième escroquerie, en commercialisant vingt pour cent du château de Carisbrooke, quand ma mère lui avait annoncé qu'elle partait vivre en Floride avec moi, cinq ans. Se doutait-elle de quelque chose ? Probablement. Cela expliquerait pourquoi elle m'avait élevée dans sa haine.

Notre absence, en tout cas, avait accéléré la fureur de vendre de mon père, comme de l'essence qu'on jette sur les flammes. En l'espace de quelques années, il allait commettre quarante-quatre nouveaux abus de confiance.

J'avais dix-neuf ans et commençais mon installation à Las Vegas lorsque la nouvelle avait fait la une des journaux. Rien ne vous prépare à allumer la télévision pour y découvrir le parcours de mythomane de votre géniteur. Aux enquêteurs, mon père avait expliqué que sa motivation résidait moins dans l'argent que dans celle d'imaginer, chaque fois, des scénarii incroyables. Selon lui, sans tromperie, la vie ne méritait pas d'être vécue. Après chaque vente, il se sentait vidé, comme après le meilleur orgasme jamais éprouvé.

Je repense à cette double vie de papa. Finalement, on n'échappe pas à ses parents. Mon existence, elle aussi, aura été placée sous le signe du mensonge. Surtout ces derniers temps…

Tout a commencé un matin très tôt, il y a quelques mois maintenant, un peu avant l'été. En sortant du Drai's, un club où j'avais dansé toute la soirée en vidant des bouteilles au milieu de la piscine, je m'étais directement rendue dans les locaux du Nevada Casino Control Board, pour travailler (le meilleur remède au monde contre la gueule de bois).

Alors que je me traînais dans les couloirs déserts, en tentant d'oublier mon mal de crâne à coup de café, des éclats de voix en provenance d'une salle de réunion m'avaient alertée. Quelqu'un passait un sale quart d'heure.

Mon patron, Dick Smalley, s'était enfermé avec Jim Western, du NCCB de Carson City. Ensemble, ils reprochaient à Robert Ephant, un agent ultra-doué, d'avoir découvert un boîtier qui risquait de compromettre leurs carrières ainsi que tous les casinos du Nevada, dans cet ordre. Entre les insultes et les blâmes, ils n'avaient qu'une expression à la bouche : le système de gains.

Au fil de la discussion, je comprenais de quoi il s'agissait : le dispositif, trouvé par mon confrère, permettait de dérégler n'importe quelle machine à sous et de remporter à coup sûr le jackpot. Oups. Le Board était mouillé jusqu'au cou. Je percevais l'inquiétude dans les voix. Les casinos, le NCCB, les fabricants de bandits manchots : un scandale pouvait emporter tout le monde avec lui.

Après trente minutes de vociférations, Jim avait pris les choses en main : il dissimulerait le boîtier dans la Réserve de Carson City, le temps qu'ils réfléchissent à une solution. Dans un moment de lucidité, j'enregistrais avec mon iPhone une partie de la conversation.

Tout le reste de la journée, j'avais suivi Robert, déployant l'ensemble de mes charmes afin d'entrapercevoir la fameuse télécommande dont ils parlaient. Au début, je tentais de mettre mon comportement sur le compte d'une vague soif de connaissance scientifique.

Mais rapidement, je me rendais à l'évidence. Je courais après cette quantité pharaonique d'argent. Avec un peu de chance, je tenais là une porte de sortie à mon existence étriquée, loin des plans de carrière exigus et des esprits étroits de mes collègues.

Car je l'avoue sans pudeur : au boulot ou dans ma vie, cela fait plus de trente ans que je suis de service. La victime de service, la boniche de service, la conne de service, la pauvre de service, la salope de service… Alors, la voleuse de service…

J'avais donc collé Robert telle une professionnelle russe, afin d'examiner son mystérieux boîtier. Mais rien à faire : méfiant comme Harpagon, insensible à ma gorge déployée, le mec me fuyait. Je savais juste à quoi ressemblait précisément cette fameuse télécommande…

Quelques jours plus tard, alors que Francis s'apprêtait à devenir mon nouveau binôme au NCCB, j'ai laissé une idée germer délicatement en moi. À présent que Jim avait placé le dispositif à l'abri, dans la Réserve de Carson City, j'estimais proches de zéro mes chances de mettre la main dessus si je tentais l'aventure seule. En revanche, avec un complice comme cet adorable Français… Un complice avec des connexions chez un fabricant de machines à sous, disposant d'un accès illimité à leurs outils et connaissant leurs logiciels. Un complice en difficulté dans son travail, biberonné aux conspirations diffusées par Fox News, Rush Limbaugh et Infowars. Un complice plus con que lisse, en somme.

Mon plan devait se dérouler en plusieurs étapes. D'abord, piéger Francis, en l'appâtant avec une histoire débile de complot, et ensuite l'obliger à voler le dispositif pour moi.

C'est ainsi qu'un soir, je m'étais rendue seule à l'Aria afin de dissimuler, dans une machine à sous Western que nous devions contrôler, un message à son attention : « AGENT F. APPELEZ-MOI. 917-555-0157. L'AVENIR DE VEGAS EN DÉPEND. » De quoi largement titiller sa paranoïa et le faire tomber dans mon traquenard. Le mot était censé apparaître sur l'écran, lors de son inspection, avant de s'autodétruire.

Sauf qu'en arrivant au casino avec lui, rien ne s'est passé comme je l'avais anticipé. La Western venait de lâcher dans la nuit deux gros lots de 20 000 dollars coup sur coup. Aucun doute : la machine était en mode jackpot. Qui avait utilisé le dispositif déniché par Robert ? Je n'en avais aucune idée. Mais cette richesse à portée de main m'avait stupéfiée, tel un animal pris dans les phares d'une voiture.

Plus tard, j'ai compris ce qu'il s'était passé. Personne n'avait activé le boîtier sur cette machine. C'est moi qui avais, sans le savoir, déréglé le système de gains en camouflant le numéro de téléphone dans le logiciel de la puce. La chance et moi...

Heureusement, cela n'avait rien changé au plan. Comme prévu, Francis avait été intrigué par mon « AGENT F. APPELEZ-MOI. », et les deux jackpots de l'Aria avaient titillé son intérêt. Il s'était confié après une soirée au Palms. Habilement, je l'avais manœuvré pour qu'il compose les dix chiffres mystérieux au milieu de la nuit. Au bout du fil, il avait religieusement écouté mon message enregistré avec la voix d'Alexa, de l'enceinte connectée d'Amazon. Pour découvrir la suite, il devrait se rendre au Clown Motel de Tonopah...

Pourquoi envoyer mon partenaire là-bas ? Déjà, parce que cela me faisait rire. Aussi, parce que je trouvais l'ambiance sinistre de ce lieu adaptée au reste de mon stratagème. Enfin, parce que ce n'était pas loin de Carson City où était caché le boîtier.

Pour tout vous avouer, je n'en menais pas large lorsque j'ai fait le numéro de la chambre 2B du Clown Motel. L'histoire que j'avais inventée me semblait tellement invraisemblable que moi-même, je n'y croyais qu'à moitié. Imaginez : la Ligue, regroupant des responsables du NCCB et des employés de casino, pillait depuis des années les machines à sous du Nevada… Mais qui pouvait gober cette blague ? Francis. Avide de complots, il avait mordu à l'hameçon comme un stupide poisson. Dorothy avait raison : les gens sont prêts à avaler n'importe quoi.

Après ça, il s'était montré aussi docile qu'un chien après sa pitance. Le plus dur pour moi avait été de jouer à la connasse à temps complet. Passer pour une idiote à ses yeux, voilà un *full-time job* où on ne compte pas ses heures supplémentaires ! Francis n'était pas en reste : son idée pour dérober le boîtier à la Réserve du Board de Carson City était la chose la plus stupide que j'avais jamais entendue. Mais force est de reconnaître qu'elle avait marché au-delà de mes espérances. Une fois entre nos mains, l'incroyable dispositif avait démontré des pouvoirs quasi divins ! Il m'avait fallu du génie pour le réparer. Mais le résultat était là. Un clic, et n'importe quelle machine à sous distribuait des gains inouïs, jusqu'au jackpot.

Enfin, j'allais pouvoir quitter mon boulot, rembourser mes dettes et même devenir riche. Sauf que Jésus a mis son grain sable. Je dis Jésus, car c'est la conséquence de toute l'éducation judéo-chrétienne de Francis.

Je dois admettre qu'au début, son délire de générosité m'a un peu distraite. Le bonheur de distribuer de l'argent à des anonymes, sans contrepartie, ne manquait pas de charme. Mais rapidement, les milliers de dollars qui défilaient sous mes yeux ont commencé à m'énerver. Surtout, trop lâche, mon collègue refusait qu'on emploie la télécommande à notre profit. J'aurais pu le crucifier sur place. Je devais trouver un moyen de récupérer le boîtier pour mon usage personnel.

Je fomentais un plan lorsque Bo a sonné à ma porte. Comment aurais-je pu imaginer que ce mafieux chinois allait nous repérer ? En fin de compte, son arrivée comportait quelques avantages. Il accomplissait le sale boulot pour moi : recruter les faux joueurs, utiliser le dispositif dans les casinos de la ville, récolter l'argent liquide et enfin le blanchir. Une symbiose de circonstance. J'étais un rémora, nageant aux côtés d'un dangereux requin, me nourrissant de ses débris et, en échange, le débarrassant de ses parasites. Sauf qu'à un moment, j'en ai eu marre de manger les restes…

Quand Bo est mort, j'en ai donc profité pour mettre en place une nouvelle machination, improvisée à la va-vite mais imparable. Grâce à quelques centaines de milliers de dollars dérobés dans la valise Vuitton lors du voyage à Los Angeles (vous pensiez vraiment que j'allais laisser 1,6 million en petites coupures à John, le fameux « banquier » de Bo ?), je disposais des ressources nécessaires pour accomplir le casse le plus incroyable de l'histoire du

Nevada. Car si j'ai bien appris quelque chose de mon père, c'est que plus c'est gros, plus ça passe.

J'avais recruté Dorothy pour son manque total de moralité. Elle avait croisé ma route au cours d'une soirée de dégustation de caviar. Cette ancienne star du show-biz aujourd'hui ruinée, grande manipulatrice/hypnotiseuse/mentaliste (rayez les mentions inutiles), n'avait pas hésité longtemps avant d'accepter, lorsque je l'avais contactée en me cachant derrière la voix d'Alexa. Je ne saurais dire quel avait été le réel moteur de son engagement : sa soif d'argent ne faisait pas de doute. Mais je soupçonnais que sa fièvre de reconnaissance la poussait encore plus fort.

Quant à Scott, le loueur de maison de retraite pour films X, un bon vieux chantage avait suffi. Francis m'avait un jour parlé de lui, au restaurant. Par curiosité, j'avais alors piraté son ordinateur. Saloperie de mémoire photographique qui m'empêchera à jamais d'oublier ce que j'avais trouvé sur le disque dur. En appelant Scott, je lui avais promis deux choses : ne pas le dénoncer, ainsi que beaucoup d'argent. Trois minutes avaient suffi à le convaincre.

Une fois les retraités manipulés, le *road trip* avec eux n'avait pas posé de difficultés majeures. Dès le début, je n'avais aucune intention de leur laisser un million chacun. La somme était assez alléchante pour les motiver. Mais ensuite, pourquoi me priver de les voler ? J'avais accompli tellement pire. Et puis, comment auraient-ils pu nous dénoncer ? Elle aurait eu de la gueule leur plainte chez les flics : « Monsieur, arrêtez-les : j'ai cambriolé le casino pour eux, mais ils m'ont doublé ! » Avant que l'un des vieux ait un cas de conscience, nous serions tous déjà loin.

Je pensais aussi à Francis, avec sa morale collante comme un sparadrap. Je ne suis pas certaine qu'il aurait d'emblée accepté de pigeonner le groupe de retraités. Avec le petit Français, mieux valait employer ma méthode du « pied dans la porte » : l'appâter avec une demande anodine, puis enchaîner, en montant chaque fois d'un cran, jusqu'à l'engrenage. Il était alors capable de tout. Pourquoi aurais-je agi autrement ? Les événements m'ont donné raison. À la fin, j'ai gagné.

Francis commence à se réveiller. Je me précipite vers la bonbonne que j'avais cachée sous le siège du conducteur et lui administre une bonne dose de gaz soporifique. Je le regarde sombrer dans un sommeil profond. Tu n'aurais pas dû la ramener avec tes scrupules au Denny's ! Me menacer pour répartir équitablement l'argent ? Comploter dans mon dos avec Scott ? Tu savais à quoi tu t'exposais.

Pourtant, à la base, j'étais prête à diviser le magot entre nous quatre. Peut-être pas en parts égales. Mais une quarantaine de millions suffisaient à acheter mon bonheur. Hors de question, en revanche, de partager avec les viocs ! Ça m'aurait laissé quoi ? Quatre petits millions ? Et puis quoi encore ?

Tu étais devenu trop instable. Tu tentais de rallier les autres à ta cause. Pour quelqu'un qui ne boit pas d'alcool, qu'est-ce que tu as pu me saouler ! Tu m'as rendue malade avec tes vieux. Je ne pouvais pas prendre le risque que tu foutes tout en l'air. Finalement, c'est mieux ainsi. Cet argent, je le mérite plus que quiconque.

Je me décide à traîner les corps de Scott et Dorothy encore endormis hors du bus, afin de les cacher derrière une grosse benne à ordures. Je laisse, à côté d'eux, deux sacs remplis chacun de 500 000 dollars et de preuves contre eux. Si jamais l'envie de me trahir les titille… Mais toi, Francis, j'ai d'autres projets pour toi. Enfin, je ne suis plus sûre.

Le rayon lumineux de l'hélicoptère de la police se dirigeant vers le Westgate m'annonce le départ. À présent que toutes les forces de l'ordre de la ville se concentrent sur l'émeute du casino, je peux sans danger quitter le comté. Je cache Francis sous une couverture entre deux sièges, puis m'installe au volant. Je mets le contact et appuie sur l'accélérateur. Dans le rétroviseur, la vision de Dorothy et Scott étendus sur l'asphalte m'étreint le cœur.

Dix minutes de route plus tard, la jauge rouge vif d'essence m'oblige à m'arrêter à une station-service. Merci Scott d'avoir oublié de passer acheter du carburant comme prévu ! Je demande à un jeune automobiliste mexicain de m'aider avec le bouchon coincé du réservoir. Après m'avoir félicitée pour mon costume d'Halloween et mon masque à gaz incroyablement réaliste, il me propose :

— Je peux m'occuper de faire le plein pour vous, si vous voulez. Et puis, je vais vous nettoyer le pare-brise, il est tapissé d'insectes. Ça ne prendra que dix minutes…

J'accepte en sachant qu'il lui en faudra cinq. Ce mec emploie la méthode des parcs Disney, qui surestiment toujours le temps d'attente pour accéder à leurs attractions, afin que le client soit satisfait d'avoir moins patienté que prévu. Il cherche à m'impressionner.

— C'est fou ce qui s'est passé ce soir au Westgate ! s'étonne-t-il. Vous avez entendu à la radio ?

— Quoi donc ? (j'ai toujours très bien joué l'ahurie).

— Tous ces jackpots de machines à sous remportés en même temps. Quel concours de circonstances !

Est-ce parce que cela lui donne le sentiment de maîtriser le chaos de la vie que l'homme a inventé les coïncidences ? Je suis une herméneutique paranoïaque. C'est-à-dire que je pense que toutes les choses ont un sens. Je refuse de jouer à croire aux hasards. Les coïncidences ? On en trouve toujours avec un peu de persévérance ; il suffit d'observer patiemment des centaines de milliards de phénomènes. Forcément, à un moment, vous tombez sur un « coup du sort » qui n'a qu'une chance sur cent mille d'arriver.

Cet automobiliste me rappelle Francis, qui estime inouï que ses parents soient morts tous les deux le jour de sa naissance, sans y voir une sorte de message posthume. Connaît-il seulement le paradoxe des anniversaires ? Si on réunit cinquante-sept personnes dans une pièce, il y a quatre-vingt-dix-neuf pour cent de chances que deux soient nées le même jour. Vous parlez d'une coïncidence ! Si vous ne me croyez pas, faites confiance aux maths. Elles ne mentent jamais, elles.

— C'est bon, record battu : j'ai rempli votre réservoir en trois minutes chrono. Vous pouvez rouler jusqu'en Alaska avec ça ! m'interpelle-t-il.

Je lui remets un billet de 20 dollars pour le remercier. S'il savait ce que contient la soute ! Je remonte dans mon véhicule. Sous la couverture, des soubresauts suspects m'indiquent de me presser. Francis semble sur le point de sortir de sa torpeur. Acceptera-t-il seulement de m'écouter ?

17

I'm your hell, I'm your dream.
I'm nothing in between.
(Bitch)

À la suite d'un effort herculéen, je parviens à entrouvrir un œil. La voix de Molly résonne encore dans ma tête. Je perçois sa silhouette, au volant de l'autocar. Elle me demande de me rendormir.

Je marmonne un refus, mais la fatigue me rattrape. Je m'assoupis. Je rêve d'une histoire à peine croyable, dans laquelle Molly se sert de moi pour tous nous gruger.

Je me réveille allongé par terre, dans ce qui ressemble à un hangar d'avion. Le blanc des murs tout autour me brûle la rétine. Mon cerveau ordonne à mes bras de se mouvoir, mais ils s'obstinent à pendre sur le sol. Seuls mes doigts paraissent bouger, à moins que j'hallucine.

Ma langue pèse une tonne, comme si un hérisson géant s'était échoué dessus. Le vacarme alentour me transperce le crâne. « Mais arrêtez avec cet aspirateur ! » je commande. En fait, il s'agit des turbines d'un avion privé qui tournent à plein régime.

Molly s'accroupit pour me parler.

— Les effets devraient durer encore une demi-heure. N'essaye pas de bouger, tu pourrais te blesser…

— Salope… j'ânonne.

— Si ça peut te faire du bien de m'insulter, fais-toi plaisir. Fille facile, libertine, putain, pute, coureuse de rempart, rouleuse, harpie, peau de vache, chienne, grognasse, pétasse, pouffiasse, pouffe, voleuse, menteuse, connasse, abrutie, tarée, idiote, imbécile, nouille, coprolithe, fausse couche, sac à foutre, cave à sperme, fille de partouze, trousse à bites… On m'a traitée de tous ces noms. L'imagination des hommes semble sans limite pour qualifier une femme. Tu en as d'autres, Francis ?

Je réfléchis longtemps.

— J'ai entendu ce que tu marmonnais dans le bus. Tu n'es qu'une… mythomane !

Des images s'entrechoquent dans une dangereuse confusion. Des corps. Des visages. Des lieux. Des objets. Des mots. Des mensonges. Une sensation, surtout. La nausée. Comme les souvenirs d'un chapitre précédent de ma vie raconté par une autre, qui commenceraient à remonter à la surface. Je lance, d'une voix d'alcoolique :

— Et t'es une sacrée salope quand même… Tout est de ta faute !

Cette phrase, je l'ai souvent entendue adolescent chez mon psy, un Perse répondant au nom chantant de Malecontre. Je ne sais pas si je n'ai rien compris à la thérapie, ou tout compris, mais pour moi, cela s'était résumé à faire porter le chapeau aux autres. Tout est de la faute de vos parents surtout, et de votre mère en particulier.

Je me souviens d'avoir débarqué un jour, en pleurs, traumatisé par le cauchemar que je venais de faire.

— Mais j'ai rêvé que je couchais avec mon père quand même !

Et Malecontre de rire, sur son fauteuil en cuir élimé.

— Vous recherchez l'affection de votre papa, c'est tout. Et comme dans notre société, tendresse et sexualité sont mélangées, vous avez aggloméré le tout dans ce rêve. Vous aimerez toujours votre père, même s'il vous rejette.

Et de m'encourager à me reconnecter avec la haine originelle de l'enfant que j'avais été. N'empêche, cette fois, ce n'est pas la faute de mes parents, mais bien celle de cette fille…

Molly passe sa main sur ma joue pour me retirer un cil tombé là. Elle reste silencieuse quelques instants puis secoue la tête.

— Je reconnais mes torts. Mais quelle serait ta vie si tu ne m'avais pas rencontrée ? C'est cette existence-là qui te manque ? Humilié au boulot, humilié à la salle de gym, humilié au restaurant, humilié au lit ? Tu aimes peut-être ça, pas moi ! Je veux arrêter de survivre, je veux vivre, Francis. Est-ce que tu peux comprendre ça ?

— Tu t'es servie de moi depuis le début…

— Oui, et alors ? Tout le monde utilise les autres. C'est dans la nature humaine. Je ne regrette rien de ce qui s'est passé. Y compris nos baisers.

Je n'ai plus envie de retenir ni mes coups ni mes mots.

— Ça t'amusait de me manipuler ? Tu devais rigoler en me regardant paniquer quand tu m'appelais avec ta voix d'Alexa. À me torturer en jouant avec mes sentiments… Bordel, Molly, je t'aimais ! Ne fais pas l'étonnée. Je suis devenu dingue de toi à la seconde où nos lèvres se sont touchées…

— Tais-toi, ne dis pas de sottises…

— Tu refuses de l'entendre mais oui, je suis tombé amoureux de toi. Comme on tombe malade, comme on tombe sur la tête, comme on tombe mal. Enfin, j'ai surtout l'impression d'être tombé dans le panneau. Comment as-tu pu me trahir ? Comment as-tu pu me faire ça ? Ça fait mal, Molly, un mal de chien. Merde ! J'aurais fait n'importe quoi pour toi ! J'aurais même pu devenir féministe !

Ma bouche pâteuse n'arrive plus à me suivre. Je finis, de guerre lasse.

— J'en ai côtoyé des pervers dans cette ville, des sadiques, des dépravés. Mais toi, tu as le visage du vice. Il n'y a rien à sauver… à part peut-être tes gros seins.

— Il y a de la beauté dans le vice. De la noblesse même…

— Oh, arrête avec tes grandes phrases !

— Je prends modèle sur tes envolées lyriques quand tu défendais les pensionnaires de l'hospice…

— Au moins, je n'aurai pas leur déception sur la conscience…

— Ne parle pas à la place de ces vieux ! Ils sont très heureux. Nous leur avons offert l'aventure de leur vie !

— Et toi ? Quelle suite pour tes aventures d'arnaqueuse ?

— L'avion derrière moi renferme plus de 100 millions de dollars. J'ai une maison située dans un pays où les autorités ne posent pas de questions. Je me demandais si cela te dirait de m'y rejoindre…

Mon corps semble toujours paralysé, mais ma pensée, elle, devient de plus en plus agile. Je m'emporte.

— Comment pourrais-je t'accompagner ? Comment pourrais-je vivre aux côtés d'une manipulatrice, d'une menteuse, d'une hypocrite ? L'amour ne peut pas tout. Il n'y a qu'au cinéma qu'on peut dormir paisiblement avec un pic à glace pointé dans le dos. Je ne sais pas qui tu es. Même toi, je ne suis pas sûr que tu le saches…

— Peut-être. Mais il y a une chose en revanche dont je suis certaine. Tu ne m'aimes pas, Francis. Et tu ne m'as jamais aimée. Ce que tu ressens, ces vagues qui déferlent dans ton corps et qui y laissent ce sel qui pique jusqu'au plus profond de l'âme ; cette douleur qui t'oppresse, qui t'écœure le bide comme un trop-plein de bile ; cette souffrance animale qui te brise, telle une proie se débattant dans un piège à loups… Je vais te dire la vérité. Ce n'est pas de l'amour. Non, ce que tu ressens est logé au plus profond de ton cœur. Dans ce qui s'appelle l'ego.

Je les fixe, elle et sa morgue.

— Très bien analysé, Freud ! Tu es moins débile que ce que je pensais. Tu as raison. J'ai les boules de m'être fait avoir. Et je n'ai même pas réussi à te baiser. Tu sais pourquoi ? Parce que personne ne peut baiser une illusion.

— Ma proposition tient toujours…

— Tu vois où tu peux te la foutre ?

— Calme-toi, tu vas tout gâcher.

— Gâcher quoi ? Va au diable dans ton avion et écrase-toi avec !

— Cette discussion est stérile. Je pars. Je vais te laisser une chance de changer d'avis. Mais attention, dès que j'aurai atterri, tu ne pourras plus jamais me retrouver. Alors, ne tarde pas trop avant de me contacter…

Elle glisse dans ma main un billet de 1 dollar froissé, sur lequel elle a griffonné le numéro d'un téléphone satellitaire joignable partout dans le monde.

— Saisis ta chance, Francis. Tu es presque riche…

J'arrive enfin à me lever au moment où le jet privé prend son envol, pour une direction inconnue. Je fouille au fond de mon pantalon pour m'emparer de mon iPhone, prêt à appeler la police. À quoi bon ? Je finirais à coup sûr mes jours en prison. Et Molly leur échapperait probablement ; elle a dû tout prévoir…

Je déplie le billet de banque qu'elle m'a remis et mon regard s'attarde sur le visage bouffi de George Washington. 1 dollar, à Las Vegas, peut changer votre vie.

Joué aux machines à sous, il peut vous rendre instantanément riche. Glissé dans les strings des call-girls, il peut vous faire perdre la tête. Roulé en forme de paille, il peut faire de vous un accro. Donné à un sans-abri, il peut offrir l'espoir. Gribouillé d'un numéro de téléphone, il peut…

Un sentiment de rancœur grouille au fond de mon estomac, avant de remonter en me brûlant l'œsophage. Je comprends que cette aigreur n'est pas dirigée contre Molly, mais plutôt contre moi.

Au moment où j'ai décidé de dérober cette puce à l'Aria, j'ai scellé un pacte. Personne ne m'y a forcé. J'ai toujours su, dans un coin reculé de mon cerveau, où cela pouvait me conduire. À présent, me voilà seul dans ce grand hangar, comme un idiot, alors qu'elle… elle vole vers une vie de fortune, une vie où l'argent peut apaiser vos angoisses et vos remords.

Un billet de 1 dollar : quelle ironie ! À Las Vegas, c'est tout ce qu'il faut pour avoir encore le droit de rêver. La main tremblotante, je compose sur mon iPhone les chiffres qu'elle a inscrits au rouge à lèvres. Je presse avec conviction l'icône en forme de téléphone vert et passe la conversation sur haut-parleur.

Une voix électronique m'apprend que le numéro que j'ai demandé n'est pas attribué.

L'arnaqueur arnaqué, c'est décidément un classique de Vegas.

À propos de l'auteur :

Installé à Las Vegas, aux Etats-Unis, Marc de Suzzoni est producteur de télévision, auteur de nombreuses émissions sur M6 (*Top Chef*, *Chasseurs d'appart'*, *Cauchemar en cuisine…*).

Cette ville, concentré de l'Amérique et de tous ses vices, lui a inspiré ce roman.

Découvrez :

- *Les femmes ne plaisantent pas avec l'amour*
  - Jean-Pierre Levain -

- *Dans ma maison sous terre*
  - Amélie de Lima -

- *La dissidence des cancrelats*
  - Romain R. Martin -

- *Si j'avais deux visages*
  - Roland Cohen -

- *Chassés-décroisés*
  - Gérard Sévin -

- *Irrémissible*
  - Amélie de Lima -

- *Les nuits de la bête*
  - Max Clanet -

Dépôt légal : janvier 2021

Imprimé en France

Achevé d'imprimer en janvier 2021
sur les presses de l'imprimerie *La Source d'Or*
63200 RIOM

Numéro d'impression : 22198

Dans le cadre de sa politique de développement durable,
La Source d'Or a été référencée IMPRIM'VERT par son organisme consulaire de tutelle.
Cet ouvrage est imprimé - pour l'intérieur - sur papier offset Amber Highway regular
80 g, provenant de la gestion durable des forêts.